Mordswetter

Uli Aechtner studierte Germanistik, Philosophie und Kunstwissenschaft in Bonn. Als Journalistin arbeitete sie für das französische Fernsehen TF1, für den Südwestrundfunk und für das ZDF. Seit mehr als zwei Jahrzehnten lebt sie als freie Autorin in der Wetterau.

ULI AECHTNER

Mordswetter

KRIMINALROMAN

emons:

Bibliografische Information der Deutschen Nationalbibliothek
Die Deutsche Nationalbibliothek verzeichnet diese Publikation in der Deutschen Nationalbibliografie; detaillierte bibliografische Daten sind im Internet über http://dnb.d-nb.de abrufbar.

FSC www.fsc.org
MIX
Papier aus verantwortungsvollen Quellen
FSC® C083411

Umschlagmotiv: iStockphoto.com/Maxiphoto
Umschlaggestaltung: Nina Schäfer, Tobias Doetsch
Gestaltung Innenteil: César Satz & Grafik GmbH, Köln
Lektorat: Marit Obsen
Druck und Bindung: CPI – Clausen & Bosse, Leck
Printed in Germany 2017
ISBN 978-3-7408-0160-1
Originalausgabe

Der Sturm ist da, die wilden Meere hupfen
An Land, um dicke Dämme zu zerdrücken.
Aus: »Weltende«, Jakob van Hoddis (1887–1942)

Wetter: das Klima einer Stunde.
Ambrose Gwinnett Bierce (1842–1914)

Prolog

»Ach komm, nun steig schon ein in das verdammte Boot.« Er lachte gutmütig, und sie blinzelte ihn unschlüssig an. Sven hatte sein rotes Kajak hochkant vor sich aufgestellt wie einen Schild. Sie wollte nach seiner Hand greifen, ließ aber nur ihre Finger über den Bootsboden gleiten.

»Sven …«

»In mein Boot passt keine zweite Person. Ria ist eine gute Paddlerin.« Ein Kopfnicken zu seiner Sportsfreundin hin. Die wartete auf dem Fluss in ihrem Kanu und hielt es mit dem Paddel am Ufer fest. Vor ihr war ein freier Platz.

»Sven, bitte …« Nur ihm zuliebe war sie mit auf den Ausflug gekommen.

Er strich ihr eine Haarsträhne aus dem Gesicht. »Nun mach schon, wir müssen uns beeilen.«

Dann saß sie in diesem schwankenden Ungetüm, hinter ihr im Heck die forsche Ria. Und vor ihr der Fluss. Die Unwetter der letzten Tage hatten ihn anschwellen lassen, das offene Boot vibrierte in den kabbeligen Wellen. In Ufernähe lagen Steine und Totholz im Wasser. Die Lahn. Harmlos, hatten die anderen gesagt. Echt kein Ding. Schafft jeder Tourist. Bis auf die Schleusen, die sind gefährlich. Aber wir sind ja bei dir.

»Paddel!«, befahl Ria. »Wir müssen schneller sein als die Strömung, sonst können wir das Kanu nicht steuern.«

Sie hätte gern mit Sven in einem Boot gesessen. Dann bräuchte sie sich nur umzuwenden und würde sein Gesicht sehen, sein zuversichtliches Lächeln. Diesen Tigerblick unter den blonden Locken, wenn er ein Ziel anvisierte. Die schmalen Lippen, wenn es anstrengend für ihn wurde. Und seine winzige Narbe in der Augenbraue, ein Souvenir von der Ardèche, als er dort mit dem Boot gekentert war. Eine kleine ermunternde Geste von ihm würde ihr die Angst nehmen. Sie glaubte, seinen Paddelschlag hinter sich zu hören, doch als sie sich umschaute, war sein Boot weit zurückgefallen. Kein

Wunder bei dem Tempo, das Ria im Heck vorlegte. Doch auch der Fluss wurde nun schneller, er trieb sie auf die Bäume am Ufer zu.

»Los, paddel!«

Das Boot schlingerte. Der Bug tauchte ein, Spritzwasser schwappte ihr entgegen. Sie fasste das Paddel fester und wollte das Kanu damit voranstoßen. Du musst das Blatt nur mit dem richtigen Druck führen, hatte Sven ihr erklärt, doch sie fand keinen Widerstand im Wasser. Die Strömung wollte es ihr aus den Händen reißen. Sie spielte damit, klatschte es gegen die Bordwand.

Und vor ihr der Fluss.

Du darfst niemals ins Gestrüpp fahren, hatte Sven gesagt. Wenn sich das Boot darin verfängt, hast du es nicht mehr in der Gewalt. Doch die Bäume am Ufer warteten auf sie, reckten ihre grün belaubten Zweige aufs Wasser hinaus. Dunkle Stümpfe ragten aus den Fluten, Äste hatten sich quer gelegt. Ganz knapp nur rauschten sie daran vorbei. Vom Ufer her taumelte ein eingedellter Kinderball aufs Wasser und schwamm ihnen voraus.

Nach einer Weile zog sich der Himmel zu, mit jedem Paddelschlag wurde es dunkler. Wolken türmten sich auf Wolken, grau, dunkelgrau, schwarz. In der Ferne grollte der erste Donner.

»Halt das Boot vom Ufer weg«, brüllte Ria. »Nimm das Paddel auf die andere Seite!«

Der Fluss machte eine Biegung, er verschwand aus ihrem Blick. Mühsam hievte sie das Paddel hoch. Doch sie konnte es nicht schnell genug zurück ins Wasser stoßen. Das Kanu drehte sich seitwärts, Ria brachte es fluchend auf Kurs. Der Wind warf Wellen und Schaumkronen auf. Ein erster Blitz erhellte den Himmel. Für einen Moment waren die Blätter an den Bäumen wieder leuchtend grün.

»Ich will hier raus!«, schrie sie. »Ich will ans Ufer. Wir können nicht länger im Boot bleiben.«

»Nichts da. Wir müssen es bis zur Anlegestelle schaffen. Meine Mutter wartet da im Auto auf uns.« Mit heftigen Paddelschlägen zog Ria das Boot um die Biegung. »Kopf einziehen!«

Ein Ast ragte vor ihnen über das Wasser. Sie duckte sich zu langsam, Zweige rissen an ihrem Haar. Dann ein Ruck, und Ria hatte das Boot wieder in die Flussmitte bugsiert. Sofort nahm es Fahrt auf.

»Lass uns anhalten«, flehte sie. »Bitte.«

»Paddel!«

Der nächste Blitz ließ die Landschaft grell aufscheinen. Sie zog schutzsuchend den Kopf zwischen die Schultern. Gleich darauf krachender Donner. Das Unwetter hatte sie eingeholt.

»Im Gewitter ist es auf dem Fluss gefährlich. Du bist schuld, wenn uns was passiert!«, schrie sie.

Ria war unerbittlich. »Mach voran, wir werden nass.«

Dann peitschte ihr der Regen ins Gesicht. Die Sintflut, dachte sie nur. Rhythmisch stieß sie das Paddel in die Fluten, spürte endlich deren Widerstand. Schneller, schneller. Sie geriet außer Atem, ihr Gesicht triefte vor Regen und Schweiß. Sie wagte nicht mehr, sich umzusehen, nicht nach Ria direkt hinter ihr, nicht nach Sven. Niemals würde er sie im Gewitter auf dem Fluss allein lassen. Er musste einfach hinter ihr sein.

Ein dumpfer Schrei kam übers Wasser, halb verschluckt vom Regen. Sie fuhr herum. Svens Kajak schimmerte durch das Gehölz, das sie soeben passiert hatten. Sie sah es ganz deutlich, die schwarzen Äste, das kleine rote Boot. Blitze beleuchteten es wie für eine Fotografie. Das Kajak dümpelte im Totholz, kopfüber hatte es sich zwischen den Bäumen verfangen.

Von Sven keine Spur.

Am Horizont ging das Graublau des Flusses in das Grau des Himmels über. Die Bäume am Ufer standen wie eine Wand in den Fluten. Das Laub war nicht länger grün, die Wassermassen waren längst nicht mehr blau. Die Landschaft war wie ein Bild, aus dem die Farbe ausgewaschen worden war.

1

Hauptkommissar Christian Bär wollte es sich so richtig geben. Seit einer guten Stunde lief er an der Nidda entlang, nur noch ein paar Minuten bis Karben. Von dort aus kam er mit der S-Bahn zurück.

Beim Halbmarathon im März hatte er verdammt schlecht abgeschnitten, er musste fitter werden. Im K11 saß er zu oft über Aktenbergen am Schreibtisch, die Bewegung kam trotz Polizeisport zu kurz. Er war jetzt einunddreißig. Wenn er so weitermachte, erging es ihm demnächst wie dem Kollegen aus Süddeutschland, der sich ein Kinderfahrrad vom Straßenrand hatte schnappen müssen, um hinter einem flüchtenden Täter herzujagen.

Los, voran, Bär.

Mit dem Handrücken wischte er sich den Schweiß von der Stirn. Seine Schritte pochten auf dem sandigen Grund. Über ihm verdunkelten Wolken den Himmel. Schwarz und drohend zogen sie über das Land. Als ein leichter Wind aufkam und die schwüle Luft aufmischte, zitterten die Gräser auf den Wiesen. Bär lief schneller. Ein Unwetter stand kurz bevor, und patschnass in der S-Bahn zu sitzen war keine Freude. Als er einen Unterstand für Wanderer am Wegesrand erspähte, beeilte er sich, unter das schützende Dach zu kommen.

Der Wind blies kräftiger, und in seinen kurzen Hosen wurde ihm kühl. Jetzt jagte ein Blitz über den Himmel, in der Hütte wurde es gleißend hell.

Einundzwanzig, zweiundzwanzig, dreiundzwanzig. Instinktiv zählte er die Sekunden bis zum krachenden Donnerschlag. Das Gewitter war nur einen guten Kilometer entfernt. Er überlegte, ob er in der Hütte sicher war – direkt davor standen zwei Bäume, und über ihrem Dach zog eine Stromleitung hinweg –, da öffnete der Himmel seine Schleusen. Der Regen prasselte herab, als hätte jemand einen Hahn aufgedreht, schräg peitschte er in den Unterstand hinein. Bär wich zurück, bis er mit dem Rücken an der Wand stand. Wie Pingpongbälle sprangen die fetten Wassertropfen, die vom Himmel klatschten, vom Betonboden des Unterstands gegen seine nackten Beine. Bald waren es kleine Hagelkörner, er konnte zusehen, wie sie größer und größer wurden.

Er fluchte laut. An ein Weiterlaufen war vorerst nicht zu denken. Blitze zuckten taghell über die Äcker und Weiden. Nun folgte der krachende Donner unmittelbar auf das grelle Licht. Wie hoch waren wohl die Bäume vor der Hütte? Sich in der Hocke auf das Feld zu begeben, wäre vermutlich das Sicherste. Aber dann konnte man ihn binnen Sekunden auswringen. Er war eh schon verschwitzt vom Laufen, duschen wollte er lieber zu Hause. Er atmete tief durch. In seinem Rücken spürte er das Holz der offenen Hütte, vor ihm hatte sich eine Wasserwand aufgebaut. Was nun vom Himmel runterkam, war wieder Regen, kein Hagel mehr. Die letzten Graupelkörner schwammen in kleinen Bächen an der Betonplattform des Unterstands vorbei.

Als das Gewitter nachgelassen hatte, watete Bär durch das nasse Gras auf den Wanderweg zurück. Hier standen überall Pfützen. Seine Laufschuhe sogen das kalte Wasser auf, jeder Schritt wurde von quatschenden Geräuschen begleitet. Er würde sich Blasen an den Füßen holen. Nasse Socken und Schuhe waren die beste Voraussetzung dafür.

Über ihm hingen noch immer schwarze Regenwolken, ein paar Kilometer weiter war der Himmel schon aufgerissen, ein tiefes Blau breitete sich dort aus. Die Maisfelder hatten ein sattes Grün angenommen, das von den hellen Wolken am Horizont reflektiert wurde. Die Nidda neben dem Wanderweg war angeschwollen und überspülte im Fluss liegende Steine mit gurgelndem Rauschen.

Er fiel in Trab, um die Kälte aus seinen Gliedern zu vertreiben. Der Weg beschrieb eine Kurve, und er ließ seinen Blick über die Felder gleiten. Kein einziger Hase, nicht einmal ein Vogel war zu sehen. Selbst die Viecher wollten nicht nass werden. In einiger Entfernung hatten ein paar Rinder Schutz unter einem Baum gesucht, die schwarz-weißen Leiber nah beieinander. Aber warum lagen sie so unnatürlich verrenkt da? Ihre Köpfe waren verdreht und ihre Hälse weit vorgestreckt.

Bär wurde noch kälter. Wie viele Tiere waren das überhaupt? Sechs oder sieben? Er lief bereits wieder schneller, als ein junger Mann auf ihn zukam.

»Sind Sie vom Wetterdienst?«

»Ich? Nein, wieso? Ich bin von der Polizei.«

»Die hab ich nicht angerufen.« Der schlaksige Kerl schüttelte den Kopf. In seinem Aufzug aus Jeans, T-Shirt und Gummistiefeln hielt Bär ihn für jemanden von einem Bauernhof. »Den Tierarzt habe ich auch angerufen, der müsste längst hier sein. Sieht aus, als hätte ein Blitz unsere Kühe erwischt.«

»*Ein* Blitz? Donnerlittchen.« Da lagen ein halbes Dutzend Kühe unter dem Baum, und die sollten von ein und demselben Blitz getroffen worden sein? Für einen Moment stellte Bär sich vor, es wäre so heiß wie in den vergangenen Tagen. Die Luft sirrte, und die Kühe im Schatten des Baumes machten eine Siesta. Doch die Illusion ließ sich nicht lange aufrechterhalten, so starr, wie die Viecher mit ihren verrenkten Hälsen im Gras lagen, waren sie alle tot.

Seine professionelle Neugierde zwang ihn, sich die Sache näher anzusehen. Er war zwar noch nass von Regen und Schweiß, aber ein paar Minuten konnte er sich nehmen. Was, wenn das gar kein Blitz gewesen war? Wenn hier ein Waffennarr ein neues Spielzeug ausprobiert hatte? Er hob den oberen Stacheldraht an, bückte sich und stieg durch den Zaun, der die Weide umgrenzte. Mit raschen Schritten eilte er auf die toten Kühe zu.

Als er sich über die Tiere beugte, fand Bär weder Ein- noch Ausschusslöcher. Womöglich steckten die Projektile unter der Haut. Winzige vergiftete Pfeilspitzen etwa. Er streckte schon die Hand aus, um der toten Kuh, die ihm am nächsten lag, prüfend über das Fell zu fahren, hielt jedoch in der Bewegung inne.

Mann, Bär, schalt er sich selbst, du bist gar nicht zuständig. Was immer hier passiert ist, dies ist nicht dein Beritt.

Er wandte sich an den jungen Landwirt. »Was wollen Sie denn vom Wetterdienst?«

»Ich brauche eine Bestätigung, dass hier ein Gewitter war, wegen der Versicherung.«

Bär stutzte. »Ihre Kühe sind versichert?«

»Aber ja. Das sind unsere besten Milchkühe gewesen. Die Wilma hier, die hat schon etliche Preise geholt.« Er deutete auf einen der Kuhleiber.

Bär nickte, obwohl er keinen Unterschied zu den anderen Rindviechern erkennen konnte. »Tut mir leid«, murmelte er. »Ist das hier Ihre Wiese?«

»Nein. Wir pachten verschiedene Weiden in der Umgebung, damit die Tiere rauskönnen. Unser Hof liegt ganz in der Nähe, aber das Unwetter brach so plötzlich los, wir konnten sie nicht mehr rechtzeitig in den Stall holen.« Der Bauer zog ein Taschentuch aus der Jeans und schnäuzte sich.

»Haben die alle Namen?«

»Berta, Renate, Agnes ...« Ein Motorgeräusch unterbrach seine Aufzählung.

Ein roter Corsa kam auf sie zu, der Wanderweg war gerade mal so breit, dass seine Räder draufpassten. Knapp vor ihnen blieb der Wagen stehen. Eine füllige junge Frau stieg aus, zog das Haargummi zurecht, das ihre rote Mähne bändigte, und stiefelte auf sie zu.

»Roberta!« Bär hatte die Journalistin im vergangenen Sommer kennengelernt. Ihre Berichte über ein Kapitalverbrechen in einer Apfelweinkelterei hatten ihm seine Arbeit erschwert, mehrmals war sie ihm in die Quere gekommen. Dennoch hatte es zwischen ihnen geknistert, nur so richtig zusammengekommen waren sie nie.

»Bär? Was machst du denn hier?«

»Purer Zufall.« Mit einem Grinsen versuchte er den Umstand zu überspielen, dass er in knappen, durchgeschwitzten Joggingklamotten vor ihr stand. »Der Landwirt hier wartet auf jemanden vom Wetterdienst. Bist du das etwa?«

»Bin ich, ja.«

Da war sie wieder, Robertas leicht schnippische Art.

»Geht das auch ausführlicher?«

»Na ja, ich bin nicht die Sachverständige, wie du dir wohl denken kannst. Aber ich habe einen Werkvertrag beim Deutschen Wetterdienst. Halbtagsjob in der Presseabteilung. Der junge Mann hier bekam mich zufällig an die Strippe, als er angerufen hat. Und ich dachte mir, da ist bestimmt auch noch ein kleiner Artikel für die ›Neue Presse‹ drin.« Sie ging zu ihrem roten Corsa zurück, holte eine Kamera aus dem Wagen und lief über die Wiese zu den toten Kühen. Bär und der Landwirt folgten ihr.

Roberta fing an, die Kadaver zu fotografieren. »Der Kollege vom Wetterdienst wird auch gleich hier sein«, erklärte sie dem Landwirt. Der nickte nur.

Nachdem sie mit den Kühen fertig war, richtete Roberta die Kamera auf den Baum. Sie ging in die Hocke und nahm den Stamm ins Visier. Erst jetzt fiel Bär auf, dass dort ein frischer tiefer Riss verlief.

»Der Blitz ist offenbar in den Baum gefahren«, sagte Roberta. »Die elektrische Spannung hat sich daraufhin wellenartig im nassen Boden ausgebreitet. Bei den Kühen ist sie in ein oder zwei Beine gefahren, teilweise durch den Körper gezuckt und dann durch die übrigen Beine wieder ausgetreten. Dabei war das Herz im Weg, das ja auch von elektrischen Impulsen angetrieben wird. Und aus war's.«

»Schrittspannung«, sagte Bär. Dass er darauf nicht selbst gekommen war. Das Phänomen war ihm in der Theorie bekannt, nur hatte er es noch nie erlebt. Roberta hatte es so anschaulich beschrieben, dass seine kleine Nichte Amelie es auf Anhieb verstanden hätte. Menschen konnten die Füße eng zusammenstellen, sodass sich kaum Spannungsdifferenzial aufbaute. Die vierbeinigen Kühe konnten das nicht und hatten keine Chance. Er betrachtete sie mitleidig. Regentropfen fielen aus dem Baum auf ihre Kadaver und vergruben sich im Fell.

»Ich kann Ihnen die Fotos mailen«, bot Roberta dem Landwirt an. »Als Dokumentation für Ihre Versicherung. Alles andere besprechen Sie mit dem Kollegen vom Wetterdienst, ja? Er muss jeden Moment hier sein.«

Der Mann zog ein Smartphone aus seiner Arbeitshose. »Fotos kann ich selbst machen.« Er klang fast trotzig. Bär vermutete, dass er um die Tiere trauerte. Er hatte ihnen immerhin Namen gegeben.

»Komm, ich fahre dich heim, Christian. Du bist ja klatschnass.« Roberta sagte das wie nebenbei.

Bär folgte ihr auf den Weg. Er überlegte, ob er sich in ihr Auto setzen konnte, so feucht, wie seine Klamotten noch waren. Aber Roberta nahm ihm die Entscheidung ab. Mit einem schnellen Griff öffnete sie ihren Kofferraum und warf ihm eine Wolldecke zu. Dankbar wickelte er sich darin ein.

Sie schwiegen, während Roberta den Corsa anließ, dann zuckelte der Wagen über den Wanderweg.

»Darf man hier überhaupt langfahren?«, fragte Bär.

Roberta bedachte ihn mit einem spöttischen Blick. »Das war jetzt ein Notfall, Herr Kommissar.«

Er verbiss sich die Frage, wie Roberta von diesem Wanderweg auf eine vernünftige Straße kommen wollte. Im Seitenspiegel wurde die Gestalt des Landwirts kleiner und kleiner.

»Was macht er jetzt wohl mit den toten Kühen?«, überlegte Roberta. »Soweit ich weiß, darf man das Fleisch von Milchkühen nicht zum Verzehr auf den Markt bringen.«

»Stimmt, das habe ich auch mal gehört. Vermutlich muss er die Tiere zum Abdecker schaffen.«

»Also alle entsorgen.«

»Hm.« Bär lauschte dem Wort »entsorgen« nach. Es klang verdammt gemütlich, kein bisschen nach Abfall.

Am Weg tauchte der Unterstand auf, in dem er den Hagel abgewartet hatte.

»Da hab ich eben dringestanden. Es hat geschüttet wie aus Kübeln.«

»Da drin?« Roberta trat auf die Bremse. »Ja, kannst du denn nicht lesen? Da steht ein Schild: ›Diese Hütte schützt nicht vor Blitzeinschlag bei Gewitter.‹«

Bär starrte durch die Windschutzscheibe auf das grüne Schild. Vorhin war es ihm nicht aufgefallen. Es war klein und ziemlich tief angebracht.

»Letzten Sommer sind in so einem Unterstand drei Golferinnen vom Blitz erschlagen worden«, sagte Roberta. »Die Hütte stand fast auf dem höchsten Punkt des Golfplatzes, daran hatten sie nicht gedacht. Der Blitz schlägt immer in den höchsten Punkt ein. Die Ehemänner waren ganz in der Nähe. Sie mussten zusehen, wie ihre Frauen starben.«

»Ja, furchtbar. Ich hab davon gelesen, das ging ja durch alle Zeitungen. Erzähl mir lieber vom Wetterdienst. Was genau machst du da?«

»Sagte ich doch schon, ich hab einen Werkvertrag ergattert. Halbtags.« Bär gefiel die energische Bewegung, mit der sie ihre rotbraunen Locken zurückwarf. »Ich will was dazulernen. Vielleicht kann ich mich zur Wissenschaftsjournalistin qualifizieren.«

»Seit wann ist Wetter eine Wissenschaft?« Er wollte sie aufziehen, doch Roberta blieb ernst. Auf ihrer Stirn hatte sich eine steile Falte gebildet.

»Wir erleben gerade einen Wandel unseres Klimas. Und ganz egal, wie viel davon nun selbst gemacht ist, die Auswirkungen sind verheerend. Es wird zukünftig Völkerwanderungen und Kriege geben, allein aufgrund der Folgen.«

Bär wickelte die Wolldecke fester um sich. Was das Klima anging, hatte Roberta vermutlich recht. Das Unwetter vorhin war nicht das erste in diesem Jahr gewesen. Die schönen milden Sommertage mit zwanzig bis fünfundzwanzig Grad und blauem Himmel wurden immer seltener. Stattdessen war es entweder heiß wie in der Wüste, das Gras wurde gelb, Pflanzen ließen die Köpfe hängen und Bäume verdorrten. Sogar Eisenbahnschienen verbogen sich in der Hitze, der S-Bahn-Betrieb in Frankfurt war deswegen letzte Woche gestört gewesen. Oder der Himmel hing voller Wasser. Und wenn es dann runterkam, rückte die Feuerwehr aus, weil den Leuten die Keller vollliefen.

»Ich kann mich nicht erinnern, dass es früher so viele Gewitter gab«, meinte Bär.

Roberta warf ihm einen kurzen Blick zu, dann schaute sie wieder durch die Windschutzscheibe. »Die Gewitter werden nicht häufiger, nur der Regen wird heftiger. Durch den Treibhauseffekt wird es wärmer, und die warme Luft kann mehr Feuchtigkeit aufnehmen. Du weißt schon, vom Meer her steigt Wasser auf, in Form von Wolken zieht es über das Land, an den Bergen regnen die sich ab, weil sie aufsteigen müssen. Aber damit Blitze entstehen, brauchst du einen großen Temperaturunterschied, zum Beispiel zwischen dem Boden und einer Luftschicht in fünf bis zehn Kilometer Höhe. Dieses Phänomen kommt nicht öfter vor als früher, weil sich die Luft insgesamt erwärmt. Am Boden und in der Höhe.«

»So wie du das erklärst, versteht das jedes Kind.« Er lachte. »Was meinst du, könntest du mal Amelies Schulklasse im Wetterdienst rumführen? Das wäre doch was für die Kids.«

»Klar. Ich muss nur die Kollegen fragen und einen Termin ausmachen. Ich rufe dich an. Wie geht es Amelie überhaupt?«

»Ach, ganz gut. Sie wächst heran.« Bär dachte an den Zoobesuch, den er im vergangenen Sommer mit Roberta und Amelie gemacht hatte. Statt die Tiere zu betrachten, hatten die beiden Mädels sich einen Zickenkrieg geliefert. Amelie war weggelaufen, und Roberta hatte ihn zwischen den Gehegen stehen lassen, um einen Freund zu treffen. Sie konnte schon ziemlich schräg drauf sein. »Wie bist du überhaupt mit dem Auto auf diesen Wanderweg geraten?«

»Von Gronau aus. Das ist die Ortschaft, die der Weide am nächsten liegt.«

Rechts von ihnen tauchte eine schmale einspurige Brücke auf, und Roberta bog schwungvoll ein. Danach ging es durch ein paar Dorfstraßen und über einige schlecht einsehbare Kreuzungen. Noch eine Unterführung, und sie erreichten einen Kreisel. Er war ziemlich eng, doch Roberta nahm ihn mit Karacho.

»Wenn man mal kein Geld für Alkohol hat, braucht man nur auf der alten B 3 durch die Wetterau zu brettern.« Sie lachte. »Bei den vielen Kreiseln, die sie hier haben, ist man nach ein paar Kilometern besoffen.«

»Du kennst dich ja gut aus.«

»Allerdings. Hier wohnte mal eine Jugendliebe von mir.«

Roberta verdrehte die Augen. »Einer von den Kerbeburschen hatte es mir angetan. Zur Kirmes sind sie alle grölend mit dem Traktor durchs Dorf gefahren, anschließend haben sie Sackkarrenrennen veranstaltet. Der eine schiebt, der andere liegt auf der Sackkarre und sieht zu, dass er nicht runterfällt.«

Robertas Jugendsünden. Bär musste schmunzeln. Vor allem aber war er froh, nun wieder eine Bundesstraße unter den Rädern zu haben.

2

Die Frau lag ausgestreckt vor einem Zelt. Es sah aus, als ob sie schliefe. Ihre Shorts und ihr ärmelloses Top waren verknittert, Feuchtigkeit und Schlamm hatten Flecken daraufgemalt. Ihre dunkle Wimperntusche war vom Regen weggespült worden, die Schlieren waren noch auf ihren Wangen zu sehen. Dreck klebte in ihrem langen Haar.

Auf dem Campingplatz roch es nach Blättern und Gras. Irgendwo hatte jemand ein Grillfeuer angefacht. Freitagabend, Vorfreude aufs Wochenende. Und jetzt das. Ein Unwetter und eine Tote. Aus den Anhängern und Wohnmobilen waren die Menschen zusammengeströmt und umringten den Unglücksort. Die Frau, die vor ihrem Zelt gestorben war.

»Zurück, bitte treten Sie zurück!« Ein Mann in einer Regenjacke versuchte, einen Sichtschutz zwischen den Gaffern und der Toten aufzubauen, vermutlich jemand vom Campingplatz. Doch die Heringe, mit denen er die Plastikplane an den Schnüren aufspannen wollte, fanden in der regennassen Erde keinen Halt, und er gab genervt auf.

Nun sah sich der Rechtsmediziner die Tote an. Dr. Dieter Zimmer, ein kahlköpfiger Typ mit Bart, war erst seit Kurzem in Frankfurt. Bär hatte ihn hinzugezogen, weil er sich auf den Tod der jungen Frau so gar keinen Reim machen konnte. Er war kaum zu Hause und unter der Dusche gewesen, als Becker, sein Chef, ihn angerufen und anstelle eines akut erkrankten Kollegen auf den Zeltplatz geschickt hatte. Camper hatten die Polizei alarmiert. Es habe einen Streit gegeben, dann habe man eine Leiche gefunden. Ein Tötungsdelikt im Affekt, glaubte Becker herausgehört zu haben. Aber die Tote sah völlig unversehrt aus. Auch Dr. Zimmer schien mit dieser Unversehrtheit ein Problem zu haben. Er fachsimpelte mit einem Arzt, der auf dem Platz zeltete und Erste Hilfe hatte leisten wollen.

Bär nutzte die Zeit für ein paar Routinefragen und wandte

sich an die Umstehenden. »Wer von Ihnen hat die Frau gefunden?«

»Das war ich.« Ein junger Mann im Unterhemd trat auf ihn zu. Feinripp, stellte Bär fest. Die Oberarme waren mit Pin-ups tätowiert, in der Hand hielt er eine Bierflasche. »Ich hab gleich die Polizei gerufen.«

»Der Campingwart hat, während wir warteten, nach einem Arzt gesucht. Mit dem Megafon ist er über den Platz gerannt.« Eine ältere Frau drängte sich neben den Typ mit der Bierflasche, von der Ähnlichkeit und vom Alter her war sie seine Mutter. »Viel gab es für den aber ja nicht mehr zu tun.« Sie nahm ihrem Sohn die Flasche aus der Hand, setzte sie an den Mund und gönnte sich einen Schluck. »Als das Unwetter anfing, sind wir alle in unsere Camper geflüchtet. Erst als es vorbei war, sind wir wieder auf den Platz gekommen. Und dann haben wir sie auch gar nicht sofort entdeckt. Sie lag ja flach auf der Erde, und mit all dem Schlamm im Haar …« Sie wies mit der Flasche in Richtung der Toten.

»Es gab ja wohl Auseinandersetzungen mit der verstorbenen Camperin, stand jemand von *Ihnen* in Konflikt mit ihr?« Bär schaute die Leute nun einzeln an – alle schüttelten die Köpfe. Sein Blick blieb wieder an Mutter und Sohn hängen.

»Ei, wo denken Sie hin? Wir doch nicht mit denen!« Der Sohn spannte die Oberarme so sehr an, dass sich die Busen der tätowierten Pin-ups aufblähten. »Untereinander hatten die Streit, untereinander. Die ganze Zeit.«

»Wer ist *die*?«, fragte Bär.

»Sie hatte doch ihren Freund dabei.« Die Mutter schattete mit einer Hand die Augen ab und blickte sich um. »Wo ist der überhaupt geblieben?«

Auch Bär sah sich um. Die beiden Mediziner standen immer noch bei der Toten. Dr. Zimmer telefonierte, vermutlich mit einem Bestattungsunternehmen, das die Leiche ins Institut für Rechtsmedizin bringen würde.

»Wo könnte der Freund der Verstorbenen denn sein?«, fragte Bär.

»Aber der sitzt doch dahinten.« Ein Monteur in Arbeitskleidung deutete auf einen jungen Mann, der etwas weiter weg auf einem Baumstamm saß. Er hatte den Kopf in die Hände gestützt, seine Finger in sein dunkles Haar vergraben. Um seinen Hals baumelte eine Kamera.

Bär ging auf ihn zu. »Sind Sie der Freund der Verstorbenen?«

Der junge Mann sah auf und nickte.

»Sie beide haben hier gemeinsam gezeltet?«

Wieder ein Nicken.

»Darf ich mal Ihren Ausweis sehen?«

Ein Achselzucken. Dann hatte Bär einen Personalausweis in der Hand.

»Maik Herres.« Bär notierte sich den Namen. »Mein Beileid, Herr Herres. Schaffen Sie es, mir ein paar Fragen zu beantworten?«

»Ja.«

»Die Zeltnachbarn sagen, Sie hätten Streit mit Ihrer Freundin gehabt …«

Ein Windhauch fuhr durch die Bäume und schüttelte morsche Ästchen ab. Ein Blatt segelte in Bärs Nacken, er fischte es aus dem Kragen.

»Welches Paar hat keinen Streit?« Maik Herres starrte auf seine Schuhe.

»Worum ging es denn da?«

»Um nichts Besonderes. Wir haben zusammengelebt. Aber Jessika kam mit meiner Familie nicht gut klar. Schwester, Mutter, Oma. Wie das so ist.« Die letzten Worte konnte Bär kaum noch verstehen. Maik Herres zitterte und barg sein Gesicht in den Händen.

»Einen Moment, ich bin gleich zurück.« Bär ging zu den Medizinern hinüber. »Kann mal jemand nach dem jungen Mann dahinten sehen?«, bat er. »Er ist der Freund der Verstorbenen. Es geht ihm nicht gut.«

»Ja, sofort.« Der Arzt, der auf dem Campingplatz zeltete, machte eine Geste zu der Toten hin. »Es war übrigens ein Herzstillstand«, meinte er bestimmt. Ohne jede weitere Erklärung strebte er auf Maik Herres zu.

Dr. Zimmer fuhr sich mit der flachen Hand über den Bart. »Ein Herzstillstand schon, aber kein gewöhnlicher«, sagte er.

»Tatsächlich?« Bär forderte ihn mit einer ungeduldigen Geste auf, weiterzusprechen.

In Robertas Dachstube war es still. An ihrem Schreibtisch beugte sie sich über die Tastatur und blies eine Haarsträhne aus ihrem Gesicht. So rasch wie möglich wollte sie den Bericht über die toten Kühe für die Zeitung fertigstellen. Doch womit sollte sie beginnen? Mit dem nassen Gras, dem gespaltenen Baumstamm? Mit dem Landwirt, dessen Anruf sie im Wetterdienst abgefangen hatte? Zufällig war sie an den Apparat gegangen, weil gerade niemand sonst im Büro gewesen war.

»Wie ein Blitz aus heiterem Himmel«, tippte sie als Überschrift. Nein, halt, das musste sie wieder löschen, so schön die Redewendung auch klang. Es gab sie ja, die Blitze aus heiterem Himmel. Bis zu fünf Kilometer vom eigentlichen Gewitter entfernt konnten sie einschlagen. Aber das war auf der Weide nicht passiert. Der Blitz hatte den Baum getroffen und sich von dort aus kreisförmig im Boden ausgebreitet.

Sie sah die Kühe wieder vor sich, diese massigen Leiber. Die vorgestreckten Köpfe. Die Zungen, die schlaff aus dem Maul hingen. Ein einziger Blitz hatte sie alle getötet, sieben auf einen Streich.

Erst seit Kurzem wusste sie, wie es zu einem Blitz kam. Dieses Phänomen war im Grunde nichts anderes als ein enormer Funkenüberschlag, eine Art Kurzschluss. Oft zwischen Wolken mit entgegengesetzter Ladung oder eben zwischen Wolken und der Erdoberfläche. Alles fing mit einer Vorentladung an, die den Blitzkanal aufbaute. Innerhalb von Zehntelsekunden kam es dann zur Hauptentladung, der oft noch weitere Entladungen folgten. Durch die unglaubliche Hitze verbrannte die Luft im Blitzkanal, und der Explosionsknall breitete sich als Donner nach allen Seiten aus.

Roberta seufzte. Das alles war viel zu kompliziert für einen Artikel in einer Regionalzeitung. Die Leser wollten etwas über die toten Rinder auf der Wiese erfahren. Und vielleicht noch, ob sie selbst beim Spazierengehen vom Blitz erschlagen werden konnten. Roberta schrieb also einen kurzen Text und wählte ein paar Fotos aus. Dann schickte sie ihren Bericht ab. In ihrer Kochnische goss sie sich einen Becher Tee auf, stellte sich damit ans Fenster und schaute über die Dächer von Sachsenhausen. Die Bäume am Schweizer Platz standen in sommerlichem Grün, quietschend tauchte die Straßenbahn unter ihren Kronen hinweg. Die Stadt hatte sich schon wieder aufgewärmt, nichts erinnerte mehr an das Gewitter vor ein paar Stunden.

Die toten Kühe gingen Roberta nicht aus dem Kopf. Die schmalen, lang ausgestreckten Beine, dazwischen die prallen Bäuche und Euter. Bestimmt waren einige trächtig gewesen, schließlich gaben sie keine Milch, wenn sie nicht ständig Kälbchen bekamen. Bei der Vorstellung zog sich ihr Magen zusammen, und sie setzte den Tee auf der Fensterbank ab.

Sie dachte an Christian Bär. In ihrer Erinnerung stand er in seinen nassen Joggingklamotten vor ihr. Kuschelte sich in ihre Wolldecke und drückte sich neben ihr in den Beifahrersitz. Im vergangenen Sommer hatte sie sich fast in ihn verliebt. Nein, das war gelogen. Sie *hatte* sich in ihn verliebt, spätestens in dem Moment, als er ihr bei der Schießerei im Streuobstgarten das Leben gerettet hatte. Nachdem ihre Verletzung verheilt und sie aus der Reha entlassen worden war, hatten sie sich noch einmal gesehen und vage zu einer Art Date verabredet. Aber Roberta war nie auf diese Verabredung zurückgekommen. Bär war kein pflegeleichter Typ. Ein Hauch Macho. Eine Prise Narzisst. Keine einfache Mischung. Sie hatte beschlossen, allen Schwierigkeiten aus dem Weg zu gehen und sich auf ihr eigenes Leben zu konzentrieren. Sich fortzubilden und etwas aus sich zu machen. Zum Glück hatte sie beim Deutschen Wetterdienst anheuern können, mittlerweile schrieb sie für dessen Social-Media-Plattformen. Da der Werkvertrag ihr aber zu wenig Geld einbrachte, verkaufte sie nebenbei so viele Artikel wie möglich an Zeitungsredaktionen.

Sie ging zur Küchenzeile und stellte ihren Becher in die Spüle, als ihr Handy klingelte.

»Ja, bitte?«

»Roberta?« Bärs Stimme erkannte sie sofort.

»Hallo, Christian. Du, ich konnte wegen der Führung von Amelies Schulklasse noch nicht nachfragen. Ich bin direkt zu mir nach Hause gefahren, nachdem ich dich abgesetzt hatte, und erst morgen früh wieder im Dienst. Du buchst sowieso am besten ganz offiziell einen Besuch im Wetterpark Offenbach über deren Webseite. Unter ›besondere Wünsche‹ gibst du dann mich als Führerin an.«

»Führerin klingt gut.« Bär lachte verhalten. »Aber deswegen rufe ich gar nicht an. Ich habe hier einen Fall, der könnte dich interessieren. Als Journalistin, meine ich.«

Er schwieg, und Roberta stellte sich sein Gesicht vor. Diesen intensiven Blick, den er aufsetzte, wenn er etwas spannend machen wollte.

»Es hat etwas mit dem Wetter zu tun.«

»Aha. Ist noch eine Kuh vom Blitz erschlagen worden?«

»Nein. Eine Frau.«

»Oh Gott, wo denn?«

»Mitten in der Stadt. Auf einem Campingplatz.«

3

»Hier, der Ausweis der Toten. Schon eingetütet.« Dr. Zimmer hielt Bär ein knisterndes Plastiktütchen hin.

»Danke.« Bär hatte mal wieder keine Handschuhe dabei, daher zog er das durchsichtige Tütchen glatt und schaute auf den Personalausweis darin. »Jessika Sommer«.

»Gerade mal siebenundzwanzig«, sagte Zimmer.

Forever 27. Brian Jones, Jimi Hendrix, Janis Joplin, Jim Morrison, Kurt Cobain und Amy Winehouse, niemand war älter geworden.

Roberta war auch siebenundzwanzig.

Bär hatte sie sofort angerufen, nachdem Dr. Zimmer die Energie eines Blitzes für den Tod der Camperin verantwortlich gemacht hatte. Die toten Kühe am Morgen waren ihm eingefallen. Robertas Auftauchen wegen eines Artikels, den sie der Zeitung verkaufen konnte. Nun war ein Mensch vom Blitz getötet worden, das bedeutete, er konnte Roberta zu einem Bericht in der Presse verhelfen. Und sie nebenbei wiedersehen.

Er steckte das Tütchen mit dem Personalausweis der Toten ein. »Sie sind ganz sicher, dass es ein Blitz war?«, vergewisserte er sich bei Dr. Zimmer.

»Ja, ziemlich sicher, wieso? Weil die Leiche so unversehrt ist?«

Bär nickte.

»Bei einem Blitzschlag kann es zu typischen Verletzungen kommen. Gezackte rote Striemen auf dem Körper. Verbrennungen der Haut. Aber es genügt die elektrische Energie, um den Kreislauf auszuschalten. Erst kürzlich wurde ein Motorradfahrer vom Blitz getötet. Er hatte nicht eine Wunde. Nur in seinem Helm befand sich ein winziges Loch.«

»Hm, ja.« Bär hatte den Bericht darüber in der »Hessenschau« gesehen.

»Ich schaue sie mir in der Rechtsmedizin näher an«, sagte

Zimmer. »Danach kann ich Ihnen bestimmt schriftlich geben, dass es ein Blitzschlag war.«

Bär ging zu Maik Herres hinüber. Der Arzt hatte ihm ein Medikament verabreicht, er zitterte nicht mehr, wirkte aber auch noch nicht vernehmungsfähig. Seine Bewegungen waren fahrig und sein Blick glasig.

»Können Sie morgen oder übermorgen ins Präsidium kommen, um uns einige Fragen zu beantworten?« Bär reichte ihm seine Karte.

»Sicher.« Herres' Stimme klang belegt. »Wenn Sie keine Angst haben, dass ich Ihnen weglaufe …«

»Wieso sollten Sie das tun?«

»Weil wir uns doch gezankt haben, Jessika und ich. Ist das kein Motiv?«

»Nein, alles gut.«

Streit hin oder her, Dr. Zimmer hatte überzeugt geklungen. Tod durch Blitzschlag. Ein Gewitter konnte niemand simulieren. Das war höhere Gewalt.

Über den Zeltplatz ruckelte der Leichenwagen heran. Hinter ihm lief Roberta. Sie trug Gummistiefel. Ihr rotes Haar fiel leuchtend über den dunkelblauen Anorak.

Roberta hatte die Truppe der Schaulustigen schon von Weitem gesehen und genau wie der Leichenwagen direkt darauf zugehalten. Irgendwie war sie dabei zwischen die Camper geraten. Sie wollte sich zu Bär vordrängeln, aber es gab kein Durchkommen.

»Machen Sie mal bitte Platz!« Ein Angestellter des Beerdigungsinstituts schob sie noch weiter weg.

Dann stand sie auf einmal vor der toten Frau. Das Ratschen des Reißverschlusses, als der schwarze Sack aufgezogen wurde. Ein zweiter Mann half, und sie legten die Leiche hinein. Wieder dieses ratschende Geräusch.

»Hallo, Roberta.« Bär hatte sie gefunden.

»War das Schrittspannung, wie bei den Kühen?«

»Vermutlich.«

»Und wo kommt sie nun hin?« Robertas Blick glitt zum Leichenwagen.

»Rechtsmedizin. Um ganz sicherzugehen.«

»Das heißt, es gibt eine Obduktion. Kann ich das schreiben?«

»In der Zeitung? Mir wäre lieber, du wartest die offizielle Verlautbarung unserer Presseabteilung ab.«

Die Männer vom Beerdigungsinstitut schoben den Sack mit der Toten auf einer Bahre in den Wagen. Sie wollten gerade die Türen schließen, da stürmte jemand auf sie zu.

»Nein, nein, nehmt sie nicht mit. Lasst sie bei mir!«

Roberta war so erschrocken, dass sie Bär am Arm packte. »Ist das der Freund der Verstorbenen?«, fragte sie, als sie die verzweifelten Rufe einem Mann in ihrem Alter zuordnen konnte.

Überraschend sanft legte Bär seine Hand auf ihre. »Maik Herres, ihr Lebensgefährte. Traurig, nicht wahr?«

»Und wie.«

»Der stand eben noch total neben sich, offensichtlich hat er sich etwas erholt.«

»Erholt? Der sieht völlig mitgenommen aus.« Roberta fühlte mit dem gebrochen wirkenden Mann. Ein blonder Typ in Outdoor-Klamotten, durchtrainiert, halblange Abenteuerfrisur. Einer, der Berge bestieg. Und nun ganz tief gestürzt war.

»Ich muss los«, sagte Bär. »Sehen wir uns demnächst?«

»Das ergibt sich bestimmt«, wich Roberta aus. »Der Zufall treibt uns momentan anscheinend öfter zusammen.«

Ganz kurz wirkte Bär enttäuscht. »Also bis zum nächsten Zufall.« Er drückte ihre Hand, dann drängte er sich an dem Leichenwagen vorbei und verschwand aus ihrem Sichtfeld.

»Gebt sie mir wieder, fahrt sie nicht fort!« Der Freund der Verstorbenen trommelte gegen die Türen des Leichenwagens. An seinen Fäusten klebte getrockneter Schlamm. Roberta stellte sich vor, dass er seiner toten Freundin die Haare aus der Stirn gestrichen und ihr Gesicht gestreichelt hatte.

Sie zögerte einen Moment, dann ging sie auf ihn zu.

»Hallo«, sagte sie ruhig. »Roberta Hennig. Ich bin Journalistin. Möchten Sie mir erzählen, was passiert ist?«

Er schlug ein letztes Mal auf den Transit ein, der Fahrer gab

Gas. Reglos starrte er dem davonfahrenden Wagen nach. Hob in einer hilflosen Geste zum Abschied die Hand. Als er sich zu Roberta umdrehte, rannen Tränen über sein Gesicht.

»Sie Armer!« Eine ältere Frau in einem rosa Jogginganzug zog heftig an ihrer Zigarette. Roberta hatte sie nicht näher kommen sehen. »Die Freundin zu verlieren ist schlimm, auch wenn man sich nicht immer gut verstanden hat. Das ist ja ganz normal. Beziehungen sind nie einfach. Wo gibt es schon immer nur Sonnenschein?«

Maik Herres stand mit hängenden Armen da. Er schien nicht zu wissen, wie er auf die Frau reagieren sollte.

»Sehr nett von Ihnen«, sagte Roberta an seiner Stelle.

»Ich hatte mal einen Freund … Puh, du lieber Gott!« Die Frau fuhr mit dem Handrücken über ihre braun gebrannte faltige Stirn.

Eine Sonnenanbeterin, dachte Roberta, auch ihr ausgebleichtes Haar sprach dafür. Sie lächelte professionell-freundlich und sagte: »Herr Herres braucht jetzt ein bisschen Ruhe.«

»Ja, ich versteh schon.« Die Frau ließ ihre Zigarette fallen und trat sie aus. Dann wandte sie sich endlich ab.

Maik Herres atmete hörbar auf. »Sie wollen wirklich wissen, was passiert ist?«

Roberta nickte stumm.

»Wir wollten das Wochenende über hier zelten«, begann er. »Jessika und ich. Als das Unwetter anfing, dachte ich, sie sei in den Sanitäranlagen. Dort war sie zum Duschen hingegangen, wir hatten lange geschlafen.«

Roberta malte sich das in ihrer Phantasie aus. Eine gemeinsame Nacht im Zelt, nur durch eine Nylonschicht von der Natur getrennt. Fremde Schatten und Geräusche, ein Igel, der vorbeihuscht, ein knackender Ast. Die Kühle der Nacht, die unter den Zeltboden kriecht. Vogelstimmen im Morgengrauen. Beim Aufstehen dann die wärmenden Sonnenstrahlen, die den Tau längst von den Gräsern geleckt haben. Und alle Zeit der Welt zum Nichtstun.

»Und danach?«, fragte sie.

»Die Sanitäranlagen sind fest gemauert und überdacht. Ich

bin nicht auf die Idee gekommen, dass Jessika mitten im Gewitter von da wegläuft. Ich dachte, sie wartet einfach ab, bis es vorbei ist.«

»Hätte ich auch gedacht, das Unwetter war ja wohl wirklich heftig.« Roberta sah sich den Campingplatz genauer an. Auf einem Abschnitt parkten Wohnmobile akkurat nebeneinander, auf einem anderen waren Campinganhänger mit Vorzelten aufgebaut. Im Schutz der Vorzelte standen Tische und Stühle, davor Grills, Topfblumen und Gartenzwerge.

»Hier sind nur wenige echte Camper. Urlauber, meine ich.« Er war ihrem Blick gefolgt. »Die meisten, die hier wohnen, sind auf Montage, viele sind Messebauer. Die U-Bahn ist gleich in der Nähe, ein Freibad auch. Und die Sanitäranlagen sind modern und großzügig, schließlich wollen die Leute anständig zur Arbeit erscheinen.« Er machte eine kleine Pause.

Roberta hatte nicht gewusst, dass in einem Frankfurter Stadtteil Menschen auf einem Zeltplatz lebten, um arbeiten gehen zu können. Allerdings schien es so ungemütlich nicht zu sein, vielleicht war es einfach nur geldsparend und praktisch.

»Ich dachte, sie sei in Sicherheit.« Er klang nun fast trotzig. »Und ich habe mir keine Gedanken gemacht. Bis ich mein Campingmesser aus dem Zelt holen wollte und sie da liegen sah.«

Sie wollte ihn fragen, was er mit dem Messer vorgehabt und warum es im Zelt gelegen hatte. Aber sein Leid berührte sie zu sehr. Dieser trostlose Blick unter dem zerzausten blonden Haar. Am liebsten hätte sie den fremden Mann in ihren Arm gezogen.

»Wo waren Sie denn während des Gewitters?«

»Ich saß im Auto.«

»Mensch, Chrissi, wo warst du so lange?« In Laras Nagelstudio kam ihm seine Nichte Amelie entgegen. Seit sie ihre Zöpfe los war und einen frechen Bob trug, wirkte sie um Jahre erwachsener. In der Hand hielt sie einen seiner alten Asterix-Comics. Das Lesen klappte noch nicht so besonders, sie war erst seit einem Jahr in der Schule. Aber bei den Comics konnte sie sich über die Bilder alles zusammenreimen.

»Auf einem Campingplatz im Stadtgebiet«, sagte Bär. »Hast du deine Hausaufgaben schon gemacht?« Die letzte Frage ging halb an seine Schwester.

»Gute Frage.« Lara ordnete auf einem kleinen Tisch die Utensilien an, die sie für die Behandlung ihrer Klientinnen brauchte. Bär stellte es sich schrecklich vor, zentimeterlange Kunstwerke von Fingernägeln aufgeklebt und zurechtgefeilt zu bekommen, schon das Geräusch einer Nagelfeile konnte ihn wahnsinnig machen. Er verstand nicht, wie Frauen mit Krallen voller Glitter, Steinchen und Piercings einen Fußboden aufwischen oder im Garten arbeiten konnten. Vermutlich taten sie das aber auch gar nicht, oder es funktionierte eben doch irgendwie, jedenfalls lief Laras Nagelstudio bombig, und die Zahl der Stammkundinnen wuchs täglich. Nur für einen Babysitter reichte es noch immer nicht.

»Ich habe heute nichts auf«, erklärte Amelie, »die Lehrer sind alle krank.«

»Alle? Wirklich *alle* Lehrer?«

»Na ja, die meisten. Was hast du auf dem Campingplatz gemacht?«

»Es gab einen Unfall. Eine Frau wurde vom Blitz erschlagen«, sagte Bär. »Direkt vor ihrem Zelt.«

»Boah, echt?« Amelie hielt sich die Hand vor den weit aufgerissenen Mund.

»Ja, im Ernst, so was passiert. Wenn du mal von einem Gewitter im Freien überrascht wirst, machst du dich am besten ganz klein und stellst deine Füße eng nebeneinander. Also nicht hinlegen und schon gar nicht unter einem Baum Deckung suchen, sondern: im freien Feld hinhocken und Füße zusammen.«

»Aber wieso?«

»Das erkläre ich dir später.«

»Wenn ich groß bin, was?« Amelie bedachte ihn mit einem altklugen Augenaufschlag.

»War sie schön?«, fragte Lara.

»Wer?«

»Na, die Frau.«

»Ach so. Ja, war sie. Jung und schön.«

Lara sog hörbar die Luft ein. »Und sie war allein auf dem Zeltplatz?«

»Nein, sie war mit ihrem Freund zusammen da.«

»Wie sah die Frau denn nach dem Blitzschlag aus?«, fragte Amelie neugierig. »Hat der Blitz ihr den Kopf abgeschlagen?«

»Ach was. Sie lag ganz friedlich vor ihrem Zelt. So als würde sie schlafen. Und nun ist es gut.«

Er hatte den beiden schon viel zu viel erzählt. Zwar deutete alles auf einen Unfall hin, aber die Ermittlungen des Rechtsmediziners waren noch nicht abgeschlossen. Außerdem sollte Amelie heute bei ihm übernachten, und wenn sie schlecht träumte, war es auch um seine Nachtruhe geschehen.

»Heute Nachmittag sind sieben Kühe vom Blitz erschlagen worden«, sagte Amelie und hob dabei sieben Finger in die Luft. »Stell dir das mal vor.«

»Woher weißt du das denn?«

»Das kam im Radio.«

»Die melden aber auch alles«, meinte Bär.

»Ja«, plapperte Amelie weiter. »Und die haben auch gesagt, dass man sich im Gewitter hinhocken soll, genau wie du eben. Und von Bergen soll man runtergehen.«

»Okay, dann hast du ja richtig was gelernt. Komm, lass uns in meine Wohnung fahren. Du pennst heute Nacht bei mir, und morgen machen wir uns einen schönen Tag. Wenn du willst, gehen wir in der Kaiserstraße ein Eis essen.«

»Au ja!« Amelie hüpfte zur Tür.

»Gepäck nicht vergessen!« Lara zog Amelies Rucksack unter der Theke hervor. Bär nahm ihn entgegen.

»Nächstes Wochenende kann ich nicht auf dein kleines Mädchen aufpassen. Auf meinem Schreibtisch türmen sich die Akten. Eigentlich müsste ich da schon dieses Wochenende ran. Aber ich mache noch mal eine Ausnahme.«

»Chris, du bist einfach ein Schatz.« Lara warf ihm einen Kuss zu. »Was bin ich froh, dass deine Nichte dir wichtiger ist als deine Verbrecher.«

4

Roberta starrte auf den gezackten Umriss, mit dem die Polizei die Lage der Leiche markiert hatte. Das breite weiße Klebeband haftete nicht überall auf der feuchten Erde, hier und da kroch der Wind darunter und ließ es erzittern. Leicht verdreht hatte die Tote dort auf dem Rücken gelegen, die Arme etwas angewinkelt. Das blonde Haar voller Schlamm. Auch Maik Herres schien sie noch immer vor dem Zelt liegen zu sehen. Seit einer gefühlten Ewigkeit hockte er auf seinem bunten Campinghocker, starrte auf die Unglücksstelle und hielt stumme Totenandacht. Roberta stand hinter ihm, den müden Rücken an einen Baumstamm gelehnt. Sie brachte es nicht übers Herz, ihn so verzweifelt und allein sich selbst zu überlassen.

Nachdem der Leichenwagen davongefahren war, hatten sich die Gaffer rasch zerstreut, der Campingplatz wirkte nun verlassen und unwirtlich. Auf den Wegen standen noch Pfützen vom vergangenen Unwetter, am Himmel ballten sich bereits neue Regenwolken zusammen.

Roberta schlang die Arme um ihren Oberkörper. »Ich kann Sie nach Hause fahren«, sagte sie. Sie nahm an, dass der Wagen neben dem Zelt ihm gehörte. Ein alter schwarzer BMW mit Friedberger Kennzeichen. Aber sie bezweifelte, dass er ihn in seinem Zustand auch nur zwei Meter geradeaus lenken oder überhaupt noch irgendein Auto fahren konnte. »Ihren Wagen lassen Sie einfach hier. Und das Zelt können Sie stehen lassen und morgen abbauen.«

Ihre Worte rissen ihn aus seiner Trance. Er erhob sich von seinem Hocker und sah sie an.

»Danke. Das ist nett von Ihnen. Ich muss schließlich meiner Familie Bescheid geben. Und natürlich will ich zu Jessikas Eltern. Aber vorher … Ich habe meiner Schwester versprochen, bei ihr vorbeizusehen. Sie wird schon warten. Und sie erträgt es nur ganz schwer, wenn ich sie versetze.«

»Ich kann Sie auch zu Ihrer Schwester fahren.«

»Das würden Sie tun?« Er schenkte ihr ein warmherziges Lächeln, und Roberta ertappte sich dabei, wie sie die Geste genoss. Dann war der Moment vorüber. »Da müssen wir aber nach Marburg.«

Sie nickte nur. Sie hatte seiner Totenandacht beigewohnt und sich vorgenommen, ihn heil nach Hause zu bringen. Und sie würde ihr Angebot nicht zurückziehen, nur weil es jetzt etwas zeitraubender wurde.

Unterwegs schwieg er. Roberta konzentrierte sich aufs Fahren. Die A 5 war verstopft, und auch auf der B 3 kamen sie nur langsam voran. Vor ihnen hatte es einen Unfall gegeben, aus der Ferne erklang ein Martinshorn. Roberta zog den Corsa rechts ran, um eine Gasse frei zu machen. Das Martinshorn wurde lauter, ein Krankenwagen glitt an ihnen vorbei. Ein rot-weißer Schatten mit blauen Funken. Maik Herres wandte sein Gesicht ab.

Im Schritttempo ging es weiter. Auf dem Seitenstreifen lag ein verbeulter Passat auf dem Dach. Polizisten winkten Roberta um die Unfallstelle herum. Ihr Fahrgast hielt sich eine Hand vor die Augen. Ganz langsam nahm er sie wieder herunter. »Jessika hatte eine enorme Angst vor Unfällen.«

»Verstehe. Was hat sie beruflich so gemacht?« Roberta versuchte, ihn abzulenken.

»Sie hatte einen Job in einem Hotel in Frankfurt. Aber ihr gefiel nicht, dass ich immer mit dem Auto unterwegs war.«

»Dann haben Sie einen weiten Weg zur Arbeit, Herr Herres?«

»Nur bis Darmstadt. Aber Sie können ruhig Maik zu mir sagen. ›Herr Herres‹ klingt so fremd. So nennt mich nicht mal mein Chef.«

»Okay. Ich heiße Roberta. Ein interessanter Arbeitsplatz?«

»Wie man's nimmt. Ich bin Computerfachmann.«

Die Autobahn vor ihnen war wieder frei, sie gab Gas.

Als sie Marburg erreichten, war Maik auf dem Beifahrersitz eingeschlafen. Die schmuddeligen Hände lagen entspannt in seinem Schoß. Sein Kopf war zur Seite gerutscht, das Gesicht zum Fenster gewandt und verdeckt vom strähnigen blonden Haar. Sein Körper verströmte einen gewissen Geruch, aber er war Roberta nicht unangenehm. Er erinnerte sie an Moschus und Meersalz.

»He!« Sie rüttelte ihn sanft am Arm. »Wo müssen wir eigentlich genau hin?«

Er fuhr hoch, sah sie einen Moment irritiert an. »Unikliniken«, sagte er dann.

»Ihre Schwester ist krank? Hoffentlich nichts Schlimmes.«

»Nein. Sie macht eine Therapie. Dahinten müssen wir nach rechts.«

Sie ließ sich von ihm durch ein paar Straßen leiten, dann standen sie auf dem Parkplatz der Unikliniken. Die Gebäude wirkten auf Roberta wie eine moderne Fabrik und riefen trübe Erinnerungen in ihr wach. Vor gut einem Jahr hatte sie selbst hier gelegen und sich von ihrer Schussverletzung erholen müssen. Obendrein hatte man damals nicht ausschließen können, dass sie an einer Blutvergiftung litt. Tagelang hatte sie mit düsteren Gedanken in dem hell eingerichteten Patientenzimmer darüber nachgegrübelt, was sie alles falsch gemacht hatte. Und das war eine Menge gewesen. Sie hatte auf Bär gewartet, hatte gehofft, dass er sie einmal besuchte. Vergebens. Sie hatte ihn zu sehr enttäuscht. Und er sie. Nun war sie wieder an diesem Ort, an dem die Sommertage so zäh verstrichen waren. Draußen die Sonne und drinnen die stickige Sehnsucht.

Sie zuckte zusammen, als die Tür der Krankenabteilung hinter ihr zufiel. Die Wände erstrahlten in freundlichen Farben, ließen an Sand, Meer und blauen Himmel denken. Roberta taten die Patienten leid, die diese farbliche Aufmunterung nötig hatten. Ihre Schritte wurden langsamer und schwerer, ohne dass sie es wollte. Maik war vorausgestürmt, den Gang entlang, jetzt riss er eine Tür auf und betrat einen Raum. Als sie das Patientenzimmer erreicht hatte, spähte sie vorsichtig hinein. Schränke aus hellem Holz, das große Fenster. Das hohe Bett. Wie sie das alles kannte.

Doch das Bett war leer. Überhaupt schien niemand im

Zimmer zu sein. Sie trat ein, blickte um die Ecke. Ein Mädchen im Nachthemd kauerte auf dem Boden, die Füße eng an den Körper gezogen. Anfang, Mitte zwanzig. Raspelkurzes Haar, wasserstoffblond. Tränen in den Augen. Maik stand vor ihr, strich ihr über den Kopf. Er flüsterte etwas, schien sie beruhigen zu wollen. Roberta konnte ihn kaum verstehen.

»Schsch. Ganz still. Ich nehme dich das nächste Mal mit, versprochen.«

Das Mädchen schaute mit großen Augen zu ihm auf. Ließ ein Gummiband, das sie ums Handgelenk trug, rhythmisch gegen ihre Haut schnellen. Für einen Moment war das leise Geräusch alles, was man im Zimmer vernahm.

Dann ein Schrei: »Ich will hier raus!« Sie packte Maik an den Hosenbeinen. »Nimm mich mit, bitte!«

»Cindy, du musst noch hierbleiben«, erwiderte er bestimmt. »Wenn du nicht durchhältst, war alles umsonst.«

Cindy krümmte sich zusammen und wiegte sich hin und her. Dann begann sie wieder damit, ihr Gummiband gegen ihr Handgelenk schnellen zu lassen.

»Wer ist das?« Sie wies mit ausgestrecktem Arm auf Roberta. Der Ärmel ihres Nachthemds rutschte hoch. Roberta sah, dass sie die Haut mit Filzstiften bemalt hatte. Und dass es zwischen den Zeichnungen Narben gab. Verheilte lange Narben und kleinere frische, die noch rot waren und voller Schorf.

»Ich habe dir versprochen, dich zu besuchen, und ich bin hier«, sagte Maik. »Ich komme auch wieder. Aber du musst jetzt erst einmal gesund werden. Verstehst du?«

Cindy nickte schwach.

»Wer ist das?« Wieder streckte sie den Zeigefinger nach Roberta aus.

»Roberta Hennig«, stellte sie sich vor. »Ich bin …«

»… eine Bekannte«, schnitt Maik ihr das Wort ab.

»Ach, so ist das.« Cindys Gesichtszüge wurden weich, und ein Lächeln stahl sich in ihre Augen. Es war erstaunlich, wie schön sie nun aussah. Ein bisschen wie Jean Seberg, die Nouvelle-Vague-Ikone aus den frühen sechziger Jahren. Aber vielleicht lag das auch nur an der Frisur. »Seit wann sind Sie mit meinem Bruder zusammen?«

Roberta wollte richtigstellen, dass sie für Maik nur die Fahrerin spielte. Doch das ging nicht, ohne Jessikas Tod zu erwähnen. Denn wäre Jessika nicht vom Blitz erschlagen worden, hätte sie Maik niemals hierhergefahren.

Sie warf ihm einen bittenden Blick zu. Wenn jemand die Todesnachricht überbrachte, dann er. Aber Maik schwieg.

»Jetzt sagen Sie schon«, drängte Cindy. »Hat Jessika ihn wieder herumkommandiert? Hat er sie endlich in die Wüste geschickt?«

Roberta schluckte.

»Wir müssen los«, sagte Maik. »Komm, Cindy, leg dich ins Bett. Damit ich ein schönes Bild vor Augen habe, wenn ich an dich denke. Wie du da in der Ecke hockst … So mag ich dich gar nicht in Erinnerung behalten.«

Cindy ließ sich vom Boden hochziehen, er führte sie zum Bett und schüttelte ihr Kopfkissen auf. Mit schwerfälligen Bewegungen kroch sie unter die Decke. Maik strich ihr über die bunt bemalten Narbenarme. Kurz zupfte er selbst an ihrem Gummiband.

»Halt durch, ich komme wieder.«

»Was ist mir ihr?«, fragte Roberta, als sie zum Parkplatz gingen. Sie versuchte, beiläufig zu klingen.

»Mit Cindy?«

»Ja.«

»Sie hatte einen Zusammenbruch, und wir mussten sie in die Klinik einliefern. Jetzt macht sie endlich eine Therapie. Sie muss lernen, sich nicht mehr zu verletzen.«

»Und warum …«

»Wissen wir auch nicht.« Maik schwieg einen Moment. »Eines Tages rutschte ihr Ärmel hoch, als sie im Garten einen Apfel vom Baum pflücken wollte. Da hab ich die Narben gesehen. Die meisten waren schon verheilt. Sie machte es also schon länger.«

»Und vorher hat niemand aus der Familie etwas geahnt?«

Er legte kurz die Hände vors Gesicht, dann sah er Roberta direkt an. »Cindy wirkte so normal. Sie ging zur Uni und zur Arbeit. Es gab keine unglückliche Liebe, keine ungewollte Schwangerschaft oder was man sonst so in Frauenzeitschriften darüber liest. Sie hat mir immer alles erzählt.«

Roberta sagte nichts. Sie hatte keinen Bruder. Dennoch konnte sie sich nicht vorstellen, einem Mann *alles* zu erzählen. In ihrer Jugend waren enge Freundinnen ihre Vertrauten gewesen. Und selbst denen hätte sie bestimmte Dinge nicht auf die Nase gebunden. Ein Verhältnis mit einem verheirateten Professor zum Beispiel.

Sie waren bei Robertas Wagen angekommen. Auf dem Dach der dunklen Limousine, die neben dem Corsa parkte, erhob sich eine schwarze Katze, machte einen Buckel und streckte ihre Glieder. Dann stahl sich der Stubentiger über den Kühler davon.

»Vielleicht ein Burn-out im Studium«, sagte Roberta.

»Blödsinn. Cindy ist clever, das Lernen fällt ihr leicht. Sie hat in Gießen Verwaltungswirtschaft studiert und daneben auf dem Arbeitsamt in Friedberg geschafft. Die haben sie übernommen, als sie mit der Uni durch war. Und jetzt das.«

»Dann ist sie also mit der Ausbildung fertig?«

Maik nickte nur.

Roberta unterdrückte einen Seufzer. Womöglich hatte Cindy festgestellt, dass ihr Beruf nicht zu ihr passte. Dass es zu belastend für sie war, jeden Tag mit arbeitslosen Menschen und ihren Sorgen umzugehen. Und sie hatte sich nicht eingestehen wollen, so viele Jahre in die falsche Richtung studiert zu haben.

»Hoffentlich wird sie bald gesund.«

»Das wird sie«, sagte Maik fest.

Roberta fragte sich, woher er diese Überzeugung, woher er seine Kraft nahm. Die Schwester in der Psychiatrie. Die Freundin vom Blitz erschlagen. Und er selbst in der traurigen Pflicht, seiner Familie die Nachricht zu überbringen und Jessikas Angehörigen beizustehen.

»Wohin jetzt?«, fragte sie.

Er sah sich nach der Bushaltestelle am Ende des Parkplatzes um. »Von hier aus wollte ich eigentlich …«

»Mit dem Bus weiterfahren?«

»Ja. Sie haben schon genug für mich getan. Und meine Familie wohnt in der Wetterau.«

»Ach, lassen Sie mal. Das ist kein Problem.« Sie schloss ihm die Tür auf. »Sagen Sie mir einfach, wo es langgehen soll.«

Diesmal hatte Roberta die Landstraße gewählt. Wiesen leuchteten in sattem Grün. Rapsfelder blitzten sonnengelb auf. Dörfer lagen pittoresk und wie ausgestorben da. Der Feierabendverkehr war längst vorbei, die Menschen in der Wetterau machten freitags gern früh Schluss. Vor allem im Sommer. Wer konnte, richtete seine Gleitzeit entsprechend ein. So war das Wochenende länger, und es lohnte sich, im Gemüsegarten zu schaffen, Streuobstwiesen zu pflegen, Apfelwein zu keltern oder einfach nur mit der Familie zu grillen.

Maik saß, wie sie es nun schon kannte, mit geschlossenen Augen neben ihr. Roberta dachte an den Tag zurück, einzelne Szenen drängten sich ihr auf. Die Kadaver der Kühe, wie sie im Kreis unter dem Baum liegen. Maik, wie er verzweifelt gegen den Leichenwagen trommelt, in dem seine Jessika liegt. Cindy, die das Gummiband von ihrem Handgelenk wegzieht und es zurückschnalzen lässt.

Das Tageslicht wurde matter, die Straße leerer, es waren kaum noch Fahrzeuge unterwegs. Vor ihr überspannte eine Brücke die Fahrbahn, das hohe blaue Geländer war weithin sichtbar.

»Hier können Sie mich rauslassen«, sagte Maik.

»Sind wir denn schon da?« Roberta nahm den Fuß vom Gas und sah sich um.

»Noch nicht ganz. Aber es ist nicht mehr weit. Die letzten Schritte laufe ich lieber. Ich brauche ein bisschen frische Luft, bevor ich …«

Roberta verstand. Er wollte Abstand zwischen den Besuch in der Klinik und das Gespräch mit der Familie bringen. Sich wappnen für das Überbringen der Todesnachricht, sich womöglich ein paar schonende Worte zurechtlegen.

Sie hielt am Straßenrand an, und er stieg aus, beugte sich aber noch einmal in den Wagen.

»Danke fürs Mitnehmen.« Er lächelte charmant. In all seinem Seelenchaos.

»Gern«, sagte Roberta.

Sie schaute sich nach einer Wendemöglichkeit um, und ihr Blick fiel auf die Brücke vor ihnen. Die Fahrbahn verlief darunter hinweg, das gleißend blaue Geländer schien bis hoch in den Himmel zu ragen.

»Das ist unsere So-da-Brücke.« Maik war ihrem Blick gefolgt.

»Bitte, was?«

»Den Namen hat sie, weil sie eine Zeit lang nur so dastand. Ohne die Zubringer, die wurden erst viel später gebaut, zwischenzeitlich gab es kommunalen Streit um die Umgehungsstraße, die darüber hinwegführt. Vor Kurzem hat man nun endlich die Zubringer angelegt, eröffnet ist die Brücke aber immer noch nicht.«

»Und der Name So-da-Brücke bleibt?«

»Sicher. Er ist einfach zu schön.«

Trotz all dem Elend, das sie mit Maik in den letzten Stunden erlebt hatte, musste Roberta lachen. Dann wurde sie wieder ernst. »Ich wünsche Ihnen alles Gute.«

Und Ihrer Schwester auch, wollte sie hinzufügen. Aber sie schämte sich, weil schon der eine Satz so banal klang.

»Alles klar.« Ein kurzes Klopfen aufs Autodach. »Und danke noch mal.« Er wandte sich ab und lief die Straße hinunter, ein schlaksiger Mann mit hochgezogenen Schultern, die Hände in den Taschen.

Sie sah ihm lange nach. Beobachtete, wie seine Silhouette immer kleiner wurde, bis sie schließlich unter der So-da-Brücke verschwand.

5

Am Samstag spendierte Bär seiner Nichte das versprochene Eis bei »Fontanella«. Er mochte den Laden, der eine der ältesten Eisdielen Frankfurts war. Die portionierten Eiskugeln fielen je nach Andrang bescheiden oder auch mal großzügiger aus, aber die Qualität war immer gleichbleibend spitze. Amelie ließ sich Vanille-, Yogurette- und Erdbeereis in der Waffel geben, er wählte Bitterschokolade und gebrannte Mandel im Becher. Das Eis in der Hand, schlenderten sie über die Kaiserstraße in Richtung Bahnhof, wo Bär seinen Wagen abgestellt hatte. Es ging inzwischen auf Mittag zu. Sie hatten ausgeschlafen und sich beim Frühstück Zeit gelassen.

Die Hitze stand wie in einem Backofen zwischen den Häusern. Die kurze Abkühlung, die das gestrige Gewitter gebracht hatte, war längst Geschichte.

Amelies Eis tropfte vom Hörnchen; sie kam kaum hinterher, es rundum abzuschlecken, damit nichts auf ihr T-Shirt rann. Bär musste lachen. Sein Becher war wesentlich praktischer.

»Wie wär's mit ein bisschen Vergnügen?« Ein junger Kerl im dunklen Anzug hielt Bär auffordernd einen Flyer entgegen und wies auf ein Sexkino. Dann entdeckte er Amelie und trat einen Schritt zurück. »Oh sorry, Familie«, murmelte er.

Bär legte Amelie eine Hand auf die Schulter. Die Bahnhofsgegend war einst ein schmuddeliges Rotlichtviertel gewesen, doch die Stadtväter hatten bereits vor Jahrzehnten etlichen Straßenzügen zu neuem Glanz verholfen. Bürgerliche Restaurants und moderne Büroetagen waren entstanden; mittlerweile residierten hier angesehene Buchverlage. Wohlhabende, die das Flair der Halbwelt suchten, unterhielten schicke Zweitwohnungen zwischen Animierbars und Druckstuben.

Bär kratzte seinen Eisbecher leer, den letzten geschmolzenen Rest schlürfte er aus dem Pappschälchen. Als er es absetzte, sah er Maik Herres aus dem Haus gegenüber kommen. Er spielte an einem Fotoapparat herum, schaute aufs Display und durch den Sucher. Wie es aussah, hatte er das Teil gerade erst gekauft. Die Einkaufstüte eines Fotogeschäfts klemmte unter seinem Arm. Herres' Miene war gelöst, seine volle Aufmerksamkeit galt seiner Neuerwerbung.

Gestern erst war seine Lebensgefährtin vom Blitz erschlagen worden. Hatte der Kerl seinen Kummer auf dem Campingplatz nur gespielt? Bär ärgerte sich nun, dass er ihn so rücksichtsvoll gebeten hatte, bei Gelegenheit im Präsidium vorbeizuschauen. Er hätte ihn gleich zur Befragung mitnehmen sollen.

Er griff nach Amelies Hand. »Wir beide müssen jetzt schnell mal was herausfinden.«

»Au ja. Was denn?«

»Das erzähle ich dir später.«

Er wartete, bis Herres sich entfernt hatte. Dann schlenderte er zu dem Hauseingang hinüber, Amelies Hand fest in seiner. Er musste nicht lange suchen. Ein kleines Schild besagte, dass es im fünften Stock einen Fotoladen gab.

Er zog Amelie in den Hauseingang. Die Aufzugkabine war eng und ruckelte während der Fahrt. Das Fotogeschäft lag hinter einer gewöhnlichen Wohnungstür, Bär musste klingeln. Der Besitzer – oder war es nur ein Verkäufer? – öffnete ihnen. Ein heller Raum. Laminat und weiße Wände. Davor Regale und darin lauter Fotoapparate und Teleobjektive, gebrauchte und neue.

»Cool!« Amelie klatschte in die Hände. »Kaufst du dir jetzt einen neuen Fotoapparat, Chrissi?«

»Guten Tag. Wofür hat sich der Kunde eben interessiert?«, fragte Bär den Verkäufer.

Der Mann bezog hinter einem schmalen Tresen Stellung und taxierte ihn. »Warum sollte ich Ihnen das erzählen?«

Bär warf einen kurzen Blick zu Amelie hinüber. Immer noch stand sie vor den Regalen, ohne etwas anzufassen. Sie wurde eben älter und vernünftiger.

»Ist eine polizeiliche Ermittlung.« Er zückte seinen Ausweis und hielt ihn dem Verkäufer hin. Der warf einen Blick darauf, kämpfte aber noch einen Moment mit sich.

»Der Kunde hat ein neues Weitwinkelobjektiv für seine Kamera gekauft«, sagte er schließlich. »Sein altes hatte eine Macke.«

»Wissen Sie zufällig, was er damit fotografieren will?«

Der Mann hinter der Theke lachte. »Nein, so etwas erzählen uns unsere Kunden nicht.«

»Hätte ja sein können«, meinte Bär, »dass Sie ins Plaudern gekommen sind. Über Brennweiten, Belichtungszeiten. Und wie man welche Motive am geschicktesten aufnimmt. So eine Art Fachgespräch unter Profis.«

Der Verkäufer sah auf seine Hände, die schmal wie zwei kleine eingeschlafene Vögel auf der Theke ruhten. »Wir sprachen kurz darüber, dass sein Objektiv nass geworden war. Und er erklärte mir, er fotografiere Gewitter.«

Für einen Moment dachte Bär, er habe sich verhört. »Gewitter?«

»Ihr schon wieder?« Lara trug einen Mundschutz, vor ihr saß eine Kundin, die rechte Hand zur Maniküre auf den Behandlungstisch gelegt. »Ich dachte, ihr kommt erst heute Abend zurück.«

Bär schob Amelie samt Rucksack in den Laden. »Mir ist was dazwischengekommen, das lässt mir keine Ruhe. Ich muss noch mal in die Rechtsmedizin.«

Von der blonden Frau, die sich von Lara die Krallen schärfen ließ, sah er nur die Arme und den Rücken, über den ihre langen Haare fielen. Bei dem Wort Rechtsmedizin war sie leicht zusammengezuckt. Nun wandte sie sich um. Bär erkannte Katja, seine Ex. Sie war eine enge Freundin von Lara, so hatte er sie kennengelernt.

»Boah, wie toll!« Amelie ließ ihren Rucksack auf den Boden fallen und stürzte zu ihr, um die kleinen Perlmuttperlen zu bewundern, die auf den dunkellila lackierten Fingernägeln klebten. Als Katja noch mit ihm zusammen gewesen war, hatte sie die Nägel in einer praktischen Länge getragen und bestenfalls rot lackiert. Nun streckte sie ihm ihre Kunstwerke entgegen.

»Ist nur zu Testzwecken«, sagte sie leichthin. »Lara probiert gerade etwas Neues an mir aus.«

Ihm war, als könnte sie immer noch seine Gedanken lesen. »Lila«, stellte er fest. »Ist hoffentlich der letzte Versuch.«

»Lila ist doch schön!« Amelie pustete auf Katjas Finger.

»Sicher. Ich lass euch dann mal lila allein.« Kopfschüttelnd wandte sich Bär zur Tür. »Macht's gut.«

»Christian?«

»Ja?«

Katja stand vom Stuhl auf. Sie wedelte mit der frisch behandelten Hand durch die Luft, der Kleber trocknete offenbar langsam. Mit der anderen Hand fuhr sie sich über den Bauch, der sich unter dem knappen T-Shirt sanft rundete. »Mir ist lieber, du erfährst es von mir.«

»Katja ...« Seine Stimme klang tonlos vor Erstaunen.

Sie hatte von Anfang an eine Familie gewollt. Er war dagegen gewesen. In Kollegenkreisen hatte er zu viele Ehen zerbrechen sehen. Polizisten waren nicht familienkompatibel, sie hingen im Schichtdienst fest, während die Frauen sich allein mit den Kindern abmühten. Irgendwann hatten sie die Schnauze davon voll. Oft angelten sie sich dann einen anderen, nicht selten einen befreundeten Kollegen, mit dem alles von vorn anfing.

Was, wenn er mit Katja ein Kind gehabt hätte? Vielleicht wäre er dann noch mit ihr zusammen.

Aber er war stur geblieben.

Es war ihm verdammt schwergefallen, einen Strich unter die Sache zu ziehen. Er hatte an ihr gehangen, ihre Fotos viel zu lange aufbewahrt. Überall in seiner Wohnung waren sie herumgeflogen. Erst im vergangenen Sommer hatte eine andere sie aus seinen Gedanken verdrängt: Roberta.

»Wann kommt es denn?«, fragte er.

»Ich bin im fünften Monat.«

»Wie schön.« Bär fiel so schnell nichts ein, was einigermaßen vernünftig geklungen hätte. Würde sie ihm Eifersucht unterstellen, wenn er nach dem Vater fragte? Oder sah es nach Gefühllosigkeit und Desinteresse aus, wenn er es *nicht* tat? Er blickte hilfesuchend zu seiner Schwester.

»Katja war bei der Samenbank.« Lara zog betont langsam ihren Mundschutz ab.

»Wie bitte?«

»Natürlich hätte ich lieber ein Kind von dir gehabt«, sagte Katja. »Aber du stehst ja als Vater nicht zur Verfügung.«

»Also ich … äh …«

»Gut, dass es auf der Samenbank einen Vater für Katjas Baby gibt, nicht? Ist doch heute alles möglich.« Amelie saß auf der Kante des Behandlungstischs und ließ die Beine baumeln.

»Was weiß Amelie denn davon?« Das kam ruppiger heraus, als er wollte.

»Der haben wir das alles erklärt«, sagte Lara. »Leicht verständlich.«

»Klar. Wie in der ›Sendung mit der Maus‹.« Bär gab Amelies Rucksack einen Tritt, der ihn drei Meter über den Boden rutschen ließ. Die drei im Nagelstudio guckten ihn sprachlos an. »Ich sehe euch später.«

Über den Main wehte eine leichte Brise. Bär wäre am liebsten am Ufer festgewachsen, nur um sich weiterhin von ihr kühlen zu lassen. Der freie Parkplatz, den er hatte ergattern können, lag ziemlich weit weg vom Institut für Rechtsmedizin. Nun beeilte er sich, in die alte Jugendstilvilla zu kommen.

Er versuchte, seine Informationen zu ordnen. Da war eine Frau auf einem Campingplatz vom Blitz erschlagen worden, und ihr Partner kaufte sich am nächsten Tag neues Fotozubehör. Doch nicht, um die Beerdigung zu fotografieren. Sondern weil der Mann am liebsten Gewitter aufnahm.

Du hast was übersehen, Bär, schimpfte er in Gedanken. Der Kerl hat dich vorgeführt.

Er hatte Dr. Zimmer womöglich zu vorbehaltlos abgenommen, dass Jessika Sommer vom Blitz erschlagen worden war. Wegen der Kühe am Morgen war sein Hirn auf Gewittertod programmiert gewesen. Nun würde er sich den Hobbyfotografen noch einmal vornehmen müssen. Doch zuerst musste er das Obduktionsergebnis kennen.

Das letzte Stück lief er schneller. Er drückte die schwere Eingangstür des Instituts auf, durchquerte den holzgetäfelten Flur und nahm die ausgetretenen Stufen ins Souterrain. Auf halber Treppe kam ihm der Rechtsmediziner entgegen.

»Tag, Dr. Zimmer.«

»Kommissar Bär! Ich hätte Sie heute noch angerufen. Oder kommen Sie nicht wegen der Leiche vom Campingplatz?«

»Doch. Haben Sie schon ein Obduktionsergebnis?«

»Allerdings. Na, dann gehen wir mal in unseren Hades.«

Zimmer machte auf dem Absatz kehrt, und Bär folgte ihm. Er kannte die Räumlichkeiten von früheren Fällen. Das Institut für Rechtsmedizin hätte längst umziehen sollen, aber es würde wohl nie dazu kommen. Die Jugendstilvilla war der Uni von einem Flugzeugkonstrukteur überlassen worden, mit der Auflage, dass in den Räumen gelehrt wurde. Und es war seither nicht gelungen, hier ein anderes Institut unterzubringen.

Ein dumpfer, süßlicher Geruch hatte sich über die Jahre im Gemäuer eingenistet. Gleißend fiel Tageslicht durch kleine Fenster in den Obduktionsraum im Souterrain. Auf einem Stahltisch lag die Tote. Sie war gewaschen worden, Bär konnte nun die Farbe ihres Haars deutlich sehen. Es war hellblond. Noch feucht. Lang und glänzend umrahmte es ihr Gesicht.

Ein Engel wie Katja, dachte Bär. Und wie Amelie mal einer sein wird.

»Ist sie wirklich durch einen Blitz gestorben?«

»Sie vermissen wohl immer noch die typischen Verbrennungen am Körper? Die Blitzfiguren, wie wir sie nennen?«

»Ja. Könnte es nicht doch etwas anderes gewesen sein?«

»Ein Mord?« Zimmer verschluckte ein Lachen. »Aber nein. Wenn sich die Energie eines Blitzes über eine feuchte Wiese entlädt ... Jessika Sommer war für den Tod durch einen Blitzschlag prädispositioniert.«

»Wieso das denn?«

Der Rechtsmediziner griff nach einer Metallschale und hielt sie so, dass Bär hineinsehen konnte. Ein Organ lag darin.

Bläulich rosa und glatt, direkt unter der Oberfläche ein Geflecht aus dunklen, schimmernden Äderchen. Zwei helle Strünke, die herausragten.

»Das hier ist ihr Herz. Weil es in diesem Fall ein wichtiges Beweisstück ist, haben wir es nicht mit den anderen Organen in den Thorax zurückgelegt und eingenäht. Wenn Sie einmal schauen wollen …«

»Ja?« Bär beugte sich über die Schale.

»Jessika Sommer kam mit einer TGA zur Welt, einer Transposition der großen Arterien. Die Anschlüsse von Hauptschlagader und Lungenarterie waren bei ihr vertauscht. Ein angeborener Herzfehler. Daher hat man sie schon wenige Tage nach der Geburt operiert und die Anschlüsse korrigiert.« Zimmer machte eine kleine Bewegung mit der Organschale, die Bär wohl dazu auffordern sollte, sich das Herz der Toten ganz genau anzusehen. »Können Sie die feinen OP-Narben an den Blutgefäßen erkennen? Die haben wir extra nicht zu kurz abgeschnitten.«

Bär wurde etwas flau im Magen. Er versuchte sich vorzustellen, was so eine Prozedur für einen Säugling bedeutete. Nie würde er vergessen, wie friedlich Amelie kurz nach ihrer Geburt in Laras Bett geschlafen hatte. Diese kleinen Hände. Sie waren so winzig gewesen. Ein Kind, das gerade auf die Welt gekommen war, sollte nicht allein in einem Brutkasten liegen, angeschlossen an Versorgungsschläuche.

»Und nach der Operation war das Problem behoben?«, wollte Bär wissen.

Zimmer schüttelte betrübt den Kopf. »Etwa ein Viertel der Neugeborenen mit einer TGA haben auch einen VSD, einen Ventrikelseptumdefekt. Das ist ein kleines Loch in der Scheidewand zwischen den beiden Herzkammern. Das kann man dann später operieren, wenn das Kind größer ist, man setzt einfach einen Flecken darauf. Aber das wurde bei Jessika Sommer nicht mehr gemacht.«

»Und das führte wozu?«

»Die Widerstände des Körperkreislaufs und der Lungenstrombahn glichen sich an, die Lungengefäße verhärteten, und es kam zu einem Lungenhochdruck. Der wiederum führte zur Umkehr der Blutflussrichtung zwischen den Herzkammern. Aus der rechten Kammer gelangte sauerstoffarmes Blut in die linke und wurde von dort aus mit in den Körper gepumpt. Die Folge war ein anhaltender Sauerstoffmangel, der alle Organe geschwächt hat.«

»Also auch das Herz.«

»Richtig. Jessika Sommer hatte eine Herzinsuffizienz. Dem Spannungsstoß eines Blitzes in unmittelbarer Nähe konnte ihr Herz nicht standhalten.«

Die Nierenschale schepperte, als Zimmer sie auf dem hölzernen Gestell absetzte, das wie eine Brücke über die Beine der Toten ragte. Es war für die Schüsseln gedacht, in denen man während der Obduktion die Organe sammelte.

»Danke, Dr. Zimmer.« Bär verabschiedete sich und warf einen letzten Blick auf Jessika Sommers Herz. Zwei Handvoll Muskeln. Der Motor für ein ganzes Leben.

6

»Unser Ziel ist es, Blitze vom Himmel zu holen. Dazu wollen wir elektrische Entladungen in den Gewitterwolken erzeugen, und zwar mit extrem starken Lasern.« Der Dozent vorn am Pult unterstrich seine Worte mit einem Nicken, und seine schwarzen Locken sprangen auf und ab. Er war noch jung. Und voller Enthusiasmus. Die rund fünfzig Menschen, die im Konferenzsaal des Genfer Nobelhotels versammelt waren, um sich über Blitzabwehr für Flughäfen zu informieren, folgten ihm gebannt.

Roberta war an noch keinem Montag so müde gewesen wie heute, doch das spannende Thema hielt sie wach. Sie sah sich unauffällig um. Beamer, Projektionsfläche und Lautsprecher. Die moderne Technik stand in einem seltsamen Kontrast zu dem gediegenen Raum mit seinen hohen Türen und Fenstern. Die schweren Vorhänge und die soliden Tische, die in Reih und Glied aufgestellt waren, dämpften den Schall. Die Lüster unter der Decke brachen das Tageslicht.

»Mit einem Superlaser lassen sich ultrakurze Lichtblitze erzeugen. Durch den Impuls wird die Luft entlang des Laserstrahls ionisiert, und es entsteht ein Plasmakanal, der Strom leitet«, erklärte der Dozent. »Wir laden den Blitz quasi ein, durch diesen Plasmakanal zu uns auf die Erde zu kommen.«

Roberta erinnerte sich, dass auch natürliche Blitze sich erst einen Kanal bahnten, bevor sie zur Erde fuhren. Das also war das Prinzip. Ob es funktionierte?

Andere Forscher würden diese Thesen gleich hinterfragen und ihre Ideen vorstellen. Sie warf einen verstohlenen Blick auf die Rednerliste. Darauf standen Wissenschaftler von der FU Berlin, vom Forschungszentrum Dresden-Rossendorf, Vertreter der Universitäten Lyon und Genf und des French Center for Scientific Research. Sie alle waren Physiker, Flugzeugingenieure oder Techniker. Und sie alle suchten nach einer Methode, um Blitze unschädlich zu machen.

»Bei den bisherigen Experimenten waren die entstandenen Plasmakanäle noch zu kurz, um einen Blitz auf die Erde ableiten zu können. Bei unseren nächsten Experimenten wollen wir daher die Laserstärke und die Impulsdichte erhöhen, um auf diese Weise Plasmakanäle zu erzeugen, die bis zur Erde reichen.«

Unter dem Konferenztisch zog Roberta ihren Laptop aus der Tasche, stellte ihn leise vor sich hin und klappte ihn auf. Sie musste sich Notizen machen, all diese Infos konnte sie sich unmöglich merken. Schließlich wollte sie einen oder besser noch mehrere Artikel über das Thema schreiben und verkaufen. Die hier präsentierten Forschungsergebnisse könnten Meilensteine in der Entwicklung der Luftfahrt bedeuten.

»Flieger bestehen heute längst nicht mehr nur aus Metall«, erklärte der Wissenschaftler. »Es werden immer mehr Komposit-Materialien verbaut. Um Gewicht zu sparen, werden Aluminiumbauteile durch Kohlefaser-Werkstoffe ersetzt. Die leiten den Strom aber viel schlechter weiter. Deshalb sind Flugzeuge keine perfekten faradayschen Käfige mehr, in denen die Insassen sicher sind, weil der Blitz den Metallkörper des Flugzeugs umrundet. Und es wird immer gefährlicher für sie, in ein Gewitter zu geraten. Weshalb die Piloten es weiträumig umfliegen. Autopilot und Wetterradar helfen ihnen dabei. Das ist so weit ziemlich problemlos.«

Er wechselte die Vorlage für seine PowerPoint-Präsentation. Statt der Grafik mit den Daten der verschieden starken Laser sah man nun Icons, die stilisierte Flieger beim Starten und Landen darstellten.

»Wenn ein Gewitter über dem Flugplatz tobt, kann man den Start hinauszögern. Das wirft zwar die Flugpläne durcheinander, ist aber machbar. Die Passagiere werden aufgrund der unerwünschten Wartezeiten verärgert sein, dafür werden sie nicht im Gewitter sterben. Doch die Landung …« Er machte eine kleine dramatische Pause. »Die Landung lässt kaum eine Alternative zu, der Vogel muss runter.«

Durch den Konferenzsaal zog ein erstauntes Gemurmel.

Auch Roberta war überrascht. Sie musste sich eingestehen, dass sie sich über die unterschiedlichen Bedingungen beim Starten und Landen noch nie Gedanken gemacht hatte.

»Eine Frage!« Die Stimme gehörte einer Frau, die ein paar Reihen vor ihr saß. Roberta konnte nur die Schulterpartie ihres dunkelblauen Blazers sehen und ihren akkurat geflochtenen aschgrauen Zopf.

»Ja, bitte?« Der Dozent erteilte der Zuhörerin mit einer auffordernden Geste das Wort.

»Müssen Flugzeuge nicht eine bestimmte Leitfähigkeit haben, um eine Zulassung zu erhalten?«

»Natürlich. Das Prinzip des faradayschen Käfigs versucht man zu erhalten, indem man etwa zwischen die Kohlefasermatten Kupferfolien oder Drahtgeflechte aus Metall einbringt. Es werden also spezielle Fasern zur Blitzableitung eingebaut. Nur ist das unserer Meinung nach nicht ganz so sicher wie bei den alten Fliegern.«

»Und könnte das Flugzeug bei einem Gewitter nicht einfach auf dem nächstbesten Flughafen landen?« Die Frau mit dem Zopf blieb hartnäckig.

»Das hängt vom Kerosinvorrat ab. Der Treibstoff ist irgendwann aufgebraucht, ist doch klar. Die Idee ist daher, die Einflugschneisen der Flughäfen von Blitzen frei zu halten, indem man sie kontrolliert auf die Erde herunterholt.«

»Aber wie soll das genau aussehen?« Ein Zuhörer war von seinem Sitz hochgeschnellt. »Von wo aus werden denn die Wolken beschossen?«

Der Dozent gab ihm ein Zeichen, sich wieder zu setzen. »Das ist ganz einfach. In der Umgebung der Flughäfen stellen wir leistungsfähige Laserkanonen auf. Naht ein Gewitter, beschießen wir die Gewitterwolken. Die Blitze werden durch den Plasmakanal, den die Laserkanone erzeugt, auf den Boden geleitet, und zwar genau dorthin, wo wir sie haben wollen. Danach stellen sie keine Gefahr mehr dar.«

Wieder ging ein Raunen durchs Publikum, diesmal klang es erlöst. Jemand rief halblaut: »Beim Zeus, das hat was!«

Als der dritte Dozent ans Mikrofon trat, kniff Roberta die müden Augen zusammen. Die Anreise war anstrengend gewesen, und sie glaubte, noch immer den Motor ihres kleinen Corsas zu hören. Um Hotelkosten zu sparen, war sie um drei Uhr morgens in Frankfurt losgefahren. Jetzt reagierte ihr Körper auf den Schlafmangel. Ihr Nacken war verspannt von der langen Autofahrt, und ihr Magen rumorte, für ein Frühstück war keine Zeit geblieben. Immerhin saß sie nun im Journalistenpulk am Ort des Geschehens. Die Tagung über die neuen Techniken zur Blitzabwehr hatte sie sich auf keinen Fall entgehen lassen wollen. Die Frankfurter Zeitungen würden sich sehr für das Thema interessieren. Schließlich war Frankfurt eins der beiden großen Drehkreuze im bundesdeutschen Flugverkehr. Genauso viele Menschen, wie in der Mainmetropole wohnten, landeten täglich auf dem Frankfurter Airport und flogen wieder ab.

Die Dozenten redeten schneller, als Roberta tippen konnte, dabei behalf sie sich schon mit Kürzeln und knappen Notizen. Ihre Finger fühlten sich steif an. Ihr Magen gab ein Knurren von sich. Sie sah auf die Uhr. Der letzte Beitrag vor der Mittagspause war vorbei, doch der Forscher, der das Seminar eröffnet hatte, ergriff noch einmal das Wort.

»Die Raketen, die in früheren Experimenten eingesetzt wurden, zogen einen Draht mit sich, der am Boden befestigt war. So entstand eine Verbindung, über die die Energie der Blitze auf unseren Planeten abgeleitet werden konnte. Doch wie Sie sich vorstellen können, sind Drähte in Einflugschneisen von Flughäfen problematisch. Wenn wir allerdings Laser einsetzen …«, er strich sich durch die dunklen Locken und lächelte ins Publikum, »… dann könnten wir Gewitterwolken im Umkreis von Flughäfen problemlos entladen. Wir zeigen Ihnen nachher einen Film über unsere Experimente. Jetzt machen wir erst einmal eine Pause. Um fünfzehn Uhr geht es dann hier weiter.«

Applaus und Stühlerücken. Roberta klappte ihren Laptop zu, schob ihn in ihre Tasche und reihte sich in die Schlange ein, die zum Ausgang strebte.

Stimmengewirr. Erlöstes Lachen. Der Geruch nach Menschen, deren Deo versagt hatte. Jemand tippte ihr auf die Schulter. Mist, dachte Roberta. Bestimmt ein Kollege aus Frankfurt. Vielleicht ein Konkurrent ums Thema. Widerwillig drehte sie sich um.

Hinter ihr stand Maik Herres.

»Hallo, was machen Sie denn hier?« Für ein paar Sekunden hielt er ihren Blick fest, während sie sich weiter in Richtung Tür bewegten.

»Ich schreibe eine Reportage über Blitzabwehr.« Roberta konnte ihre Verwirrung kaum verbergen. Mit dem Finger tippte sie auf das Presseschildchen, das sie am Revers befestigt hatte: »Roberta Hennig, Freelancer«. »Und Sie?«

Über sein Gesicht huschte ein Leuchten. »Aha, das passt. Mich hat meine Firma hergeschickt. Ein Kollege ist verhindert, und ich durfte für ihn einspringen.«

»Ich dachte, Sie arbeiten mit Computern.« Sie blieb abrupt stehen und Maik mit ihr. Die anderen Tagungsteilnehmer schoben sich an ihnen vorbei, rempelten sie an. Ellbogen stießen in Robertas Rücken.

»Ja, das stimmt auch. Ich bin IT-Administrator. Die Firma, für die ich arbeite, kartografiert Blitze.«

»Wie muss ich mir das vorstellen?«

»Wir bieten einen Gewitter-Warndienst an. Wir haben Zugriff auf hundertfünfzig Messantennen in ganz Deutschland und können unseren Kunden im Umkreis von fünfzehn Kilometern Blitze anzeigen. Ein Angebot mit beständig wachsender Nachfrage.« Er bemerkte wohl ihren irritierten Blick und erklärte: »Die Datenbahnen werden täglich umfangreicher, immer mehr Rechner kommen zum Einsatz und werden miteinander vernetzt. Stichwort Industrie 4.0. Viele Versorgungssysteme hängen heute bereits zu hundert Prozent an elektronischen Schaltanlagen. Niemand will, dass irgendein System anfängt zu spinnen, nur weil irgendwo ein Blitz in ein Stromnetz eingeschlagen hat und alles lahmlegt.«

»Ja, das wäre ein erschreckendes Szenario.« In ihrer Vorstellung sah Roberta die Lichter einer Großstadt erlöschen und Schnellzüge auf den Gleisen stehen bleiben. Dann wieder Jessika, die auf dem nassen Boden vor ihrem Zelt lag, mit all dem Schlamm im Haar. Maik, wie er auf seinem Campinghocker saß und Totenandacht hielt. Roberta fand es seltsam, dass er nun in Genf an einer Tagung über Flughäfen und Laser teilnahm. Musste er sich nicht um Jessikas Bestattung kümmern? Ihrer Familie beistehen?

»Wann ist denn die Beerdigung Ihrer Freundin?«

»Das wird noch etwas dauern. Ihre Eltern haben Verwandte eingeladen, die weiter weg wohnen.« Er nickte ernst. »Ich habe Jessikas Familie die Gestaltung der Trauerfeier überlassen. Sie sollen so von ihr Abschied nehmen können, wie es am besten für sie ist. Außerdem lenken die Vorbereitungen sie von ihrem Schmerz ab. Es ist immer besser, man hat was zu tun, wenn es einem dreckig geht. Ich selbst kann mich ja in meine Arbeit stürzen, das ist meine Art, vor Gefühlen zu flüchten.«

»Und Ihre Schwester? Wie geht es ihr?« Das Mädchen hatte so verstört in der Ecke des Patientenzimmers auf dem Boden gehockt. Roberta erinnerte sich an ihre großen, angstvollen Augen.

Und an Maik, wie er sie liebevoll im Bett zudeckte.

»Cindy wird es schon packen. Die Therapie wird ihr helfen. Es ist gut, dass wir sie dazu überreden konnten, in der Klinik zu bleiben. Danke für alles.«

»Ach was. Ich habe ja gar nichts Besonderes dazu beigetragen.« Roberta spürte, wie ihr das Blut in die Wangen schoss. Sie schämte sich, ihm soeben Gefühllosigkeit unterstellt zu haben, auch wenn es nur in Gedanken geschehen war.

»Ich weiß nicht, was ich an diesem schwarzen Tag ohne Sie gemacht hätte«, sagte Maik leise. »Ich war so durcheinander. Und Sie sind ganz ruhig bei mir geblieben und haben mich auch noch durch die Gegend gefahren.«

»Schon gut.« Roberta zeichnete mit der Schuhspitze kleine Muster in den dicken Teppichboden. Inzwischen standen sie allein im Foyer, die anderen Konferenzteilnehmer hatten sich in die Pause begeben. Die raumhohen Spiegel zeigten nur noch sie beide.

»Wollen wir uns für die nächste Dozentenrunde stärken und irgendwo in der Nähe etwas essen gehen?«, schlug Maik vor.

Sie lachte erleichtert auf. »Gern. Hauptsache, das Lokal hat Klimaanlage. Laut Wetterbericht soll es heute über dreißig Grad warm werden.«

Da half nicht einmal ein Lüftchen vom Genfer See.

Die Sonne brannte erbarmungslos vom Himmel herab. Wieder so ein heißer Tag. Margo lief der Schweiß in kleinen Rinnsalen das Rückgrat entlang. Sie wusste nicht, was sie noch anziehen sollte. Die knappen Tops und kurzen Höschen, in denen sich die jungen Dinger zeigten, wollte sie sich nicht antun. Ihr Körper war nicht mehr so fest wie früher, der Trizeps schlabberte, und an den Oberschenkeln zeigten sich feine Äderchen. Die musste sie niemandem zeigen. Doch ihre langen Hosen und die langärmligen Blusen heizten ihr erbärmlich ein.

Während der letzten Tage war sie mit einem Reisebus unterwegs gewesen. Schwarzwald, nichts Besonderes. Der Bus hatte eine exzellente Klimaanlage gehabt. Draußen hatten die Tannen in der Hitze geschmort, Margo hatte sie durch die abgedunkelten Scheiben mitleidig betrachtet. Hatte ihre Schuhe ausgezogen und ihre nackten Füße auf das kühle Metall der Fußrasten gestellt. Halt hatten sie nur an schattigen Plätzen gemacht, schließlich waren die meisten Mitreisenden schon älter gewesen, und manchmal war Margo gar nicht erst ausgestiegen.

Abends dann All-inclusive-Büfett und Halligalli in einer Pension oder einem Landgasthof. Die Unterkünfte hatten einander geähnelt wie ein Tannenzapfen dem anderen. Nicht von der Einrichtung, aber vom Charakter her. Zünftige Kapellen waren aufgetreten, und die Reisegesellschaft hatte jeden Refrain mitgegrölt. Margo hatte sich meist rasch in ihr Zimmer zurückgezogen. Hatte geschlafen. Gelesen. Und ab und zu aus der angenehmen Kühle ihres Touristik-Aquariums in die stickige Landschaft geblinzelt.

Wenn man ihr in jungen Jahren erzählt hätte, dass sie so eine Bustour mal genießen würde, hätte sie schallend gelacht. Aber die Reise hatte sie nicht viel gekostet. Und sie war mal rausgekommen. Es war eine Erlösung gewesen, etwas anderes als den Garten ihrer Nachbarin vor Augen zu haben, in den sie in letzter Zeit immer öfter zwanghaft hineinstarrte.

Auch heute, kaum dass sie zurück war, zog der Nachbargarten sie magisch an. Margo hatte sich über die eigene Wiese bis zur Grundstücksgrenze durch die Hitze geschleppt, um über die Hecke sehen zu können. Die Häuser standen hier am Dorfrand weit auseinander, niemand saß dem anderen auf der Pelle. Mit der Frau, die seit fast einem Jahr ihre Nachbarin war, hatte sie selten gesprochen. Wozu auch. Guten Tag und Guten Weg reichte, so devot und verhuscht, wie die war. Obwohl man sich womöglich so einiges zu sagen gehabt hätte.

Margo lüpfte den Ausschnitt und blies ihren Atem hinein, kühlte für einen Moment ihre Haut. Eine Weile stand sie vor der Hecke, ohne an etwas Bestimmtes zu denken. Spürte nur der Hitze nach, die in der Luft lag und durch ihre Adern strömte. Konnte man körperlich spüren, wie die Zeit verstrich?

Sie wollte in ihr Haus zurückkehren, da bewegte sich die Hecke raschelnd. Ein schwarzer Schatten fiel vor ihre Füße.

Der Hund! Entsetzt wich Margo zurück. Die Nachbarin hielt einen schwarzen Schäferhund. Er war erschreckend abgemagert. Seine hechelnde Zunge hing ihm schlaff aus dem Maul, unter dem stumpf gewordenen Fell konnte Margo die Rippen zählen.

Jetzt bleckte er die Zähne. Ein leises warnendes Knurren.

»Na, komm schon«, flüsterte Margo, »fall mich ruhig an. Vermutlich hab ich's verdient.«

Doch der Hund blickte nur anklagend zu ihr auf, taumelte ein wenig und zitterte. Er konnte sich kaum auf den Beinen halten.

Margos Kehle zog sich zusammen. Wie hatte sie den Hund vergessen können? Bestimmt hatte er sich erst kürzlich aus seinem Zwinger befreit, womöglich den Zaun zernagt. Bei den Gewittern der vergangenen Tage und Wochen musste es in seinen Napf geregnet haben, aber das Futter war ihm vor langer Zeit ausgegangen, so ausgezehrt, wie er aussah.

»Suchst du dein Frauchen?«

Da, aus seinem Maul tropfte Blut. Sie wollte nachsehen, ob seine Lefzen verletzt waren, aber sie wagte nicht, näher an das Tier heranzugehen. Doch irgendetwas musste sie tun.

Sie entdeckte eine Stelle, an der die Hecke nicht sonderlich dicht war, und zwängte sich hindurch. Wie gut nun, dass sie eine lange Hose trug. Und eine langärmelige Bluse. Forsythien, Flieder und Johannisbeersträucher machten ihr widerstandslos Platz. Sie hatte die Blütenhecke bei ihrem Einzug selbst angepflanzt, und ihrer Nachbarin gefiel sie wohl. Zumindest hatte sie darauf verzichtet, auf ihrer Seite einen Lattenzaun davorzusetzen.

Ihr Nacken kribbelte, als sie über die fremde Wiese strich. Rotklee und Spitzwegerich fanden den nackten Streifen Haut zwischen ihrer Hose und ihren Sneakers und kitzelten ihre Knöchel. Vorsichtig setzte sie Fuß vor Fuß, warf einen kurzen Blick über die Schulter.

Der schwarze Köter folgte ihr, er war schon ganz dicht herangekommen. Entsetzt verharrte Margo auf der Stelle. Der Schäferhund blieb ebenfalls stehen und sah sie an. Geräuschvoll schlabberte er blutigen Speichel ins Maul zurück. Dann zog er an ihr vorbei und schleppte sich weiter.

Er taumelte auf das Waschhaus zu.

Margo wischte sich den Schweiß von der Stirn.

Das Waschhaus stand recht nah an der Straße, ein separates Gebäude zum Wäschewaschen. Die Erbauer hatten hier vor Jahrzehnten eine kleine Wäscherei betrieben, so hieß es im Dorf. Ein Zuber zum Wäschekochen sollte darin gestanden haben und eine Mangel mit Handkurbel. Nun beherbergte es eine moderne Waschmaschine. Irgendwie war es ja praktisch. Man konnte die Wäsche im Garten direkt auf die Spinne hängen, und sie nahm den Duft der frisch gemähten Wiese an. Dennoch hatte Margo das Waschhaus immer eigentümlich gefunden. Mit seinem grauen Putz, seinem winzigen Fenster und seiner alten Holztür erinnerte es sie an einen Karzer.

Margo folgte nun dem Hund.

Er kroch bis ans Waschhaus heran und wollte sich hinlegen, doch seine Beine brachen unter ihm weg, und er stürzte vor der Tür zu Boden. Unter seinem Maul breitete sich ein hellroter Sabberfleck aus.

Margos Magen rebellierte, Hilflosigkeit überwältigte sie. Den Hund anzufassen traute sie sich immer noch nicht. Aber sie konnte ihn auch nicht sich selbst überlassen. Sie würde ein Tierheim anrufen. Oder den Tierarzt. Der wusste, was zu tun war.

Roberta und Maik fanden ein Restaurant in der Nähe des Sees. Das Gebäude war massiv und gediegen, ganz so wie die meisten Häuser in der Genfer Innenstadt. Von ihrem Tisch aus konnten sie aufs Wasser schauen, obwohl eine viel befahrene Straße das Lokal vom See trennte. Die Preise auf der Speisekarte ließen Roberta zusammenzucken. Sie hatte nicht so viel ausgeben wollen, andererseits lohnte es sich nicht mehr, das Lokal zu wechseln. Die Mittagspause dauerte nicht ewig. Und sie war viel zu gespannt, was Maik zu erzählen hatte.

»Der Vormittag war schon mal interessant«, sagte er. »Meinen Sie nicht auch?«

»Doch, sicher.« Roberta wollte lieber wissen, was mit Cindy los war. Aber sie mochte nicht unhöflich sein. »Ich bin mal gespannt auf den Film, den sie uns noch zeigen wollen. Bisher haben wir nur Grafiken zur Funktionsweise präsentiert bekommen. Ich würde zu gern wissen, wie solche Laserkanonen überhaupt aussehen. Muss komisch sein, wenn so ein Flughafen damit umstellt ist.«

Er lachte. »Laser können ganz unterschiedlich aussehen. Wie Fernrohre. Oder wie Maschinengewehre. Im Prinzip kann man sie verkleiden, wie man will. Und keine Angst, man wird sie nicht gerade vor der Abflughalle aufbauen.«

Der Kellner kam an ihren Tisch, Roberta wählte einen

eben noch bezahlbaren Vorspeisenteller und dazu ein Glas vom offenen Weißwein.

»Für mich das Gleiche«, bestellte Maik. »Und den Wein bitte schön kalt, bei der Hitze draußen.«

Der Kellner nickte höflich und ließ sie allein. Bei den Preisen ist der Gast wahrlich König, sagte sich Roberta.

»Was hat es mit dem Gummiband Ihrer Schwester auf sich? Warum dieses ständige Schnalzen?« Als Journalistin hatte sie gelernt, ohne Vorwarnung überraschende Fragen zu stellen. Es war nicht immer die Methode, die einem die gewünschten Erkenntnisse einbrachte, aber sie funktionierte oft genug.

»Das hilft ihr, sich zu beruhigen.« Maik sah sie offen an. »Cindy richtet ihre Aggressionen gegen sich selbst. Das Gummiband ist eine milde Variante, sich wehzutun. Genauso wie das Bemalen der Haut eine Vorstufe des Ritzens ist.«

»Der Verletzung mit scharfen Gegenständen?«

»Ganz genau. Cindy führt beim Bemalen ähnliche Handlungen aus wie beim Cutten, sie kann sich selbst dabei spüren, aber sie schaden ihr nicht wirklich. Ein Teil der Farbe lässt sich abwaschen, der Rest verblasst mit der Zeit.«

Das arme Mädchen, dachte Roberta und atmete tief durch.

Der Kellner brachte die Vorspeisenteller. Es waren lauter kunstvoll angerichtete Häppchen, eins schöner als das andere. Irgendetwas zwischen Fingerfood und Sushi.

Sie griffen zu.

»Ich hoffe, Ihre Schwester wird bald wieder gesund«, sagte Roberta nach einer Weile.

»Ja, und danke noch mal, dass Sie mich zu ihr ins Krankenhaus gefahren haben. Ich war völlig am Ende, nachdem sie Jessika abgeholt hatten. Ich wusste gar nicht, wie ich weiterleben sollte. Cindy zu sehen hat mir geholfen.«

»Es war bestimmt schwer für Sie, anschließend Jessikas Familie gegenüberzutreten.«

»Das war es. Ich möchte wirklich kein Polizist sein, der bei Todesfällen mit den Angehörigen von Verstorbenen sprechen muss.« Er lächelte traurig. »Es war so ein Schock, Jessika tot vor dem Zelt zu finden, als ich das Campingmesser suchte.«

»Was wollten Sie überhaupt damit?« Wieder so eine Journalistenfrage. Aber Roberta schämte sich nur Sekunden dafür, ihre Neugierde überwog.

»Ich kriegte das Akkufach an meiner Kamera nicht auf und wollte die Klinge zu Hilfe nehmen.« Er griff nach einem Lachshappen, schob ihn sich in den Mund und kaute. »Und jetzt möchten Sie vermutlich wissen, warum das Messer im Zelt lag«, meinte er mit einer Prise Spott.

»Ja, warum lag es dort?«

»Jessika bestand darauf, dass im Zelt immer ein Messer lag. Damit man die Zeltwand aufschneiden kann, falls mal etwas den Eingang versperrt. Ein Baum, den der Sturm umgeknickt hat, zum Beispiel.«

Roberta stellte sich das vor. In dunkler Nacht eingesperrt, kaum Raum zum Atmen und nirgends ein Ausgang. Nur Nylonbahnen, wohin die Hände greifen. Und draußen ein Hindernis, das einen in all dem Stoff gefangen hält und das Zelt wie einen Sack verschließt. Ein Hindernis, das man nicht bewegen kann. Das man nicht einmal sieht.

»Ich glaube, ich hätte auch gern ein Messer im Zelt«, sagte sie.

Maik legte sein Besteck auf dem Teller zurecht und nickte. »Wissen Sie, Jessika hatte eine Freundin bei der Feuerwehr. Von der wusste sie, was so alles an Unfällen passieren kann. Das hat sie vorsichtig gemacht.«

»Ein ängstlicher Typ also?«

»Nein, sie war eher kontrolliert und umsichtig. Sie arbeitete im Gallusviertel am Empfang eines Hotels und hatte da alles im Griff. Sie machte sogar Nachtdienst. Angst kannte sie nicht, obwohl sie auf dem Heimweg schon mal von ein paar Kerlen angemacht wurde.«

»Mir wäre das äußerst unangenehm. Wie hat sie das weggesteckt?«

»Gut.« Maik schob seinen Stuhl ein wenig zurück.

Roberta spürte, dass er nicht weiter ausgefragt werden wollte. Schweigend vertilgte sie die Reste auf ihrem Teller, betrachtete den Genfer See durch die Fensterscheiben. Das

Wasser, der Himmel, selbst die Berge am anderen Ufer schimmerten blau.

»Nachtschicht gibt es bei uns auch.« Das war ihr so eingefallen.

Er rückte seinen Stuhl wieder näher an den Tisch. »Was haben die im Wetterdienst eigentlich für Rechner?«

Roberta lachte. »Es sind riesige Schränke, die mehrere Räume ausfüllen. Ihr Stromverbrauch ist fast so hoch wie der einer Kleinstadt. Sie können die Vorhersage der nächsten vierundzwanzig Stunden in ein paar Minuten berechnen. Sieben Tage lassen sich ziemlich genau vorausberechnen. Das ist schon eine Errungenschaft.«

»Stimmt. Früher hat man die Vorhersage nicht so genau hingekriegt. Da hieß es: Wenn der Hahn kräht auf dem Mist …« Er blickte auf seine Uhr. »Wir müssen in den Konferenzsaal zurück, es geht bald weiter.«

»In Ordnung.« Roberta gab dem Kellner ein Zeichen und tastete in ihrer Tasche nach dem Portemonnaie.

Auch Maik zog seine Geldbörse. »Auf Sie wartet daheim sicher viel Arbeit. Ihre Reportage über die Tagung …«

»Allerdings, ich werde eine Nachtschicht einlegen müssen, morgen geht es schon weiter nach Rotterdam. Dort haben sie Tiefgaragen und Schulhöfe zu Regenwasserreservoirs umfunktioniert. Stellen Sie sich das einmal vor. Wenn es einen Platzregen gibt oder ein Hochwasser, laufen da erst mal die Parkhäuser voll. So können sie die Wassermassen managen. Das wird mein nächstes Thema.«

»Das hört sich spannend an.«

»Ist es auch. Die Geschichte hatte ich längst an eine Zeitung verkauft und dafür zwei Tage Urlaub genommen, als ich die Akkreditierung für Genf bekam.« Sie lächelte entschuldigend. »Leider bin ich nicht sonderlich gut in Terminplanung. Nun muss ich zusehen, wie ich das Pensum schaffe.«

»Rotterdam also. Aber vorher fahren Sie zurück nach Frankfurt? Ich frage nur, weil ich mit dem Zug gekommen bin. Wäre schön, Sie hätten noch Platz für einen Mitfahrer.«

»Fahrer«, verbesserte Roberta mit einem Grinsen. »Wenn

Sie bereit sind zu fahren, nehme ich Sie doppelt gern mit. Dann kann ich unterwegs schon mal mit meinem Artikel anfangen.«

»Mit dem Laptop auf den Knien?« Er zog die Stirn kraus. »Wird Ihnen denn dabei nicht schlecht?«

»Mir wird nie schlecht. Sie können sich gar nicht vorstellen, wo ich schon überall geschrieben habe.«

7

»Er kommt ganz bestimmt durch.« Der Tierarzt klang zufrieden. »Für einen so alten Schäferhund ist das keine Selbstverständlichkeit, aber er ist zäh.« Er hatte dem ausgemergelten Vierbeiner zwei Spritzen unters Fell gejagt. Jetzt tätschelte er ihm die Flanke und erntete dankbare Hundeblicke.

»Wie alt schätzen Sie unseren Freund?«, fragte Bär.

Der Tierarzt zog dem Hund eine Lefze hoch und besah sich die Zähne. »Dreizehn Jahre mindestens, wenn nicht fünfzehn. Der Arme hat sich einen Zahn ausgebissen, als er den Draht von seinem Zwinger zernagt hat. Fressen darf er, aber erst mal nur kleine Portionen, damit er nicht alles direkt wieder erbricht.«

»Ja, schön. Und was ist mit der Leiche?«, fragte Bär. Sein Blick glitt durch den großen, ein wenig verwilderten Garten und blieb an seinem Ford C-Max hängen, den er oben an der Straße abgestellt hatte. Nicht einmal zum Tanken hatte er sich Zeit genommen, obwohl die Anzeige schon auf Reserve stand. Der Tierarzt hatte die Polizei gerufen, weil er eine Leiche gefunden hatte, und das Ganze zur dringenden Angelegenheit gemacht. Doch nun hatte der Mann nur den Hund im Sinn.

»Die finden Sie in dem Waschhaus dort drüben.« Er machte eine Bewegung mit dem Kinn, um die Richtung anzudeuten. Dabei strich er mit beiden Händen über den Hunderücken und pusselte ein paar Dreckklümpchen aus dem schwarzen Fell. »Es hat mich viel Geduld gekostet, bis der Hund mir vertraute und sich vom Eingang weglocken ließ.«

»Die Leiche«, mahnte Bär.

»Ja, sorry. Ich habe durch das Fenster geschaut und sah die Frau drinnen am Boden liegen. Die Tür war abgeschlossen. Ich habe das Schloss geknackt, weil ich sehen wollte, ob man ihr noch helfen kann. Als mir der Verwesungsgeruch entgegenschlug, wusste ich, dass nichts mehr zu machen war.«

Bär nickte nur. Der Mann war Veterinär, und der Tod machte keinen Unterschied zwischen Säugern. »Wie haben Sie das Schloss denn aufgekriegt?«, fragte er.

»Mit einem Inbusschlüssel. Es war ein bisschen mühsam, aber irgendwann sprang es auf. Angefasst habe ich nichts. Als ich kapierte, was los war, bin ich gar nicht erst rein. Ihre Experten können in aller Ruhe nach Spuren suchen.«

»Ja, danke.«

Die Kollegen mussten nur erst mal hierherfinden. Der dörfliche Stadtteil gehörte verwaltungstechnisch zu Frankfurt, lag aber gefühlt in der Wetterau. Bär betrachtete die großzügigen Grundstücke mit den bescheidenen Einfamilienhäusern aus den fünfziger Jahren. Die Schindeln hatten Moos und Flechten angesetzt, aber die Jägerzäune glänzten wie frisch gestrichen. Hier waren nur die Alten geblieben, die Jungen hatte es in die Stadt gezogen.

»Sie haben also das Türschloss geknackt …«

»Ich konnte schließlich von außen erkennen, dass drinnen jemand reglos lag. Mir ist ein Menschenleben wichtiger als ein verdammtes Schloss.«

»Ja, schon gut. So habe ich das nicht gemeint. Sie haben alles richtig gemacht.«

Bär ging zu dem Waschhaus hinüber und machte ein Handyfoto vom Türschloss. Es war ein flacher, aufgesetzter Kasten mit einer Klinke und einem Schlüsselloch für einen Bartschlüssel, mit dem man die Tür wahlweise von innen oder außen schließen und öffnen konnte. Den passenden Schlüsselbart konnte Bär allerdings nicht erkennen, von innen schien nichts im Schloss zu stecken.

Bär zog die Tür auf. Ein Geruch nach Kanal und toter Ratte schlug ihm entgegen. In seinen Taschen tastete er vergebens nach einem Kaugummi. Früher hatte er sich damit in solchen Situationen einen frischen Geschmack verschafft, seitdem er beim Lachen eins in den falschen Hals gekriegt hatte, kaufte er aber immer seltener welche. Jetzt hätte er gern eins dagehabt. Ein tiefer Atemzug, dann nahm er die zwei Stufen, die in das Waschhaus hineinführten.

Drinnen sah es aus wie nach einer Sintflut. Hier hatte kniehoch Wasser gestanden und war wieder abgelaufen. An den Wänden und an der Waschmaschine konnte er den Pegel ablesen, alles war braun verkrustet und stank. Der Boden war zentimeterhoch mit schwarzbraun marmoriertem Schlick bedeckt. Die oberste Schicht war eingetrocknet und wies Risse auf, mitten darin lag die Leiche. Eine hagere Frau. Ihre Gesundheitslatschen ragten eine Armlänge von ihren aufgedunsenen blauschwarzen Zehen entfernt aus dem verhärteten Matsch. Totenwasser und Abwasser hatten ihre Kleidung bis zur Unkenntlichkeit versuppt; Bär tippte auf einen Rock und ein T-Shirt. Die bloßen Extremitäten waren, wie auch das Gesicht der Frau, dunkel verfärbt. Nager hatten sich an ihrem Fleisch bedient.

»Verdammte Hacke«, fluchte Bär halblaut.

Er machte, dass er an die Luft kam. Auf seinem Smartphone suchte er nach der Nummer von Heinz Becker, seinem Chef.

»Bär? Was gibt's?«

»Ich brauche hier Verstärkung. Die Kriminaltechniker und einen Rechtsmediziner.« Er schilderte ihm kurz den Fall. »Kann sein, der Kanal ist bei einem der letzten Unwetter übergelaufen. Vermutlich hat die Leiche eine Weile im Abwasser gelegen.«

»Mensch, Bär, das sind Folgen der Klimakatastrophe.« Sein Chef wusste zu allem etwas zu sagen. Wahrscheinlich lief er gerade im Büro auf und ab und strich sich über die Glatze, während er dozierte. »Diese Unwetterfluten sind selbst gemacht. Die werden uns in Zukunft noch viel Ärger bescheren, bei all der Versiegelung und Verdichtung in den Dörfern und Städten. Wo soll das Wasser denn auch hin? Und dennoch wird weiterhin Ackerland aufgegeben. Haben Sie mitgekriegt, dass die Bebauung der Pfingstwiese jetzt wieder zur Disposition steht?«

»Hm.« Bär war klar, dass Becker keine Antwort erwartete. Die meisten seiner Fragen waren rhetorisch.

»Ich schicke Ihnen Dr. Zimmer. Und den Neuen, den Busse. Nehmen Sie ihn unter Ihre Fittiche.«

»Ja, ist gut.« Bär wollte seinem Chef noch erzählen, dass das Waschhaus abgeschlossen gewesen war, aber dazu kam er nicht mehr.

Becker hatte aufgelegt.

»Was machen wir mit dem Hund?« Der Tierarzt verstellte Bär den Weg und stemmte die Hände in die Hüften. »Wer wird ihn versorgen?«

»Ein Tierheim?«

»Das ist keine so gute Idee. Die sind derzeit mehr als ausgelastet, und der Hund braucht in den nächsten Tagen intensive Pflege. Den hat man seit drei Wochen nicht mehr gefüttert. Vier im Fall, dass er noch Vorräte hatte, als man ihn in seinem Käfig zurückließ. Der muss erst einmal aufgepäppelt werden.«

»Ist denn niemand in dem Wohnhaus, zu dem der Waschschuppen gehört?«

»Nein, da hatte ich bei meiner Ankunft als Erstes geklingelt.«

»Und die Frau, die Sie wegen des Hundes angerufen hat? Sie könnte irgendwo in der Nachbarschaft wohnen.«

»Als ich hier ankam, war sie jedenfalls nicht mehr da. Nur der Hund lag vor dem Waschhaus. Es war, als würde er es bewachen. Deshalb hab ich ja überhaupt nur hineingeguckt.«

Bärs Smartphone summte. Vermutlich wollte Becker noch eine Weisheit loswerden. Doch nein, er erkannte Amelies Nummer.

»Chrissi? Weißt du schon, wann du mit der Arbeit fertig bist?«

»Nein, Kleines, aber das kann dauern.« Das Smartphone am Ohr, lief Bär in Richtung des Wohnhauses. »Warum fragst du?«

»Weil Mama zum Elternabend muss, und jetzt soll Katja auf mich aufpassen. Kannst du das nicht machen?«

»Nein, leider nicht. Ich hab zu tun. Ist doch schön, wenn Katja das übernimmt.« Da konnte sie schon mal den Umgang mit Kindern üben.

»Was hast du denn zu tun?«

Bär blickte zum Waschhaus zurück und überlegte. »Wir retten hier gerade einen Hund.«

»Wer, wir?«

»Ein Tierarzt und ich.«

»Oh, cool. Wie heißt der Hund?«

Bär erfand rasch einen Namen: »Asta.« Irgendwie passte das zu dem schwarzen Gespenst. »Und jetzt muss ich auflegen.«

»Kommst du danach bei uns vorbei und sagst mir Gute Nacht?«

Das war keine so gute Idee, wenn Katja den Babysitter spielte. »Du schläfst bestimmt schon, wenn ich mit der Arbeit fertig bin.«

»Och, manno!«

Bär sah ihr kleines Gesicht vor sich, ihre Mimik. Die zusammengekniffenen Augen und den runden Mund, wenn sie das o von »manno« in die Länge zog. So viel Mist, wie er im Alltag erlebte, baute ihn jeder Gedanke an Amelie auf. »Na gut. Ich schaue mal, ob ich es schaffe.«

»Wow, toll!«

»Und tschüss. Ich hab wirklich zu tun.«

»Tschüssikowski, Chrissi.«

Bär hatte nun das Wohnhaus erreicht. Ein ergrautes Häuschen mit rotem Satteldach. Wilde Weinranken waren den Rissen im Putz gefolgt. Die Jalousien waren herabgelassen. Vor der Haustür lag ein Päckchen. Er hob es auf, las die Adresse. Das Päckchen sollte an eine Agnes Raven gehen. Er legte es wieder vor die Tür und lief zum Waschhaus zurück.

»Ich nehme den Hund jetzt mit.« Der Tierarzt hatte schon eine Decke auf der Rückbank seines Wagens ausgelegt.

»Moment.« Bär fragte sich, ob er Astas Fell untersuchen lassen sollte. Womöglich fanden sich Fasern, Pflanzensamen oder andere Rückstände darin, die verrieten, was hier passiert war. Andererseits tat ihm der Köter leid. Er hatte genug gelitten und brauchte seine Ruhe.

Bär machte ein paar Handyfotos von dem ausgemergelten Tier. Der Schäferhund hielt mit gekrümmtem Rücken still und sah ihn leidend an. Bär kontrollierte die Aufnahmen im Display. Mit einer Geste gab er dem Tierarzt zu verstehen, dass er Asta mitnehmen durfte. »Ich finde Sie in Harheim, richtig?«

»Kleintierpraxis Thomas Maßen, genau.« Der Tierarzt reichte ihm eine Visitenkarte. Dann sah Bär zu, wie Maßen Asta behutsam ins Auto bugsierte. Der Hund leckte seinem Retter dankbar die Hand.

Um sich einen Überblick zu verschaffen, inspizierte Bär das Grundstück erst mal von der Straße aus. Den Hundezwinger entdeckte er weiter hinten im Garten. Er holte seine Kamera aus dem Auto und zoomte mit dem Teleobjektiv ran. Tatsächlich, der Drahtverhau hatte ein ziemliches Loch. Er machte ein paar Bilder und ging in den Garten hinein. Aus dem Haus drang kein Laut, Unkraut wucherte zwischen den vernachlässigten Pflanzen am Eingang. Dann stand Bär vor dem Zwinger. Der Hund hatte eine Schneise in den Maschendraht gebissen und sich hindurchgezwängt. Ein paar schwarze Hundehaare hingen noch am Draht. Bär machte auch davon ein Foto und schlenderte zum Wagen zurück.

Er wollte die Kamera in den Kofferraum zurücklegen, da trafen die Kollegen ein. Dr. Zimmer und die Kriminaltechniker stiegen in ihre weißen Overalls. Kai Busse, der neue Kollege, blieb bei Bär stehen, er wartete wohl auf Anweisungen.

Busse war zweiundzwanzig, ein blonder Hüne. Wenn Bär ihn so ansah, kam er sich alt und abgeklärt vor. Beide waren sie direkt nach dem Abi zur Polizei gegangen. Aber die neun Jahre Kapitalverbrechen, die er Busse voraushatte, hatten Bär verändert. Busse stand noch einiges bevor. Er war gerade erst Kommissar geworden.

»Im Waschhaus liegt eine Tote«, sagte Bär, »schon ziemlich verwest. Jemand hat in einer Tierarztpraxis in Harheim angerufen, weil hier ein halb verhungerter Hund herumkroch. Wir wissen nicht, wer es war. Der Stimme nach eine Frau, vermutlich eine, die in der Nähe wohnt. Ihren Namen hat sie nicht genannt.« Er wies auf die beiden Nachbarhäuser.

»Welches willst du übernehmen, Busse? Das rechte oder das linke?«

»Wie? Ich darf mir das aussuchen?«

»Heute ja. Ausnahmsweise.«

Über Busses jungenhaftes Gesicht huschte ein Grinsen. »Okay, dann nehme ich das rechte Haus. Soll ich etwas Bestimmtes fragen?«

»Nein, einfach rauskriegen, wer angerufen hat. Und die Personalien feststellen.«

»Geht klar.« Busse fuhr sich mit der Hand durch die blonde Mähne und stiefelte los.

Bär blickte ihm einen Moment nach, dann steuerte er auf das linke Haus zu. Er hatte es noch nicht erreicht, da sah er, dass ein älterer Mann hinter der Gardine lauerte. Er hatte den Stoff ein wenig zur Seite gezogen und hielt ihn mit einer Hand fest. Bär winkte ihm wie einem alten Bekannten zu. Sofort glitt die Gardine an ihren Platz zurück, und der Beobachter wich von seinem Posten.

Bär schellte an der Haustür, doch der Alte bestrafte ihn wohl für seine freche Geste und ließ ihn warten. Es dauerte, bis sich die Tür endlich öffnete.

»Guten Tag.« Bär zeigte seinen Ausweis vor. »Ich bin von der Polizei. Wissen Sie zufällig, wo ich Ihre Nachbarin finden kann? Agnes Raven?«

»Die liegt doch im Krankenhaus.« Der Alte schob seine Brille ins schlohweiße Haar.

»In welchem denn?«

»In den Kliniken in Mainz.«

»So weit weg? Und seit wann?«

»Seit vier Wochen?« Das klang eher wie eine Frage. »Sie hatte so Molesten mit dem Darm. Irgendeine Infektion. Das kam nicht mehr von selbst in Ordnung. In Mainz haben sie ein Darmzentrum.«

»Aha. Wohnt sonst noch jemand bei Agnes Raven im Haus?«

»Ihre Tochter Ria.«

»Wie alt ist denn die Tochter? Und wie sieht sie aus?«

Der Alte schien darüber nachzudenken. »So an die sechzig. Ziemlich dünn. Trägt nur so Gesundheitslatschen aus dem Reformhaus.«

»Birkenstock?« Dann hatten sie also Ria Raven gefunden.

»Ja. Die Marken kenne ich nicht so.«

Bär fiel die helle Fistelstimme des Alten auf. »Sie haben nicht zufällig die Tierarztpraxis in Harheim angerufen? Wegen des Hundes?« Der Anruf war zwar angeblich von einer Frau gekommen, aber ältere Stimmen waren am Telefon nicht immer leicht zuzuordnen.

»Ach, der Hund. Nein, um den kümmere ich mich nicht. Der bellt halt viel, ich höre einfach nicht hin.«

Klar, du guckst nur aus dem Fenster, dachte Bär.

»Was ist denn los? Ist was mit Agnes?«

Bär schüttelte den Kopf. Agnes Raven lag hoffentlich brav in ihrem Krankenhausbett. Er überlegte, ob er dem Alten erzählen sollte, was Agnes' Tochter zugestoßen war. Doch das würde zu einem längeren Gespräch führen, wofür er jetzt keine Zeit hatte. »Das sind nur Routinefragen. Kann ich noch mal wiederkommen, falls ich was vergessen habe?«

»Ja, gern.« Der Alte schaute ihn unsicher an. Er schien ihm nicht zu glauben.

Busse hatte seine kleine Recherche ebenfalls erledigt und wartete bereits auf ihn. Den Hintern lässig gegen das Waschhaus gelehnt, drehte er sich eine Zigarette.

Bär hob missbilligend die Brauen. »Schnipp die Kippe nachher nur nicht auf das Grundstück.« Die Kollegen würden sich bedanken.

»Nee, Bär, ich doch nicht.«

»Und, was war?«

»Da lebt eine alleinstehende Frau«, sagte Busse. »So an die sechzig. Die war in Urlaub. Hat nichts mitbekommen.«

»Wie jetzt? Irgendwer muss doch den Tierarzt angerufen haben.«

»Vielleicht jemand, der gar nicht in der Nähe wohnt.« Busse benetzte das Zigarettenpapier mit der Zunge, klebte den Sargnagel zusammen und zupfte sich einen Tabakkrümel von den Lippen. »Jemand, der nur die Straße entlangkam. Ein Pendler, der eine Abkürzung durchs Dorf fuhr. Oder ein Radsportler beim Training.«

Bär nickte anerkennend. »Gar nicht so abwegig, der Gedanke.«

»Solche Leute haben oft keine Zeit anzuhalten. Aber für einen Anruf reicht es vielleicht, wenn man Mitleid mit einem Hund hat.«

»Das macht Sinn. Zumal nicht jeder den Mut hat, einem verletzten Schäferhund nahe zu kommen. Ein anonymer Anruf ist schnell erledigt, Rückfragen sind nicht zu erwarten.«

»Und das Gewissen ist beruhigt.« Busse schob sich die Selbstgedrehte hinters Ohr.

»Was wird das denn?« Bär war kurz irritiert.

»Belohnung für nach dem Dienst.«

»Ach so. Bei der Toten scheint es sich jedenfalls um Ria Raven zu handeln. Sie lebte hier gemeinsam mit ihrer Mutter, und die ist zurzeit im Krankenhaus.« Bär sah sich nach dem Rechtsmediziner um. »Dr. Zimmer? Haben Sie schon was?«

»Puh, was für eine Luft da drinnen.« Zimmer trat aus dem Waschhaus, in der Hand ein durchsichtiges Plastikdöschen. Er atmete erst einmal tief durch, hielt es in Sichthöhe und betrachtete die kleinen braunen Körner darin. »Fliegenpuppen. Die habe ich unter der Waschmaschine gefunden. Ich nehme sie mit in die Entomologie. Für den Fall, dass sich die forensischen Biologen persönlich umsehen wollen, hab ich ein Thermometer ausgelegt.« Er schüttelte das Döschen unmerklich. »Die hier können sie aber schon mal schlüpfen lassen.«

»Die Madenuhr«, sagte Bär und verzog leicht angewidert das Gesicht. Bei den forensischen Biologen in Sachsenhausen stank es schlimmer als in dem Waschhaus. Sie fütterten die Fliegen mit roher Leber.

Schmeißfliegen legten ihre Eier in den Körperöffnungen von Leichen ab, den Eiern entschlüpften Maden. Vollgefressen verkrochen sie sich in irgendwelche Ecken, wo sie sich verpuppten. Aus den Puppen schlüpften wieder Fliegen, und alles begann von vorn. Die forensischen Biologen würden abwarten, bis Zimmers Puppen zu Fliegen geworden waren, nur so konnten sie die Art exakt bestimmen. Zum Dank fürs Großziehen würden die Fliegen ihnen verraten, seit wann genau Ria Raven tot in ihrem Waschhaus lag.

»Mein erster Eindruck ist der …« Zimmer behielt das Döschen mit den Puppen ständig im Blick. »Bei einem der letzten Unwetter kam das Abwasser aus dem Gully hoch. Die Wassermassen müssen enorm gewesen sein, man sieht ja deutlich, bis wo sie im Waschhaus standen.«

»Das denke ich auch.« Einer der Kriminaltechniker hatte Zimmer gehört und trat zu ihnen nach draußen. »Das Abwasser wird von hier in einen Kanal unter der Straße geführt, das Gefälle ist nicht sehr groß. Wenn der Kanal bei Starkregen randvoll ist, drückt das Abwasser in die Waschküche zurück. Das Rückschlagventil ist defekt. Der Druck kann so gewaltig gewesen sein, dass er die Frau von den Füßen riss.«

»Sie stürzte, kam nicht mehr hoch und ist, weil das Wasser nur sehr langsam wieder ablief, vermutlich ertrunken«, meinte Zimmer.

Bär nickte. »Ich werde die Mutter des Opfers informieren.« Keine leichte Aufgabe, er riss sich nicht darum. Aber er musste Agnes Raven als nächste Angehörige auch befragen.

»Es wird sich vielleicht nicht mehr nachweisen lassen, ob Wasser in die Lunge eindrang.« Zimmer schob das Döschen mit den Fliegenpuppen in seine Aktentasche. »Dem Zustand der Leiche nach zu urteilen, ist die Frau schon vor Wochen gestorben. Im Waschhaus war es zwar nicht ganz so heiß wie draußen, aber die Tote lag größtenteils an der Luft.«

»Das heißt, dass die Verwesung sehr schnell fortgeschritten ist«, sagte Busse.

»Genau. Und die inneren Organe verwesen zuerst.«

»Zumindest kennen wir jetzt einen Teil des Szenarios«, meinte Bär. Er fragte sich nur, wer das Waschhaus abgeschlossen hatte.

Und wo der verdammte Schlüssel hin war.

8

Die vielen Gänge in großen Krankenhäusern irritierten Bär jedes Mal. Es ging links-, dann wieder rechtsherum, eine Treppe runter und schließlich mit dem Aufzug rauf. Durch große Fenster fiel das Tageslicht auf den grünen Flurboden. Endlich fand er das Zimmer von Agnes Raven. Er klopfte, wartete einen Moment. Die Tür war zu massiv, um ein »Herein« durchzulassen. Vorsichtig öffnete er sie, lugte ins Zimmer, und eine alte Dame lächelte ihn aus ihrem Bett heraus an. Sie fuhr mit der Hand über ihre grauen Löckchen, wie um zu prüfen, ob ihre Frisur in Ordnung war. Dann setzte sie sich auf.

»Wie schön! Besuch.«

»Der wird wohl kaum für dich sein«, kam es giftig vom Nachbarbett. »Wer würde schon freiwillig zu dir ins Krankenhaus kommen?« Ein kehliges Lachen.

Bär ließ sich nicht beirren. »Sind Sie Agnes Raven?«, fragte er die weißhaarige Dame.

Sie strahlte ihn weiterhin an und nickte heftig.

»Und der Name Ihrer Tochter ist Ria?« Bär hasste es, Todesnachrichten zu überbringen. Keiner seiner Kollegen tat das gern. »Ich bin Christian Bär von der Kripo Frankfurt. Es tut mir leid, aber Sie müssen jetzt ganz stark sein. Ihrer Tochter ist etwas zugestoßen.«

Löckchen schaute ihn immer noch freundlich an. Kriegte sie überhaupt mit, was er sagte? Vielleicht sollte er den behandelnden Arzt fragen, was mit ihr los war, ehe er mit der Sprache rausrückte. Einen Versuch gab er sich zuvor aber noch. »Sie haben ein Waschhaus, das kürzlich voll Wasser gelaufen ist.«

»Ich hab Ria gesagt, dass sie den Abfluss reparieren lassen soll«, meinte die Bettnachbarin. »Immer und immer wieder. Aber nein, dazu hat sie ja keine Zeit. Obwohl sie sonst nichts zu tun hat.«

Bär drehte sich um. Die Frau, die nun mit ihm sprach,

hatte ihr strähniges Haar zu einem Knoten gedreht. Es war noch dunkel, nur die Schläfen waren ergraut. Ihr gestreifter Schlafanzug war bis oben hin zugeknöpft. »Ich bin Agnes Raven. Ria ist *meine* Tochter.«

»Darf ich mal Ihren Ausweis sehen?« Die Verwechslung war Bär peinlich, nun wollte er sichergehen. »Tut mir leid«, entschuldigte er sich noch rasch bei Löckchen.

»Der liegt im Nachttisch. Ziehen Sie einfach die Schublade auf«, sagte Agnes Raven.

Er fand den Ausweis sofort, warf einen Blick auf das Geburtsdatum und rechnete ihr Alter aus. Achtundsiebzig. So alt sah sie noch gar nicht aus. Aber das mochte an dem dunklen Haar liegen, die meisten Menschen waren in diesem Alter ergraut oder weißhaarig. Jedenfalls schien sie noch alle Sinne beisammenzuhaben.

»Wenn Sie von der Polizei sind«, sagte Löckchen, »können Sie dann nicht was gegen den Fluglärm tun? Der ist einfach grauenhaft.«

»Wie bitte?«

»Den hört man hier so sehr. Und neuerdings fliegen die Flugzeuge auch wieder nachts.«

»Das kommt durch die Gewitter, ich hab ihr das schon so oft erklärt«, sagte Agnes Raven. »Aber sie ist ein bisschen dement.« Ihrer Bettnachbarin rief sie zu: »Bei Gewitter warten die Flugzeuge mit dem Start. Dadurch verzögert sich alles. Bis in die Nacht hinein.«

»Aber die können doch nicht einfach nachts fliegen«, meinte Löckchen empört.

»Wenn sie die Passagiere die Nacht über auf dem Flughafen festhalten, werden die sauer«, entgegnete Agnes Raven. »Man hat versucht, sie in Hotels zu stecken, aber das mögen sie nicht. Die wollen weiter.«

»Möchten Sie denn gar nichts Näheres über Ihre Tochter wissen?«, fragte Bär.

Agnes Raven sah ihn feindselig an. »Sie werden es mir schon erzählen.«

Bär war noch nie an eine so gleichgültige Mutter geraten.

Er sah wieder das Waschhaus vor sich. Dachte an die Löcher, die die Ratten in Ria Ravens Fleisch gerissen hatten. Roch stinkenden Schlick und Verwesung. »Ihre Tochter ist in Ihrem Waschhaus ums Leben gekommen, als es bei einem der letzten Unwetter überflutet wurde«, sagte er. »Sie ist wohl ertrunken.«

Agnes Raven schaute still vor sich hin, zerknüllte mit einer Hand wie mechanisch ihre Bettdecke. »Hätte sie wenigstens schwimmen können«, sagte sie ungehalten. »Sie wollte es einfach nie lernen.«

Bär spürte, wie ein Stoß Adrenalin durch seine Adern schoss, am liebsten hätte er Agnes Raven an den Schultern gepackt und geschüttelt. Um sich zu beruhigen, lenkte er den Blick aus dem Fenster, die Lamellen der Jalousien zerschnitten den Himmel.

»Es hätte ihr nicht geholfen, wenn sie als Kind das Seepferdchen gemacht hätte.« Er bemühte sich, seinen Zynismus im Zaum zu halten. »Ihre Tochter ist vermutlich gestürzt und kam aus dem kalten Wasser nicht mehr hoch. Jedenfalls meint das der Rechtsmediziner.«

Agnes Raven nickte. »Hat sie noch viel mitgekriegt?«

»Sie meinen, ob sie leiden musste?«

»Genau das meine ich. Sterben müssen wir alle früher oder später. Schlimm ist nur, wenn das Sterben ein Kampf ist.«

Bär hatte den Eindruck, als sorge sie sich um ihren eigenen Tod. Sie war es, die nicht leiden wollte beim Sterben.

Einfach nur einschlafen.

»Ich glaube nicht, dass sie gelitten hat«, sagte er, obwohl er sich da gar nicht so sicher war. Ertrinken galt als grausames Ende. Es sei denn, Ria Raven hatte bei dem Sturz sofort das Bewusstsein verloren. »Ich habe noch eine Frage, Frau Raven.« Bär zögerte einen Moment. »Die Tür zum Waschhaus war abgeschlossen. Können Sie sich vorstellen, dass Ihre Tochter sich dort eingeschlossen hatte?«

»Ria war ein Hasenfuß.« Agnes Raven lachte verbittert auf. »Nachdem ich nicht da war und sie ganz allein nach draußen ins Waschhaus musste … na, da kann ich mir schon denken, dass sie sich eingeschlossen hat. Die Nachbarn wohnen ein

Stück weit weg. Der eine ist fast taub, die andere oft verreist. Da hört einen niemand, wenn man um Hilfe schreit.«

»Warum sollte Ihre Tochter denn um Hilfe schreien? Glaubte sie, dass ihr jemand etwas antun wollte?«

»Manchmal kommen Fremde vorbei und betteln. Wollen Geld oder was zu essen. Am liebsten beides. Man kann heute niemandem mehr trauen.«

Bär überlegte, wen sie mit den Fremden meinte. Flüchtlinge sicher nicht, um die kümmerte man sich, die gingen nicht betteln. Obdachlose vielleicht?

»Und wie geht nun alles weiter?«, fragte Agnes Raven. »Ich habe momentan niemanden, der sich darum kümmern könnte, bis auf meinen Enkel, der wohnt in Frankfurt. Aber er ist für ein paar Tage weggefahren. Ich weiß nicht mal seine Nummer, er hat nämlich ein neues Handy. Er wollte mich anrufen und mir die Nummer durchgeben, aber das hat er wohl noch nicht geschafft. Er ist sehr beschäftigt.«

Bär wusste nicht, was er davon halten sollte. Der Enkel schien nicht besonders fürsorglich zu sein. Aber womöglich lag das auch an seiner Großmutter.

Er räusperte sich. »Ihre Tochter ist jetzt erst einmal in der Rechtsmedizin. Da kann sie bleiben, bis Sie oder Ihr Enkel einen Bestatter beauftragen können.«

»Ist gut«, sagte Agnes Raven leise. Nun liefen ihr doch Tränen über die Wangen.

»Chrissi! Wie cool, dass du es noch geschafft hast.« Amelie lag schon im Bett, als Bär in ihr Zimmer schaute, aber sie schlief noch nicht. Auf ihrem Tablet sah sie sich eine Folge der »Sesamstraße« auf YouTube an. »Schau mal, das Krümelmonster. Wie geht es Asta?«

»Wem?« Er hatte schon fast wieder vergessen, dass er den schwarzen Schäferhund so getauft hatte. »Ach so, der Hund. Dem geht es ganz gut. Der Tierarzt hat ihn mitgenommen.«

»War er denn krank? Und vor wem musstet ihr Asta retten?«

Bär war nicht so phantasievoll, dass ihm kindertaugliche Antworten sofort einfielen. Er überlegte einen Moment. »Ja also, der Hund war von zu Hause weggelaufen und hatte länger nichts mehr zu fressen bekommen.«

»Aber jetzt hat er Futter?«

»Ja, hat er. Alles gut.« Er zog Amelies Bettdecke gerade. Als Kleinkind hatte sie sich immer frei gestrampelt, und ihre Decke hatte oft auf dem Boden gelegen. »Meinst du nicht, du solltest langsam mal schlafen? Du musst morgen zur Schule. Wo steckt überhaupt Katja? Als ich eben reinkam, war alles dunkel und still.«

»Die hat sich im Wohnzimmer hingelegt. Seit sie das Baby kriegt, ist sie immer so müde.«

»Ach so, im Wohnzimmer war ich noch nicht. Und nun Licht aus. Morgen ist auch noch Zeit für das Krümelmonster.« Er nahm Amelie das Tablet ab, legte es auf ihren Nachttisch und löschte die rosa Lampe mit den aufgedruckten Disneyfiguren. »Augen zu, Prinzessin.«

»Nein, nicht ganz dunkel, bitte.«

»Schsch. Es gibt keinen Grund, sich zu fürchten. In der Dunkelheit ist alles wie immer, nur ohne Licht.«

»Das sagst du so, Chrissi.«

»Also gut, ich lasse deine Tür einen Spalt geöffnet, im Flur brennt eine helle Lampe.«

Im Wohnzimmer war Katja auf der Couch eingeschlafen. Sie hatte eine dünne Decke bis zum Kinn hochgezogen und schnarchte leise. Bär musste lächeln. Er wollte schon die Tür zuziehen, da wurde sie wach.

»Christian?«

»Ja. Geht es dir gut?«

»Hm. Komm, setz dich einen Moment.«

Bär hockte sich zu ihr auf die Sofalehne. »Mein Tag war ganz beschissen«, sagte er in ein Gähnen hinein. »Wir haben eine Leiche gefunden, die Frau ist bei einer Überschwemmung in ihrer Waschküche umgekommen. Das war alles so … Ach, manchmal denke ich, ich habe den falschen Beruf.«

»Das hast du früher nie gesagt.«

»Früher gab es auch weniger Unwetter. Wie läuft es bei dir? Was macht die Schwangerschaft?«

»Danke. Alles gesund.«

»Weißt du schon, was es wird?«

»Es wird ein Junge.«

Bär nickte langsam, legte sich seine nächsten Worte zurecht. »Katja, es tut mir leid, dass ich dich so sehr enttäuscht habe. Ich dachte immer, es geht dir darum, eine Familie zu gründen, nicht nur um ein Kind.«

Katja lachte laut auf. »Chris, du hast das mit der Samenbank doch nicht wirklich geglaubt? Lara hat dich verarscht.«

»Verarscht? Da bin ich ja beruhigt. Ich dachte schon, du wärst auf einmal so eine Emanze geworden, die keinen Mann mehr in ihrer Nähe duldet. Und wer ist der Vater?«

»Das bleibt mein Geheimnis.«

»Nein, nicht schon wieder diese Spielchen. Entweder du sagst es mir jetzt oder eben nicht.«

»Er ist verheiratet. Und er will es bleiben. Mehr kann ich dir dazu nicht sagen. Du kennst ihn nämlich.«

»Doch nicht etwa ein Kollege?« In Gedanken ging Bär die Polizeimannschaft durch. Becker kam nicht in Frage, er war nicht verheiratet. Und Busse war zu jung. Oder?

Katja war alles zuzutrauen.

Er blickte auf seine Uhr. »Okay, es geht mich ja auch gar nichts an. Schlaf ruhig noch ein bisschen. Lara ist sicher bald wieder zurück. Ich fahr dann mal heim.«

In Laras Küche trank er noch ein Glas Leitungswasser und dachte an die verhärmte Alte, die in Mainz im Krankenhaus lag. An den halb verhungerten schwarzen Hund. Stellte sich vor, wie das Wasser aus dem Gully im Waschhaus geschossen war. Er musste unbedingt Roberta fragen, wann es im Raum Frankfurt zuletzt dermaßen geregnet hatte. Im Wetterdienst würde sie das sicher rasch nachschauen können.

Er zog sein Handy hervor, wählte ihre Nummer und war überrascht, wie sehr er sich darauf freute, ihre Stimme zu hören. Aber das Smartphone gab nur ein Tuten von sich.

Roberta hatte ihr Handy ausgeschaltet, weil sie ungestört arbeiten wollte. Auf dem Beifahrersitz des Corsas balancierte sie ihren Laptop auf den Knien. Seit sie die Berge hinter sich gelassen hatten, lag die Autobahn schnurgerade vor ihnen, und sie konnte auf den Bildschirm blicken, ohne ein Gefühl von Seegang zu verspüren. Nur ab und an sah sie nach draußen. Es war dunkel geworden. Ein roter und ein weißer Lichterstreifen zogen sich vor ihrem Wagen bis zum Horizont dahin, und der Motor brummte einschläfernd im Gleichton. Am Genfer See hatte eine frische Brise durch das spaltweit geöffnete Seitenfenster geweht, jetzt drangen die stickigen Abgase der Laster durch die Lüftungsschlitze der Klimaanlage.

Robertas Notizen waren bruchstückhaft, es waren zu viele Informationen gewesen, und alles war viel zu schnell gegangen. Maik erinnerte sich an jedes Detail. Vielleicht, weil ihm das Thema schon länger nahelag, schließlich beschäftigte er sich beruflich mit Blitzen.

Sie las ihm die Headline vor: »Flughäfen von Blitzen frei halten.«

»Ein bisschen altbacken«, meinte Maik.

»Hm.« Sie sah zu ihm hinüber.

Am Steuer wirkte er selbstsicher. Gewann er gerade etwas von seiner alten Form zurück? Jessikas Tod hatte ihn schwer mitgenommen, Cindys Erkrankung bedrückte ihn. Solche Krisen machten jeden klein und still. Roberta versuchte, sich auszumalen, wie Maik vor diesen Ereignissen gewesen war.

Sie kannte ihn noch so wenig.

Sie mochte sein Profil mit der geraden Nase. Die halblangen Haare, die er hinters Ohr gestrichen hatte und die doch immer wieder in sein Gesicht fallen wollten. Die definierten Oberarme unter dem engen Shirt.

»›Keine Angst vor Blitzen beim Fliegen?‹ Als Headline, meine ich.«

»Nicht besser.«

Roberta lachte. »Weißt du was? Ich mache die Headline später. Wenn ich gar nicht dran denke, fällt mir für gewöhnlich ganz von selbst etwas ein.«

»Auch gut.«

»Was anderes: Wie viele Blitze gibt es überhaupt?«

»Weltweit? Hunderte pro Stunde. Vielleicht Tausende.«

»Im Ernst? Warum so viele?«

»Moment.« Eine Baustelle lag vor ihnen, die Spur wurde enger und enger. Ein Betonsockel begrenzte die Fahrbahn auf der linken Seite, rechts neben ihnen fuhr ein Sattelschlepper. Maik kniff die Augen ein wenig zusammen, gab Gas und überholte den Lastzug. »Du musst dir das so vorstellen: Die Erde ist negativ geladen. Aber die Lufthülle, die sie umgibt, ist positiv, und von der Atmosphäre fließt ständig ein gewisser elektrischer Strom zur Erde. In einem Gewitter, und davon gibt es auf der Erde zu jeder Zeit etwa zweitausend, kommt es in den Wolken zu Ladungstrennungen, und die Unterschiede vergrößern sich dramatisch. Die Blitze sorgen für einen Ladungsausgleich.«

»Ach, echt?«

»Mehr oder weniger. Das Ganze ist noch weitaus komplizierter. Man nennt es den globalen luftelektrischen Stromkreis.«

9

Über dem Zeltplatz ergoss sich ein Wolkenbruch. Christian Bär parkte seinen C-Max vor dem Tor und stellte die Scheibenwischer ab. Er zog die Kapuze seines dünnen Anoraks über den Kopf, öffnete die Tür nur einen Spaltbreit, damit es nicht auf den Fahrersitz regnete, und zwängte sich hinaus. Dann rannte er los, in Richtung des Empfangsbüros.

Im Polizeipräsidium hatte er den Vormittag über seinen Akten verbracht. Er hatte gerade in die Kantine gehen wollen, da hatte der Platzwart des Campinggeländes ihn angerufen. Er habe etwas gefunden, das er ihm gern zeigen wolle. Richtig spannend hatte er es gemacht, und Bär hatte sich auf eine Verabredung eingelassen.

Sein Anorak triefte, als er in der Rezeption ankam. Er zog ihn vorsichtig aus und hielt ihn einen Moment über den Fußabtreter, damit er ein wenig abtropfen konnte. Seine Schuhe quatschten, und kalte Feuchtigkeit zog seine Beine hoch. Draußen stand das Wasser knöcheltief auf dem Weg, es hatte kein Entkommen gegeben.

»Guten Tag. Christian Bär vom K11.«

»Ach, gut dass Sie da sind.« Der Platzwart wirkte erleichtert. »Ich zeig's Ihnen sofort.« Unter dem Tresen zog er etwas hervor, das wie ein rotes Handy aussah, ein älteres Modell mit Zahlentasten. »Das hab ich am Freitag hier auf dem Gelände entdeckt.«

»Ja, und weiter?«

»Es gehört niemandem auf dem Platz. Ich bin überall rumgelaufen, abends, wenn die Leute vor ihren Zelten saßen, hab alle gefragt.«

»Schick.« Bär nahm das Teil entgegen und betrachtete es. Oben ragten zwei kleine metallene Stifte heraus. Das war kein Handy. »Das ist ein Elektroschocker. In Deutschland sind etliche Modelle frei verkäuflich, zur Tierabwehr. Wenn Sie es mal mit einem tollwütigen Kampfhund zu tun kriegen, dürfen Sie sich damit verteidigen.«

»Ja, gut. Aber wenn es keinem gehört?«

»Ja, was dann?«

»Die Frau, die angeblich vom Blitz erschlagen wurde. Könnte die nicht mit so einem Ding hier …«

Bär verzog skeptisch das Gesicht, doch dann dachte er darüber nach. »Wo haben Sie den Elektroschocker denn gefunden? Etwa bei dem Zelt der Toten?«

»Nein, der lag in den Sanitäranlagen. Auf dem Rand eines Waschbeckens.«

»Und wie kommen Sie darauf, dass die Frau damit getötet wurde?«

»Was weiß ich. War ja nur so eine Idee.«

»Ich kann das Gerät ja mal mitnehmen. Die Kriminaltechniker sollen nach Fingerabdrücken schauen.«

»Das wird nichts. Darauf werden Sie nur meine finden.«

Bär zog fragend eine Braue hoch.

»Es war doch voller Wassertropfen. Und ich dachte erst, es sei ein Handy, da tut Wasser nicht gut. Also hab ich es abgewischt und in die Rezeption mitgenommen, damit es sich die Besitzerin hier abholen kann.«

»Wieso meinen Sie, dass es einer Frau gehört?«

»Damendusche?«

»Verstehe.«

»Ich hab abends meinen üblichen Kontrollgang gemacht, und da hab ich das Teil gefunden. Zuerst hab ich mir nichts Böses gedacht, ich wollte nur, dass die Besitzerin ihr Handy zurückkriegt. Das Wasser hielt ich für Spritzer, die beim Händewaschen drangekommen waren.«

»Und ab wann kam Ihnen die Sache suspekt vor?«

»Na, zunächst hat niemand ein rotes Handy vermisst. So was passiert hier ganz selten. Die Leute rennen mir die Tür wegen Dingen ein, die sie oft ganz woanders verloren haben. Auf der Arbeit zum Beispiel oder in der Kneipe.« Der Platzwart lachte kurz auf. »Dann habe ich die zwei metallenen Nippel daran entdeckt und mal im Internet geguckt. Da war es leicht zu finden. Wissen Sie was? Das Teil darf in Deutschland gar nicht vertrieben werden. Das kann man nur im Ausland kaufen.«

»Wo genau hat es denn im Sanitärhaus gelegen?«

»Wie gesagt, bei den Damen. Erstes Waschbecken rechts, gleich wenn Sie reinkommen.«

Bär bedankte sich. »Haben Sie vielleicht eine Plastiktüte?«

Der Mann warf ihm einen schrägen Blick zu, für Sonderwünsche fühlte er sich wohl nicht zuständig. Dann kramte er unter seiner Theke herum und reichte ihm schließlich eine kleine Tüte, wie man sie im Supermarkt für das Obst bekommt. Bär bugsierte das Gerät vorsichtig hinein, bemüht, seine eigenen Fingerabdrücke nicht auch noch darauf zu hinterlassen.

Draußen hatte der Regen aufgehört. Den Himmel bedeckte eine stahlgraue Wolkendecke. Nur ihr geheimnisvolles Leuchten verriet, dass sich dahinter die Sonne verbarg.

Bär nahm den Weg zu den Sanitäranlagen. Eine kleine Metalltreppe, zwei Stufen hoch, führte in eine Art Container. Ein fettes schwarzes D wie »Damen« sagte ihm, dass er den richtigen Eingang erwischt hatte.

»Hallo?«, rief er laut. Nicht dass er noch eine Frau beim Duschen aufscheuchte.

Niemand antwortete, alles blieb still. Er trat ein.

Er besah sich das Waschbecken, das der Platzwart ihm genannt hatte. Es war ein ganz normaler mittelgroßer Waschtisch mit einem Spiegel darüber, der erste gleich neben der Tür. Man hätte nicht einmal tiefer in den Container hineingehen müssen, um den Elektroschocker binnen Sekunden so auf dem Beckenrand abzulegen, als wäre er von einer der Frauen dort vergessen worden. Mit zwei schnellen Schritten und einem ausgestreckten Arm wäre das erledigt gewesen.

Bär machte mit seinem Handy ein paar Fotos. Dann lief er aufmerksamen Blickes über den Platz. Er sah sich die Bäume näher an, suchte nach gespaltenen Stämmen. Nichts.

Die Parzelle, auf der Maik Herres mit Jessika Sommer gezeltet hatte, war nun frei. Beim Abbau hatte er es wohl eilig gehabt. Eine Aldi-Tüte und ein paar metallene Heringe hatte er achtlos liegen lassen.

Aber da war noch etwas. Ein schmaler Graben. Maik Herres hatte rund ums Zelt eine Abflussrinne ausgehoben.

Proficamper, dachte Bär. Der Mann war auf ein Unwetter vorbereitet gewesen.

Im Wagen griff Bär zu seinem Smartphone. Den Elektroschocker im Handydesign fand er sofort im Internet. Er war für ängstliche Frauen gedacht, man sollte ihn nicht gleich als Verteidigungswaffe erkennen.

Er wählte die Nummer von Dr. Zimmer.

»Können Sie sich vorstellen, dass Jessika Sommer mit einem Elektroschocker getötet wurde?«, fragte er nach einer kurzen Begrüßung. »Auf dem Campingplatz wurde einer gefunden. Achthunderttausend Volt stark. Er wird von niemandem vermisst.«

Zimmer schwieg einen Moment, er schien nachzudenken. »Bei einem vorgeschädigten Herz wie dem ihren wäre das möglich.«

»Und würde man das feststellen können?«

»Nicht unbedingt. Sie kennen doch sicher den Unterschied zwischen einer Elektroschockpistole, also einem Taser, und einem Elektroschocker.«

»Natürlich.« Bei einem Taser schossen kleine Stifte aus der Waffe und verhakten sich in der Haut des Opfers. An diesen Stiften hingen hauchdünne Drähte, welche die Elektrizität von der Waffe zur getroffenen Person leiteten.

»Bei einem Taser würde man die Einschussstellen in Haut und Kleidung deutlich sehen können. Aber bei einem einfachen Elektroschocker? Die Spannung entsteht zwischen zwei Elektroden, die aus dem Gerät herausragen. Das kann beim Aufsetzen höchstens rundliche Erytheme ergeben.«

»Sie meinen rote Flecken?«

»Hautrötungen, so etwa fünf Millimeter im Durchschnitt, die auch noch rasch verblassen.«

»Und Sie haben keine solchen Auffälligkeiten an Jessika Sommers Leiche gefunden?«

Zimmer schwieg wieder. Bär wartete geduldig auf seine

Antwort. Regentropfen fielen aus dem Baum, unter dem er parkte, sie klatschten gegen die Windschutzscheibe und hinterließen kleine Rinnsale.

»Mir ist nichts aufgefallen«, sagte Dr. Zimmer. »Ich kann mir die Tote aber noch mal ansehen.«

»Ja, bitte. Tun Sie das.«

Maik Herres wohnte in Rödelheim, in einem Viertel mit schmalen Altbauten. Sie mussten einmal schmuck gewesen sein. Die Haustüren und die hohen Fenster waren mit Sandstein eingefasst, die Etagen durch Sandsteinsockel abgesetzt. Mittlerweile waren die Gebäude mit bunten Farben bemalt worden, etliche hatten ihre Schönheit dabei eingebüßt. Bär stellte den Wagen auf einem Anwohnerparkplatz ab. Er stieg aus, und eine drückende Schwüle empfing ihn. Es gab hier nirgends Geschäfte, die Straße wirkte wie ausgestorben. Aus einem offenen Fenster drang die Stimme eines Fernsehmoderators. Ein schwacher Geruch nach Fabrik kam von irgendwoher. Der Himmel war über Mittag blau gewesen, nun ballten sich erneut Wolken zusammen. Sie würden aufsteigen, immer dunkler werden und versprachen jetzt schon den nächsten Regenguss.

Bär fand die richtige Hausnummer. Sie gehörte zu einem altrosa gestrichenen Gebäude, davor parkte ein schwarzer BMW mit Friedberger Kennzeichen. Ein altes, kantiges Modell, aber gut in Schuss. Der Lack war gepflegt, die Stoßstangen glänzten. Dem Nummernschild nach war der Wagen als Oldtimer zugelassen. Er war Bär schon auf dem Zeltplatz aufgefallen, Maik Herres hatte ihn an besagtem Wochenende offensichtlich gefahren. Was nicht bedeutete, dass er ihm auch gehörte. War Herres so ein Bastler, der seine Karre reparierte und polierte? Bär konnte sich den Gewitterfotografen kaum im Blaumann unter einem Auto liegend vorstellen, die Hände schwarz von Öl. Der fummelte bestimmt lieber an seinen Objektiven herum. Aber man konnte sich irren.

Er sah auf seine Uhr. Es ging auf halb sieben zu. Wenn Maik

Herres einen Nine-to-five-Job hatte, war er jetzt mit etwas Glück daheim. Der Kerl hatte es nicht für nötig gehalten, im Polizeipräsidium aufzutauchen und eine Aussage zu machen. Aber mit der Tour würde er bei ihm nicht landen.

Wenn der Berg nicht zum Propheten kommt …, dachte Bär.

Falls er Herres antraf, konnte er ihn gleich wegen Jessika Sommers Herzinsuffizienz befragen. Was hatte er darüber gewusst? Aus dem Haus kam jemand heraus, und Bär nutzte die Gelegenheit. Er tat wie jemand, der einen alten Bekannten besuchen will, fasste rechtzeitig nach dem Knauf der zufallenden Tür und trat ein. In seinem Polizistenalltag hatte er gelernt, dass es ungünstig war, auf der Straße an der Haustür zu schellen. Stand man schon vor der Wohnungstür, vermuteten die Leute einen Hausbewohner und keinen Fremden.

Das Treppenhaus war aufgeheizt, die Luft zum Schneiden. Ein feiner Schweißfilm legte sich schon nach wenigen erklommenen Stufen auf Bärs Haut. Er griff in seinen feuchten Hemdkragen und spürte, dass seine Haare im Nacken klatschnass waren.

Maik Herres wohnte in der vierten Etage. »Sommer/Herres«, stand auf dem Klingelschild. Bär schellte und wartete. Selbst nach dem dritten Klingeln tat sich nichts.

Vielleicht machte Herres einen Trauerbesuch bei Jessikas Familie. Tröstete ihre Verwandtschaft und suchte den Sarg beim Bestatter aus. Oder er war so spät dran, weil er mal wieder Fotozubehör kaufte.

»Hier wohnte Goethe«, las er auf Herres' Fußmatte. Darunter, so klein, dass man es erst auf den zweiten Blick sah, stand das Wörtchen »nie«. Wider Willen musste Bär grinsen.

Er wollte gerade gehen, da öffnete sich die Tür der Nachbarwohnung. Eine Frau um die vierzig trat heraus und wischte sich ihr dünnes Haar aus dem Gesicht. Sie trug enge Jeans, ein schmuddeliges Top gab ein faltiges Dekolleté frei. In der Hand hielt sie ein Staubtuch.

»Ei, wo wolle Sie denn hin?«

»Ich möchte zu Maik Herres.«

»Des hab ich mir gedacht. Der ist aber verreist, mit seinem Mobbelschen.«

»Mit wem?«

»Na, mit 'ner jungen Frau. *E Mobbelsche ebbes*, aber schon ganz hübsch. Und teuflisch rote Haar. 'ne Journalistin, hat er mir stolz erzählt. Und nebenbei schafft sie beim Wetterdienst in Offebach.«

Bärs Puls beschleunigte sich. Die Art, in der die Frau Roberta beschrieb, war frech. So wie sie selbst aussah, war sie vermutlich neidisch auf Robertas Kurven und deren rotbraune Lockenpracht. Was ihn jedoch verwirrte, waren seine eigenen Gefühle. Da war ein Stich Eifersucht auf Maik Herres. Roberta hatte sich auf dem Campingplatz um den Mann gekümmert. Und nun ging sie schon mit ihm auf Reisen?

»Sie wissen nicht zufällig, wo die beiden hinwollten?«

»Ei freilich. Sie macht eine Reportage in Rotterdam, und er schießt die Fotos. Er war richtig froh, dass sie ihm den Job vermittelt hat. Da hat er 'n bissche Ablenkung. Seit dem Tod von seiner Jessika geht es ihm net gut. Des arme Mädchen. Ich kann es immer noch net fassen. Midde ausem Lebe gerissen. Und jetzt muss er ja auch noch hier raus, gell?«

»Wie, er muss hier raus?«

»Na, die Wohnung soll doch super modernisiert werden. Aber danach wird sie dann viel teurer vermietet, das kennt man ja.«

»Und das kann er sich nicht leisten?«

»Der? Der schon gar net. Die beiden konnten sich des net einmal gemeinsam leisten. Maik und Jessika. Die hatten ständig Streit deswegen. Ausziehen wollten sie ja, aber wohin? Is net einfach hier in der Gegend. Bei der Wohnungsknappheit, gell? All die Leut, die so weit weg wohne und pendeln müsse, Herrschaftszeiten! Die Studenten, die schlafe ja schon auf der Straß. Nur die Flüchtlinge kriegen Sozialwohnungen.«

»Sie sind ja bestens informiert.«

»Sicher, ich versorge ja Maiks Wohnung, wenn er net da ist. Ich gieß den Ficus. Und ich nehm die Post entgegen, da muss er schon mal 'n Schwätzche mit mir halte. Bei der Gelegenheit erfahr ich dann dies und des.«

»Schon klar.« Bär bedankte sich und ging zum Wagen zurück.

Im Auto starrte er lange auf den Elektroschocker, der auf dem Beifahrersitz lag. Die Wassertropfen, die der Platzwart auf dem Gerät gefunden hatte, konnten Regentropfen gewesen sein. Nässe, die auf das Gerät gekommen war, als jemand es im Regen vom Zelt in die Damenduschen getragen hatte.

Robertas Augen brannten. Seit einer gefühlten Ewigkeit saß sie am Steuer, vor ihr die Autobahn. Je näher sie Rotterdam kamen, desto dichter wurde der Verkehr. Lastzüge, wohin man sah, die Motoren dröhnten. Die Klimaanlage des Corsas kam kaum noch gegen die Schwüle an, die sich den Tag über aufgestaut hatte. Am Horizont standen schon wieder schwarze Gewitterwolken.

Maik war auf dem Beifahrersitz eingenickt, den Mund leicht geöffnet, das Gesicht entspannt. Ganz spontan war Roberta auf der Heimfahrt von Genf die Idee gekommen, dass er sie ja nach Rotterdam begleiten könnte. Damit er nicht immer nur an Cindy dachte. Und sich nicht ständig mit Selbstvorwürfen wegen Jessikas Tod herumplagte.

Hätten sie doch an einem anderen Wochenende gezeltet, wäre Jessika doch bei ihm im Auto gewesen, hätte er doch in den Sanitäranlagen nach ihr gesehen. Roberta konnte sich die Gedanken, von denen sie ihn für zwei Tage befreien wollte, gut ausmalen.

Er hatte nicht sofort eingewilligt. Mit seiner Trauer wollte er niemanden belasten. Und nur so zum Spaß wollte er auch nicht mitreisen, das fand er pietätlos gegenüber Jessika. Aber wenn er etwas Nützliches für Roberta tun könne? Fotos machen zum Beispiel?

Roberta war es recht gewesen. Sie brauchte keine Fotos, die Zeitungen kauften die Bilder von Agenturen. Oder sie schickten Fotografen mit, die sie kannten. Doch wenn Maik gute Fotos machte, könnte sie einen Versuch wagen und sie mit ihrem Artikel anbieten.

Bis vor seine Haustür hatten sie hin und her diskutiert, dann war Roberta in ihre Dachstube am Schweizer Platz gefahren. Heute Morgen hatte sie ausschlafen können. Dann hatte sie ihre Berichte über die Konferenz in Genf an zwei Zeitungen und an das Intranet vom Wetterdienst geschickt. Und ihre Reisetasche gepackt.

Vor gut vier Stunden, am frühen Nachmittag, hatte sie Maik abgeholt. Er übergab gerade seiner Nachbarin den Schlüssel fürs Blumengießen.

»Ei, da kriege Sie auch mal was anderes in den Kopf«, hatte die Frau gutmütig gemeint, als sie von ihren Plänen erfuhr. »Und Bilder machen, des könne Sie ja.«

Auf der Arbeit hatte Maik sich abgemeldet. Er habe sich mit der Reise nach Genf übernommen, hatte er seinem Vorgesetzten erzählt. Er brauche nach dem Tod seiner Freundin nun doch etwas Zeit für sich. Zum Trauern, zur Besinnung und für die Beerdigung.

Und nun schlief er neben ihr im Auto.

Der Regen brach ganz plötzlich aus den Wolken. Er prasselte so heftig gegen die Windschutzscheibe, dass Roberta beinah das Lenkrad verriss. In Strömen rann das Wasser am Glas entlang, die Scheibenwischer schoben Schwall für Schwall zur Seite, aber sie kamen nicht nach.

Wo waren die Markierungen auf der Straße? Wo die anderen Fahrzeuge, die Laster? Parkten die schon auf dem Seitenstreifen?

Roberta war längst vom Gas gegangen. Sie beugte sich vor, um draußen überhaupt noch etwas zu erkennen. Ein Blitz erhellte das Innere des Wagens, ein krachender Donner folgte.

Maik fuhr aus dem Schlaf hoch. »Rechts ran, fahr rechts ran! Da, da ist ein Rastplatz, siehst du?«

Roberta zögerte.

Ein zweiter Blitz, und sie sah Maiks Gesicht, gestochen scharf wie auf einer Schwarz-Weiß-Fotografie. Er kniff den Mund zusammen, sein Blick hatte etwas sehr Waches, Entschlossenes. Seine Hand schwebte über dem Lenker, als wollte er hineingreifen. Roberta schien er nicht mehr wahrzunehmen.

Die Abbiegung, die sie für die Zufahrt zum Parkplatz hielt, konnte sie kaum sehen. Da war bloß ein undurchdringlicher Wasserschleier, hinter dem sich eine tiefe Dunkelheit erahnen ließ. Der Wagen holperte über eine unbefestigte Piste. Sie ließ ihn ausrollen. Stellte den Motor ab.

Der Regen trommelte auf das Dach. Erst immer schneller und heller. Dann langsamer und dunkler, bis auf der Windschutzscheibe nur noch einzelne Tropfen saßen.

»Und wenn der Weg nicht auf einen Parkplatz geführt hätte?« Erst jetzt wurde Roberta bewusst, wie gefährlich die Situation gewesen war. Ihre Kopfhaut prickelte, und es rauschte in ihren Ohren. »Was, wenn da stattdessen ein Abhang gewesen wäre?«

Er antwortete nicht. Kniete auf dem Sitz, beugte sich über die Lehne und suchte auf dem Rücksitz etwas in seiner Reisetasche.

Roberta wurde es im Auto zu eng. Sie öffnete die Tür und stieg aus. Tatsächlich standen sie auf einem Parkplatz. Aber er war außer Betrieb. Die Fahrbahn war abgetragen, der alte Belag am Rand aufgetürmt. Hohe Tannen schirmten den Rastplatz ab. Aus ihren Wipfeln tropfte letzter Regen. An dem Stück Himmel, das sie freigaben, trieben dunkle Wolken dahin. Die Hände am nassen Dach abgestützt, atmete Roberta tief durch. Sie musste sich beruhigen, ihren Verstand wieder arbeiten lassen.

»Bleib so«, sagte Maik aus dem Auto heraus. »Nicht bewegen. Oder nein, halt, geh besser noch zwei Schritte zurück.«

Er hatte seine Kamera auf sie gerichtet, und sie tat, worum er sie bat. Ein Reflex aus Kindertagen. Wenn man fotografiert wird, gehorcht man dem Fotografen. Lächelt, wechselt auf seinen Wunsch hin die Positur oder den Standort. Man fragt nicht danach, was die Anweisung soll.

Verspätete Blitze flammten am Himmel auf, Roberta zuckte zusammen.

»Nicht bewegen!« Maik drückte ab.

Dann blitzte es noch mal. Und noch mal.

Donnergrollen, jetzt in weiter Ferne. Das Herzrasen war wieder da. Hatte er das auch bei Jessika gemacht? Sie einfach hinaus ins Gewitter gebeten, um sie zu fotografieren?

Robertas Hände zitterten.

»Wow, die sind echt gut geworden.« Maik sah auf das Display und nickte zufrieden.

10

»Mensch, Bär. Manchmal beißen Sie sich an was fest.« Becker saß an seinem Schreibtisch, die Füße in alter Gewohnheit auf dem Rand des Papierkorbs. »Der Elektroschocker, den der Campingwart gefunden hat, kann doch jedem gehören. Jedem weiblichen Camper jedenfalls.«

Bär lehnte am Fenster – sein Lieblingsplatz, wenn er Becker in dessen Büro aufsuchte. »Gerade deshalb hat ihn der Täter womöglich in der Sanitäranlage auf dem Waschbecken abgelegt. Weil dann jeder denkt, eine der Frauen hätte ihn nach einem nächtlichen Toilettengang dort vergessen.«

»Und wenn Sie ›Täter‹ sagen, meinen Sie den Freund von Jessika Sommer, diesen Maik Herres?«

Bär sah aus dem Fenster auf den kahlen Hof. Die gleichförmig verlegten Platten wirkten so ordentlich wie eintönig. »Immerhin hatten die beiden sich zuvor gestritten. Und das nicht zum ersten Mal, wie Herres selbst zugibt. Es ging wohl um Familienangelegenheiten.«

Becker zog die Akte Jessika Sommer zu sich heran und begann, darin zu blättern. »Hätte Herres die Tatwaffe in diesem Fall nicht versteckt?«

»Wo sollte er so schnell damit hin? Ist doch eine geniale Idee, ihn in der Damendusche aufs Waschbecken zu legen und ihn damit irgendeiner Camperin unterzuschieben.«

»Das Teil muss überhaupt keine Mordwaffe sein.« Becker strich mit der flachen Hand über die Akte. »Was, wenn es tatsächlich einer ängstlichen Camperin gehört, die sich in den Sanitäranlagen nicht sicher fühlte?«

»Und weil sie so ängstlich ist, lässt sie den Elektroschocker auf dem Waschbecken liegen? Und gibt keinen Mucks von sich, als der Platzwart rumfragt, wem er gehört?« Bär winkte ab.

»Vielleicht hat sie sich geschämt. Wegen ihrer Furcht.«

»Oder sie hatte Angst, weil sie das Gerät illegal beschafft

hat.« Bär hatte Becker längst erzählt, dass das Modell in Deutschland nicht zugelassen war. »Kriegen wir raus, wo das Ding herstammt?«

»Schon möglich«, meinte Becker. »Das macht aber viel Arbeit, je nachdem, aus welchen dunklen Kanälen es stammt. Vielleicht befragen Sie erst mal diesen Herres.«

»Klar.« Unten im Hof hatte sich ein Löwenzahn mit seinem gelben Kopf zwischen den tristen grauen Platten hochgekämpft und behauptete sich gegen die Mittagshitze. »Ich kann nur hoffen, dass ich ihn bald erwische.«

»Und Sie sind sicher, dass er mit Roberta Hennig unterwegs ist?«

»Laut Aussage von Maik Herres' Nachbarin ist das so. Ich habe gestern Abend mehrmals versucht, Roberta zu erreichen, aber sie hatte ihr Handy ausgeschaltet.«

»Hoffentlich ist es nichts Ernstes«, brummte Becker.

Bär entging nicht, dass man das so oder so auffassen konnte, doch er beschloss, die Spitze zu überhören.

»Zur Fahndung«, begann Becker von Neuem, »können wir Frau Hennig nicht ausschreiben. Interpol erklärt uns für verrückt. Was haben wir schon in der Hand? Einen jungen Mann, dessen Freundin vom Blitz erschlagen wurde. Und einen Elektroschocker, von dem wir nicht wissen, wem er gehört.«

»Wir drehen uns im Kreis«, sagte Bär ungeduldig. Becker sollte mal lieber einen positiven Lösungsansatz liefern, statt ihm ständig zu verstehen zu geben, dass dieser Fall kein Fall war. Dass Bär bereits mehrere Hotels in Rotterdam angerufen hatte, um zu checken, ob Roberta dort abgestiegen war, behielt er lieber für sich. Beckers Kommentare dazu brauchte er nicht auch noch.

»Was halten Sie denn davon, wenn Sie sich erst einmal vorrangig um diesen anderen Fall kümmern?« Becker nahm den Wochenspeiseplan der Kantine zur Hand und überflog das Mittagsmenü. »Eier mit grüner Soße und Pellkartoffeln«, las er halblaut.

»Sie meinen Ria Raven, die Frau, die im Waschhaus ertrank?«

»Ja, genau.« Becker legte den Speiseplan weg und öffnete eine Datei in seinem Computer. »Die Tür des Waschhauses war abgeschlossen, sagte der Tierarzt, aber der Schlüssel wurde danach weder bei der Leiche noch irgendwo im Waschhaus sichergestellt. Wo ist er geblieben?«

»Das konnte ich noch nicht herausfinden.«

»Liegt uns denn schon ein Obduktionsbericht vor?«

»Nein. Aber womöglich wird er ohnehin nicht viel hergeben. Die Frau lag mehrere Stunden im Wasser und dann tagelang in dieser Hitze.«

»Sagten Sie nicht, das Waschhaus sei aus Stein gemauert? Es muss doch drinnen kühler gewesen sein als draußen.«

»Schon, aber es war laut Dr. Zimmer immer noch warm genug für einen rasant beschleunigten Verwesungsprozess.« Bär erinnerte sich an den liebevollen Blick, mit dem der Rechtsmediziner das Döschen mit den Fliegenpuppen betrachtet hatte. Den Todeszeitpunkt würden die Insekten ihnen verraten. Aber nicht, wie die Frau gestorben war.

»Der Schlüssel …« Becker schob den Papierkorb mit den Füßen von sich. »Der ist doch nicht einfach aus dem Schloss gefallen. Wenn er nicht mit dem abfließenden Wasser davongerauscht ist, hat jemand die Frau eingeschlossen.«

Bär nickte, das wusste er auch.

Er studierte den Speiseplan auf Beckers Schreibtisch und hatte den Eindruck, die Pellkartoffeln bereits riechen zu können, doch das war nur Einbildung. Durch die vertrackten Gänge und die geschlossenen Fenster drang kein Küchendunst hierher.

Seine Gedanken wanderten zu Roberta. Einmal hatte er ihr Haar gerochen, oder auch nur ihr Shampoo. Er hatte sie in den Armen gehalten, weil er sie trösten wollte, und dabei ihren warmen Körper gespürt. Das war letztes Jahr um diese Zeit gewesen.

»Die Mutter von Ria Raven haben Sie aber schon befragt?« Becker schlug seinen Chefton an.

»Ich habe Agnes Raven nur die Nachricht vom Tod ihrer Tochter überbracht. Die alte Dame wirkte danach ziemlich abwesend. Vielleicht bekommt sie sedierende Medikamente, den Arzt konnte ich am Montag nicht mehr sprechen.«

»Wäre gut, wenn Sie das heute nachholen würden. Befragen Sie beide, den behandelnden Arzt und die Mutter der Toten. Vielleicht weiß sie etwas über Freunde und Feinde ihrer Tochter.«

»Geht klar.« Bär gefiel nicht, dass er sich vorrangig um die Tote in der Waschküche kümmern sollte. Er wollte viel lieber an Maik Herres dranbleiben. Falls er beweisen könnte, dass der Kerl seine Freundin umgebracht hatte, wäre es kein Problem mehr, ihn zur Fahndung auszuschreiben.

Dann würde er ihn suchen.

Und Roberta finden.

»Dieser Herres und Jessika Sommer … Verheiratet waren die nicht, oder? An den Namen kann man das ja heutzutage nicht mehr erkennen.«

»Nein, aber sie lebten zusammen. Wieso?«

»Wenn Sie Maik Herres schon verdächtigen, könnten Sie mal überprüfen, ob er jetzt was von der Sommer erbt.«

»Gute Idee. Mache ich. Waren Sie eigentlich mal verheiratet?«

»Wie kommen Sie denn jetzt da drauf?« Becker lachte laut.

»Nur so. Hundertprozentig kennt man seinen Chef und seine Kollegen ja nie. Und gelegentlich stellt man sich halt so eine Frage.«

»Und Sie müssen sie gleich loslassen.« Becker lachte noch immer. »Ich war und bin sogar noch verheiratet. Vor drei Jahren habe ich Madame in Homburg im Casino kennengelernt, eine Französin. Liebe auf den ersten Blick. Wir haben heimlich auf einem Kreuzfahrtschiff geheiratet.«

»Sie haben mir also drei Jahre lang verschwiegen, dass Sie James Bond sind?« Bär fiel in sein Lachen ein. »War das damals, als Sie im Urlaub die Mittelmeertour gemacht haben?«

Becker senkte nur kurz den Kopf.

»Mon dieu.« Bär nahm die Geste als Eingeständnis.

»Nach drei Flitterwochen hieß es: *Rien ne va plus.* Sie hat einen Job an der Sorbonne in Paris, nichts Tolles, Assistentin des Profs oder so. Aber den wollte sie unbedingt behalten. Und ich kann in Frankreich nicht arbeiten. Wir haben uns nie scheiden lassen, jeder lebt so vor sich hin, sie dort. Ich hier. Sie hat ein winziges Apartment im Norden, an der Porte de la Chapelle. Viele Asiaten dort, manchmal besuche ich sie, und wir gehen vietnamesisch essen.«

Bär wusste nicht, was er sagen sollte. In seiner Vorstellung überschlugen sich die Bilder. Becker im Casino. Becker an der Seite einer eleganten Französin. Becker mit Katja.

»Ich weiß gar nicht, warum ich Ihnen das alles erzähle«, sagte Becker. »Nun machen Sie sich schon an die Arbeit.«

Sie hatten sich nach dem Frühstück Fahrräder geliehen, um den Rotterdamer Hafen zu erkunden. Maik wollte unbedingt ein paar Fotos machen. Roberta hatte nicht glauben wollen, dass es im Hafengebiet große Grünflächen gab. Aber so war es. Am Rand des Radwegs wucherte eine üppige Pflanzenwelt, sogar Orchideen wuchsen hier. In der Ferne liefen Rinder frei herum.

»Man hat hier überall Sand aufgeschüttet, um mehr Platz zu haben.« Maik war von seinem Rad abgestiegen und steuerte die hölzerne Sitzgruppe an, die neben dem Weg zur Rast einlud. Ein Tisch und zwei Bänke. Er lehnte sein Rad gegen die eine Bank und ließ sich auf die andere fallen. »Weißt du, was ein Schwimmtank ist?«

»Nein.« Roberta stellte ihr Rad neben seins und setzte sich zu ihm. Von hier aus hatte man einen weiten Blick über das Wasser und die Hafenanlage.

»Dahinten, die Tanks …« Maik wies zum Hafen hin. »Da sind Mineralstoffe drin. Rohöl, Diesel, Benzin. Die Deckel schwimmen auf den Tanks und senken sich mit dem Inhalt ab. So entsteht zwischen der Flüssigkeit und dem Deckel kein Raum, in dem sich brennbare Gase sammeln könnten. Nur beim Befüllen muss man höllisch aufpassen. Da der Deckel aufschwimmt, können diese Tanks überschwappen.«

Er nahm seine Nikon aus dem Rucksack, stand auf und ging auf der Suche nach dem passenden Bildausschnitt ein paar

Schritte hin und her. Dann ließ er die Kamera sinken. »Mist, ich müsste näher ran.«

»Das wird zeitlich zu eng«, sagte Roberta. »Wir haben doch nachher den Temin mit Annika van der Velde.«

»Ist das die Frau vom Touristikverband?«

»Ja, genau.«

Maik packte die Kamera wieder weg. »Da drüben lagern Millionen Tonnen Gefahrgut. Wenn da mal was hochgeht …«

»Woher weißt du das alles?« Roberta sah zu den großen hellen Tanks hinüber. Wie runde Türme standen sie in der diesigen Sonne. Bei einigen konnte man ein leicht abgerundetes Dach erkennen, bei anderen hatte es sich wohl schon abgesenkt. Auf Roberta machten sie einen friedlichen Eindruck, etwas Bedrohliches konnte sie nicht erkennen.

»YouTube-Filmchen«, sagte Maik. »Habe ich mir gestern Abend noch auf dem Smartphone angesehen. Es gibt eine Pipeline von hier bis zum Frankfurter Flughafen. Da jagen sie den Treibstoff für die Flugzeuge durch. Ist doch irre, oder?«

»Hm, ja.« Roberta interessierten die technischen Details des Hafens weniger. Sie genoss lieber die Atmosphäre und sog all die Geräusche und Gerüche in sich auf: das Tuten der Frachtschiffe, das Schnarren der Kräne, das Geschrei der Möwen und die salzige Luft, die vom Meer her zu ihnen wehte. Vor allem faszinierte sie die scheinbare Leichtigkeit, mit der die Riesenfrachter wie in Zeitlupe an ihnen vorbeiglitten. Matt vom Seewind, kuschelte sie sich in ihren warmen Anorak.

Sie sah Maik verstohlen von der Seite an.

Der Zwischenfall auf dem Parkplatz gestern hatte sie verstört. Wie hatte er sie vom Auto wegschicken können, nur um ein Foto zu machen? Wenn jemand wusste, wie gefährlich Gewitter sein konnten, dann doch wohl er. Sie glaubte, wieder das Donnergrollen zu hören, den Blitz am Himmel zu sehen.

Das Blitzgewitter aus Maiks Kamera.

Auf der Weiterfahrt hatte sie sich neben ihm unwohl gefühlt, und im Hotel war sie wortlos auf ihr Zimmer gegangen. Hatte lange vor sich hin gegrübelt und sich schließlich eingestanden, dass sie müde und überspannt gewesen war. Überempfindlich. Er hatte ein Foto von ihr gemacht und sie gebeten, sich etwas vorteilhafter hinzustellen. Mehr nicht. Das Gewitter war ja längst weitergezogen, der Donner nur noch ein Grollen in der Ferne.

Heute Morgen hatte sie beschlossen, nicht mehr an den Vorfall zu denken. Sie wollte mit einer anständigen Reportage nach Hause kommen, und die Zeit war knapp bemessen. Gerade mal ein Tag.

»Gut, dass wir so früh aufgebrochen sind«, sagte sie. »Sonst hätten wir unser Programm gar nicht geschafft. Rotterdam ist doch größer, als ich dachte.«

»Willst du mal sehen, was ich bisher fotografiert habe?« Maik hielt ihr die Kamera hin.

Roberta sah sich die Aufnahmen auf dem Display an. Maik hatte die Stadt gut eingefangen. Moderne Hochhäuser und überall Kunst. Hier standen Skulpturen in der Fußgängerzone, dort hing ein Auto aus einer Glasfront heraus. Oder man stand plötzlich vor einem grellbunt bemalten Gebäude. Doch Roberta interessierten vor allem die Plätze und Tiefgaragen.

Rotterdam befand sich zwischen Rhein und Maas, die Stadt hatte eine offene Verbindung zur Nordsee, und sie lag größtenteils unter dem Meeresspiegel. Vom Meer her kam das Wasser als Sturmflut, die Flüsse brachten Hochwasser aus dem Landesinneren, und von unten drückte das Grundwasser. Wenn von oben viel Regen hinzukam, ging die Stadt unter. Um mit den Wassermassen fertigzuwerden, hatte man überall Bassins gebaut, die bei Regen vollaufen konnten. Bei trockenem Wetter hatte jedes Bassin eine andere Funktion, es war eine Sitzlandschaft, ein Spielplatz oder ein tief gelegter Fußballplatz mit Tribüne.

»Ich weiß nicht, ob die Aufnahmen in der Tiefgarage auch so gut werden«, sagte Maik. »Da ist es vermutlich ziemlich dunkel.«

Unter der Tiefgarage vor dem Hauptbahnhof befand sich ein unterirdisches Reservoir, das Roberta sich unbedingt ansehen wollte.

»Nicht schlimm, wenn du da nicht fotografieren kannst. Hin muss ich auf jeden Fall. Ich kann besser darüber schreiben, wenn ich es mit eigenen Augen gesehen habe.«

»Was ist dir an dieser Reportage so wichtig?«, fragte Maik.

Roberta beugte sich ein wenig zu ihm vor. »Elvira, Friederike und Gisela.«

»Wie bitte?«

»Das sind drei Namen für Tiefdruckgebiete, die im Mai verheerende Regenmassen nach Europa gebracht haben. Beziehungsweise im Juni an die Ostküste der USA. Denk nur mal an die Bilder in der ›Tagesschau‹. Straßen wurden zu reißenden Bächen, Autos schwammen davon, verkeilten sich zwischen Brückenpfeilern. Häuser wurden unterspült und weggerissen. Woanders saßen frierende Menschen auf den Dächern und warteten auf rettende Helikopter. Fabriken wurden überflutet und mussten die Produktion stoppen.«

»Und du meinst, mit solchen Regenbassins wie hier in Rotterdam könnte man das verhindern?«

»Man kann es zumindest versuchen. Der Klimawandel lässt sich nicht so einfach aufhalten, in ganz Europa werden wir immer öfter Überschwemmungen erleben.«

»Schon klar, du kleine Weltverbesserin.« In Maiks Gesichtsausdruck lag Staunen und ein kleines bisschen Spott. »Wo hast du uns mit der Frau vom Touristikverband verabredet?«

»Na, am Hauptbahnhof.«

Die Tiefgarage sah wie viele andere aus. Wie erwartet parkten hier Autos, und es roch ein wenig nach Abgasen und Benzin. Womöglich gab es mehr Überwachungskameras als üblich, aber das war auch schon alles. Annika van der Velde, die Frau vom Touristikverband, entsprach der Vorstellung, die Roberta von einer Niederländerin hatte: blaue Augen, blonder Bob, sportliche Regenjacke.

»Wenn wir etwas Neues bauen, schauen wir immer, ob wir noch ein Stockwerk für Wasser daruntersetzen können.« Ihre helle Stimme hallte in der Tiefgarage wider. »Vor allem bei Parkhäusern. Wenn die Straßen volllaufen, sammeln wir das

Wasser in den Reservoirs. Später lassen wir es dann wieder ablaufen.«

»Ist es nicht eine Quälerei, hinterher alles sauber zu machen? Die Wasserflut bringt doch bestimmt Dreck und Schlamm mit sich.«

»Das stimmt schon.« Van der Velde lachte. »Aber das Saubermachen in einem Bassin ist ein Klacks im Vergleich zu den Aufräumarbeiten nach einer Überflutung der Stadt.«

»Das Hochwasser lässt sich tatsächlich mit ein paar Bassins regeln?« Maik hielt sich mit seiner Kamera in van der Veldes Nähe.

»Wir haben verschiedene Programme, um mit den Wassermassen fertigzuwerden. Zum Beispiel rufen wir alle Bürger auf, etwas gegen die Versiegelung zu tun. Jedes freigelegte Stückchen Erde, das wieder bereit ist, Wasser aufzusaugen, kann helfen.«

Roberta dachte an die Nidda, die man in der Wetterau in den sechziger Jahren zu einem schnurgeraden Kanal ausgebaut hatte, durch den das Wasser bei Starkregen hindurchschoss. Inzwischen hatte man erkannt, dass man den kleinen Fluss vor sich hin mäandern lassen musste, um Hochwasser zu vermeiden. Über weite Strecken war er renaturiert worden, und bei Regen eroberte das Wasser nun wieder Sandbänke und seichte Ufer.

»Gibt es Licht, da, wo wir hingehen?«, fragte Maik.

»Een beetje«, meinte Annika van der Velde. »Etwas Licht ist schon da.«

Sie lief zwischen den parkenden Autos hindurch quer durch die Tiefgarage. Maik und Roberta folgten ihr, bis sie vor einer kleinen Stahltür standen.

»Das Haupttor ist so stabil wie ein Schleusentor. Es lässt sich nur automatisch regeln. Wir nehmen diesen Noteingang hier, den kann man manuell öffnen.« Sie schloss auf und ließ Maik und Roberta eintreten.

Eine Treppe führte von der kleinen Plattform, auf der sie nun standen, in einen unübersehbar großen Raum, klamme Kälte schlug ihnen entgegen. Nur mühsam gewöhnten sich

Robertas Augen an die dämmrigen Lichtverhältnisse, ihre Hand klebte feucht am Geländer. Maik und van der Velde schienen ihre aufkommende Angst nicht zu bemerken, sie marschierten eifrig los, und ihr blieb nichts anderes übrig, als hinterherzugehen. Bei jedem Schritt gaben die stählernen Stufen einen hellen Klang von sich. Bald befanden sie sich auf einem Absatz aus Stahlgitter. Eine Art Galerie, die in einer nicht erkennbaren Höhe an der Wand entlang verlief. Darunter nichts als Schwärze.

»In dieses Becken passen an die zweitausendsiebenhundert Kubikmeter Wasser«, sagte van der Velde. »Das ist schon ein bisschen was.«

Roberta stellte sich das vor. Ein Meer aus Regen. Eine Untiefe, die alles Mögliche verbergen konnte.

»Ein bisschen mehr Licht brauche ich schon, wenn ich ein Foto machen soll«, sagte Maik.

»Okay, wir machen mehr Licht. Etwas geht noch.« Van der Velde lief über das Stahlgitter davon. Vermutlich suchte sie einen weiteren Lichtschalter.

»Wenn das mit dem Foto nicht klappt, macht es auch nichts.« Roberta schloss für einen Moment die Augen und schlang die Arme um sich. Je eher sie aus diesem kalten dunklen Gewölbe herauskam, desto besser. Als sie sich nach Maik umsah, stand er nicht mehr an seinem Platz. Er war schon mit van der Velde weitergegangen.

Sie folgte den beiden mit klopfendem Herzen. Der Steg vibrierte unter ihr. Er nahm den Rhythmus ihrer Füße auf. Bei jedem Schritt federte er nach und gab einen hellen Laut von sich, den die Wände als Echo zurückwarfen.

Roberta schaute über das Geländer. Und schnell wieder weg. Unter ihr gab es nur Tiefe, vor ihr nur den schmalen Steg.

Sie erinnerte sich an die Stimme ihres Vaters. *Geh weiter*, hörte sie ihn sagen. *Ich will, dass du weitergehst.*

Lass mich, Papa. Sie wollte nicht weinen.

Vorwärts, vorwärts. Du hast es so gewollt.

Nein, hab ich nicht! Lass mich. Die Brücke bricht. Ich falle.

Merk dir dieses Gefühl. Nie wieder sollst du auf diese Brücke laufen. Und jetzt voran. Geh den Weg bis zu Ende. Bis zur anderen Seite des Stegs.

Roberta blieb stehen. Sie drückte ihren Rücken an die Wand, presste die Handflächen gegen den kalten Stein. Von weit her drangen hallende Stimmen zu ihr herüber. Maik und van der Velde. Ein dumpfes Klacken. Ein Schalter war umgelegt worden, schlagartig war es heller. Durch das Gitter unter ihren Füßen konnte Roberta sehen, wie tief das Becken unter ihr lag.

Zu tief. Sie schwebte über einem Abgrund.

Alles in ihr verkrampfte, doch sie kämpfte gegen ihre Panik an, ertastete sich den Weg zurück. Endlich erreichte sie den Notausgang und riss am Griff.

Doch nichts tat sich. Die Tür war abgeschlossen.

»Hilfe!«

»Gott, können Sie laut schreien!« Van der Velde war hinter ihr. Sie hantierte am Schloss, riss die Tür auf und sah sie besorgt an.

Sofort drängte Roberta nach draußen.

»Roberta, bist du okay?« Maik fasste sie an den Schultern.

»Höhenangst«, presste sie hervor.

»Ach herrje. Warum hast du nichts gesagt?« Er zog sie an sich und hielt sie fest. Roberta ließ es geschehen. Seine Arme fühlten sich so kräftig an, stark und warm.

Ihr Vater hatte sie auch umarmt, nachdem er sie über die Fußgängerbrücke gejagt hatte, die in der Nähe ihres Elternhauses über die Nidda führte. Sie hatte dort heimlich gespielt, dabei durfte sie nicht einmal in die Nähe des Bachs. Der schmale eiserne Steg war ihr interessant vorgekommen, seine metallenen Klänge, wenn sie mit dem Stock dagegenschlug, waren wie Musik gewesen. Eines Tages hatte sie es gewagt. Sie war ein Stück weit auf den Steg hinausgegangen. Hatte durch den Gitterboden auf das Wasser geschaut. Wie es sich da unten kräuselte. Doch der Vater hatte sie gesehen. Und sie gezwungen, bis zur anderen Seite zu laufen. Über das Gitter. Tief unter ihr der gurgelnde Bach. Damit sie sich merkte, wie furchteinflößend es hier oben war. Und den Steg vor Angst nie wieder betrat.

Alles gut, mein Kind.

Ja, Papa.

Sie befreite sich aus Maiks Armen und atmete tief durch. »Danke, jetzt bin ich okay.«

»Wir haben uns Sorgen gemacht.« Van der Velde klang beinahe vorwurfsvoll. »Als wir den Lichtschalter erreichten, waren Sie nicht mehr hinter uns.«

»Ich bin zum Eingang zurück, nachdem ich Sie verloren hatte.«

Van der Velde hob ihren Schlüsselbund in die Höhe und klimperte damit. »Ich hatte hinter uns abgeschlossen. Hier darf niemand ohne Führung rein. Auf dem Rückweg hätten wir einen anderen Notausgang genommen.«

»Tut mir leid.« Dass van der Velde die Tür zugesperrt hatte, war Roberta vorhin entgangen. Die dunkle Regenwasserhöhle und die Stahltreppe, die ins Nichts zu führen schien, hatten sie zu sehr gefangen genommen.

Sie versuchte ein Lachen. »Falls ich mal in der Tourismusbranche lande, werde ich keine Fremdenführungen in unterirdischen Katakomben übernehmen. Versprochen.«

11

Christian Bär verlangsamte seine Schritte. Ihm war nicht nach Krankenhausatmosphäre. Lieber suchte er an der frischen Luft nach Reifenspuren und Patronenhülsen. Ein Spital hatte in seiner Vorstellung zu viel mit leidvollem Warten zu tun. Warten aufs Fiebermessen. Auf das Essen, die Visite. Warten auf Besserung.

Im Gang vor Agnes Ravens Zimmer ertappte er sich dabei, wie er zur Ablenkung einer jungen Krankenschwester nachsah. Sie hatte dichtes rotes Haar und erinnerte ihn an Roberta. Seine Hand fuhr zu seinem Smartphone, dann ließ er es stecken. Er hatte vor seiner Fahrt hierher noch mal versucht, sie zu erreichen. Ihr Handy war wieder eingeschaltet, doch vermutlich hielt sie sich bei wichtigen Interviewpartnern auf und wollte nicht gestört werden. So hatte er auf ihre Mailbox gesprochen und ihr einen Gruß hinterlassen. Zurückgerufen hatte sie nicht. Rotterdam schien sie fest im Griff zu haben.

Agnes Raven lag allein in ihrem Krankenzimmer und schlief. Ein Geruch nach zerkochtem Gemüse und Desinfektionsmitteln wehte Bär entgegen, vermischt mit dem Aroma von Franzbranntwein. Vermutlich hatte man die alte Dame eingerieben, damit sie sich nicht wund lag. Der Franzbranntwein half, das Gewebe zu durchbluten. Andernfalls drohte es bei alten Menschen abzusterben, wenn rund um die Uhr das Körpergewicht darauflag. Das hatte Becker ihm mal erzählt. Dessen Großvater war im Alter bettlägerig gewesen und hatte sich wund gelegen.

Bär räusperte sich laut, um Agnes Raven zu wecken. Doch das reichte nicht, die alte Dame hatte einen tiefen Schlaf. Er ging wieder hinaus auf den Flur und hielt nach der rothaarigen Krankenschwester Ausschau. Tatsächlich, da kam sie gerade um die Ecke, ein Tablett mit Medikamenten in der Hand.

»Sorry, ob Sie mir mal helfen könnten?«

»Sicher, was gibt es denn?« Sie stellte das Tablett auf einem Tischchen ab und wandte sich ihm zu.

»Die alte Dame da drin – Agnes Raven. Ich muss sie sprechen, könnten Sie sie für mich wecken?«

»Wer sind Sie denn? Doch nicht etwa ihr Enkel? Auf den wartet sie schon sehnsüchtig.«

»Nein, nein.« Bär zog seinen Ausweis hervor.

Die Krankenschwester warf einen kurzen Blick darauf und nickte knapp. »Passen Sie einen Moment auf meine Medikamente auf?« Dann verschwand sie in Agnes Ravens Zimmer.

Bär ging ein paar Schritte im Flur auf und ab. Im Vorbeigehen warf er einen prüfenden Blick auf das Tablett mit den Pharmaka. Er musste die Schwester unbedingt fragen, ob Agnes Raven unter Medikamenteneinfluss stand. Anders konnte er sich ihr grantiges und abwesendes Verhalten bei seinem letzten Besuch gar nicht erklären.

»Vorsicht, bitte machen Sie Platz!« Ein Pfleger schob auf einem Wagen einen viereckigen grauen Kasten durch den Flur. Bär tippte auf einen Defibrillator. In den Arztserien im Fernsehen sah man diese Geräte ständig im Einsatz. Die Räder des Wagens gaben ein surrendes Geräusch von sich. Bär sah dem Pfleger nach.

Ein bisschen Strom, dachte er, und ein Menschenherz schlägt weiter.

Oder es bleibt stehen.

Jessika Sommers Herz war vielleicht durch einen Elektroschocker angehalten worden.

Er schwor sich, Maik Herres auf den Zahn zu fühlen, sowie der wieder auftauchte. Und wieder auftauchen musste er ja, schließlich stand die Beerdigung seiner Partnerin an. Deren Familie hatte eine Traueranzeige in der »Frankfurter Rundschau« geschaltet, in der Ort und Zeit der Beisetzung angegeben waren.

Wenn nur Roberta mal an ihr Handy ginge. Oder hatte Maik Herres es längst ins Meer geworfen, weil er … ja, was? Weil er irgendetwas mit ihr angestellt hatte?

»Sie können reinkommen.« Die Schwester riss die Tür auf.

Bär ging auf sie zu. »Sagen Sie, bekommt Frau Raven etwas zur Beruhigung oder so?« Er wies mit dem Kinn auf das Tablett mit den Medikamenten.

»Zur Beruhigung?« Sie zog einen Zettel aus der Kitteltasche und sah nach. »Nur ein Schlafmittel zur Nacht. Etwas anderes war bisher nicht nötig.«

»Danke.« Jetzt, wo sie vor ihm stand, erschien sie ihm sehr schlank, fast mager. Einen Prachtkörper wie Roberta hatte sie nicht zu bieten. Und so lieb, wie sie ihn ansah, fehlte ihr vermutlich auch deren Chuzpe. Roberta würde sich gegen Maik Herres zur Wehr setzen, falls er ihr komisch kam. Ach was, sie würde ihn gar nicht erst zu nah an sich ranlassen. Bestimmt hatte sie ihn in Rotterdam längst sich selbst überlassen und ließ ihn allein durch die Stadt laufen und fotografieren, während sie recherchierte.

Bär schenkte der Krankenschwester ein Lächeln und betrat das Krankenzimmer.

»Hallo, Herr Polizist!«

War da etwa eine Spur Ironie in Agnes Ravens Stimme? Sie wirkte aufgeräumter als bei seinem letzten Besuch. Ihre Haare waren zu einem Knoten frisiert. Das Gesicht wirkte rosig, wie frisch mit kaltem Wasser gewaschen, und ihr Blick war klar.

»Hallo.« Bär schaute sich im Zimmer um. Das Bett von Löckchen war frisch bezogen und mit einer Plastikfolie abgedeckt. »Wo ist denn Ihre Bettnachbarin?«

»Entlassen. Jetzt muss sie nachts keine Flugzeuge mehr hören.«

»Wie schön für sie.« Fast vermisste er die freundliche Demente.

»Warum sind Sie hergekommen?«

Bär räusperte sich. Jetzt kam der schwierige Teil der Unterhaltung. »Ich würde Ihnen gern ein paar Fragen stellen. Die Leiche Ihrer Tochter ist noch im Institut für Rechtsmedizin. Ich melde mich, wenn der Staatsanwalt sie freigegeben hat. Dann können Sie sich um die Bestattung kümmern. Aber das kann noch etwas dauern. Der Versuch, die Todesursache zu ermitteln, gestaltet sich schwierig.«

»Weil sie schon so lange …« Sie brach ab und ließ die Hände, die sie beim Sprechen leicht gehoben hatte, kraftlos auf die Bettdecke fallen.

»Ja, das ist leider wahr.« Bär sah die Leiche vor sich, die Rattenbisse. Kanalgeruch schien im Krankenzimmer aufzusteigen. Er schwieg einen Moment und überlegte, wie viel er der alten Frau zumuten konnte. Dann entschied er sich, aufs Ganze zu gehen: »Wir haben ja schon darüber gesprochen, dass das Waschhaus abgesperrt war, als man sie fand. Ihre Tochter kann sich selbst eingeschlossen haben, aus Furcht vor wem auch immer. Oder auch nur deshalb, weil sie allein zu Hause war und das schlicht unheimlich fand. Da wir aber keinen Schlüssel gefunden haben, könnte es auch sein, dass jemand sie absichtlich eingesperrt hat.«

Bär machte eine Pause, in der er Agnes Raven nicht aus den Augen ließ. Verzog sie gerade den Mund? Und das Zucken am linken Auge, war das ein Tick, oder hatte er sie nervös gemacht? Er wartete noch ein wenig, doch von Agnes Raven kam weiterhin keine Reaktion.

»Hatte Ihre Tochter Feinde? Gab es jemanden, der sie nicht mochte und der ihr Übles wollte?«

Agnes Raven schien darüber nachzudenken.

»Ihre Tochter war verheiratet«, tastete Bär sich vor.

»Meine Tochter hatte sich von ihrem Mann getrennt«, sagte Agnes Raven. »Sie hat sogar ihren Mädchennamen wieder angenommen, also meinen: Raven. Ihr Mann war ein Säufer und Taugenichts. An ihm hatte sie keine Stütze. Obwohl gerade Ria jemanden gebraucht hätte, der stark für sie war.«

»Wie meinen Sie das?«

»Ria war ein Opferlamm. Selbst ich war manchmal zu hart zu ihr, einfach weil sie es zuließ. Sie hat mich mit ihrer Unterwürfigkeit oft provoziert.«

Bär wurde seltsam zumute. Seit wann waren die Opfer schuld, wenn man sie misshandelte? Durfte man Geschlagene anklagen, weil sie sich nicht wehrten?

Er beschloss, das vorerst so stehen zu lassen.

»Was ist mit den Nachbarn?« Ob der Alte, der hinter den

Gardinen seines Wohnzimmers gestanden hatte, Ria Raven an die Wäsche gewollt hatte?

»Ach, ich weiß nicht.« Ihre abwehrende Geste fiel ein wenig zu heftig aus, sie riss dabei ein Buch von ihrem Nachttisch. Bär bückte sich und hob es vom Boden auf.

»Danke. Es ist hoffentlich nichts rausgefallen, da muss ein Foto von meinem Enkel drinliegen.«

»Den haben Sie wohl sehr gern?«

»Ja, ich hoffe, er kommt mich ganz bald besuchen.«

Bär legte das Buch sanft auf den Nachttisch zurück und sah, dass tatsächlich ein Foto herausgefallen war. Er hob es ebenfalls auf. Ein blonder junger Mann lächelte ihm entgegen.

Es gab kein Vertun.

Der Mann auf dem Foto war Maik Herres.

12

Margo bog die Zweige ihrer Hecke ein wenig auseinander, so konnte sie den Mann, der auf dem Nachbargrundstück stand, besser sehen. Er war Anfang dreißig, durchtrainiert, hatte dunkles, leicht verstrubbeltes Haar. Er trug eine Jeans, die Hemdsärmel hatte er aufgekrempelt. Einen Regenschutz hatte er nicht bei sich, das Wetter schien er nicht zu fürchten. Dafür fürchtete er böse Menschen, denn er trug eine Waffe in einem Holster. Unter seiner dünnen Jacke zeichnete sie sich deutlich ab.

Lange betrachtete er das alte Waschhaus, die Tür, das Schloss. Er taxierte das Grundstück, ohne viel herumzulaufen. Den Gehweg schaute er ganz genau an, dazu ging er in die Hocke. Als er sich wieder aufrichtete, trafen sich ihre Blicke.

»Hallo.« Er machte ein ernstes Gesicht und kam näher.

»Ja?«

Jetzt stand er direkt vor der Hecke.

»Christian Bär von der Kriminalpolizei«, stellte er sich vor. »Können Sie mir sagen, wann Maik Herres zuletzt hier war? Wann haben Sie zuletzt bemerkt, dass er seine Familie besucht hat?«

»Ich weiß nicht. Ich war vier Wochen verreist.«

»Stimmt. Ein Kollege von mir hat Sie ja schon befragt. Verreisen Sie oft?«

»Ein Städtetrip ab und an. Zur Abwechslung. Sonst bin ich nicht so lange weg. Mir gefällt es daheim.« Meist fuhr sie nur mal eben nach Frankfurt. Aber sie war auch schon drei Tage in München gewesen, und einmal eine Woche in Hamburg.

Der Polizist sah sich in ihrem Garten um. »Verstehe. Hier draußen ist es ja auch sehr ruhig. Vielleicht zu ruhig für einen jungen Mann wie Maik Herres?«

Margo überlegte. »Maik kommt nicht oft zu Besuch«, sagte sie. »Die Kleine, die er hatte, mochte seine Mutter nicht besonders. Jetzt können sie sich nicht mehr zanken. Das Mädchen wurde vom Blitz erschlagen, es stand in der Zeitung. Morgen ist die Beerdigung. Und Maiks Mutter ist bei einer Überschwemmung im Waschhaus ertrunken. Unwettertote, wenn man so will.«

»Das wissen Sie also auch schon.«

»Das sollte jetzt nicht zynisch klingen«, sagte Margo rasch. »Wir leben hier auf dem Land. Da funktioniert die Kommunikation noch.«

Der Polizist schaute sie nachdenklich an.

»Trauen Sie Maik Herres einen Mord zu?«, fragte er dann. »Was hat er für einen Charakter?«

»Ob ich ihm einen Mord zutraue? Das sind ja Verdächtigungen wie aus dem ›Tatort‹!«

»Die Tür zum Waschhaus war abgeschlossen«, sagte der Polizist ruhig. »Den Schlüssel haben wir nirgends gefunden.« Er machte eine Kopfbewegung zu dem kleinen Gebäude hin.

»Könnte er nicht mit dem ablaufenden Wasser davongeschwemmt worden sein?«, fragte Margo vorsichtig.

»Er wäre wohl eher im Schlick stecken geblieben, der sich auf dem Boden abgelagert hat.«

»Aha. Im Dorf hieß es, das Ventil sei nicht mehr in Ordnung gewesen.«

»Ja, richtig.« Der Polizist war geduldig mit ihr. »Das Abwasser läuft in den Kanal unter der Straße. Bei einem Unwetter mit hohem Niederschlag drückt es ins Waschhaus zurück, das defekte Ventil konnte die Wassermassen nicht zurückhalten.«

»Und jetzt suchen Sie den Schlüssel.«

Zu ihrem Bedauern ging er nicht weiter darauf ein.

»Wie lange sind Sie schon Nachbarin der Familie Raven? Wobei, der Sohn heißt ja wohl Herres.«

»Die Tochter auch«, sagte Margo. »Sie ist für ein paar Wochen im Krankenhaus.«

Der Polizist runzelte die Stirn, anscheinend wusste er noch nichts von Cindy. »Sie ist auch krank?«

»Die Familie zieht Krankheit und Unglück wohl an.« Margo bereute diesen Satz sogleich, kurz biss sie sich auf die Lippen. »Aber Sie wollten wissen, wie lange ich schon hier lebe.«

»Richtig.«

»Ich bin vor einem knappen Jahr hergezogen«, sagte Margo. »Das Haus wurde zufällig frei, es war eine günstige Gelegenheit. Die wollte ich mir nicht entgehen lassen, obwohl … Eigentlich ist das Haus für mich allein viel zu groß. Aber es ist so schön ruhig hier, die Luft ist frisch, und die Wiesen duften nach jedem Regen besonders intensiv. Hier kann man die Seele baumeln lassen, hier geht es mir gut. Wenn ich es mal aufregender brauche, fliehe ich kurz in die Stadt.«

»Ging es Ihnen denn vorher nicht gut?« Er fragte das geradeheraus. Seine Stimme klang warm. Margo hatte das Gefühl, als interessiere er sich für ihr Schicksal.

»Ich habe früher in Frankfurt gelebt, mitten im Gallusviertel. Zusammen mit meinem Sohn. Damals war ich gern in der Stadt, aber dann … Wollen Sie nicht auf mein Grundstück kommen? Es lässt sich besser reden, wenn wir keine Hecke zwischen uns haben.«

Er nickte, schlüpfte durch die Sträucher. Hinter ihm schlossen sich die Zweige. Einen Moment lang sah er sich um.

»Ihr Hobby?« Er zeigte auf das Kajak, das seit ihrem Einzug am Schuppen lehnte. Sie hatte es nie übers Herz gebracht, es zu verkaufen.

»Ach, das Kajak. Das ist nur eine Erinnerung.«

»Wie meinen Sie das?«

Margo schluckte. »Mein Sohn Sven ist vor zwei Jahren beim Paddeln auf der Lahn ertrunken.«

»Was genau ist passiert?« Er sah sie eindringlich an. Doch, er wollte wirklich wissen, was geschehen war.

»Sven hatte einen Kehlkopfkrampf«, sagte Margo. »Man braucht nur einen einzigen Tropfen Wasser einzuatmen, um so etwas auszulösen. Der Hals ist wie zugeschnürt, man kriegt keine Luft mehr. Das Herz rast, jedes Atemholen ist ein jaulender Laut, und man bekommt panische Angst. Es ist, als ob einem mit eisernem Griff die Gurgel zugedrückt wird.«

»Und das geht nicht vorbei?«

»Bei manchen schon. Der Kehlkopf kann sich wieder entspannen, zurück bleiben Halsweh und Panikattacken. Sven ist daran erstickt.«

»Das tut mir leid. Wie alt war ihr Sohn denn?«

»Er wäre wenige Tage danach zwanzig Jahre alt geworden. Er hatte gerade sein Abi gemacht. Mit einer Ehrenrunde.« Margo musste lächeln. »Er ging nicht gern zur Schule. Er war viel lieber auf dem Fluss.«

»Eine tragische Geschichte.« Der Polizist schaute betroffen zu dem Kajak hinüber. Margo sah sich diesmal nicht mit um. Sie wusste zu gut, wie es aussah. Rot. Flach und schmal wie ein Weberschiffchen, Bug und Heck liefen gleichmäßig spitz zu. »So ein Boot muss sehr unbequem sein für einen fast ausgewachsenen Mann.«

»Sportler eben.« Sie zuckte mit den Schultern.

»Was war mit Svens Vater? Wie hat er auf den Tod seines Sohnes reagiert?«

»Ich habe Sven allein großgezogen. Sein Vater war … Halten Sie mich jetzt nicht für einen schlechten Menschen, aber er war nur eine Zufallsbekanntschaft. Wir haben uns auf einem Festival kennengelernt, beim ›Sound of Frankfurt‹. Dass ich von ihm schwanger war, hat er nie erfahren. Er war einfach kein Typ zum Heiraten. Ständig auf Rucksackreisen, am liebsten in Nepal: ›Heute hier, morgen dort.‹«

Der Polizist sagte nichts darauf, den Song von Hannes Wader schien er nicht zu kennen. Vermutlich war er zu jung dafür.

»So war das eben«, schloss Margo.

»Ich muss noch mal auf Maik Herres zurückkommen.« Er schien sich auf einmal an den Grund für sein Hiersein zu erinnern. »Sie trauen ihm also nichts Böses zu?«

Margo überlegte. »So habe ich das nicht gesagt. Aber schauen Sie, ich kenne ihn und seine Familie ja kaum. Was ich weiß, hab ich vom Hörensagen.«

»Die Familie hatte einen Hund. Einen schwarzen Schäferhund, der offensichtlich sehr vernachlässigt wurde. Jemand hat deswegen einen Tierarzt alarmiert.« Er zwinkerte ihr zu. »Das waren nicht zufällig Sie?«

»Oh doch, ja.« Margo spürte, wie ihr das Blut ins Gesicht schoss. »Als ich von meiner Busreise zurückkam, ist mir aufgefallen, dass sich das Tier aus seinem Zwinger befreit hatte. Ich habe am Haus geschellt, aber niemand war da. Im Dorf hatte ich gehört, dass Agnes schon seit einiger Zeit in Mainz im Krankenhaus liegt. Und ich dachte, Ria sei vielleicht zu ihr gefahren. Das hätte dauern können, und der Hund war … Er war so geschwächt. Deshalb habe ich den nächstbesten Tierarzt angerufen.«

»Hm, ja. Vielen Dank, Frau …«

»Schneider, Margo Schneider.« In ihrem Pass stand »Margot« mit t, der Name einer Tante, den sie viel zu altmodisch fand. Aber das konnte sie immer noch aufklären, sollte er nach ihren Papieren fragen.

Der Polizist nickte ihr aufmunternd zu, dann ging er, wie er gekommen war. Er stieg durch die Büsche auf das Nachbargrundstück und verschwand hinter den grünen Zweigen. Margo musste daran denken, wie das schwarze Untier durch das Gebüsch gebrochen war, dieses abgemagerte Gespenst mit der blutenden Schnauze und dem anklagenden Blick. Das Fell war ihm in den vier Wochen, in denen sie nicht da gewesen war, glatt zwei Nummern zu groß geworden.

Sie lief zu ihrem Haus zurück. Waders Lied ging ihr nicht mehr aus dem Kopf.

So vergeht Jahr um Jahr
Und es ist mir längst klar
Dass nichts bleibt, dass nichts bleibt, wie es war.

»Ich weiß nicht, was ich von alldem halten soll.« Bär lag auf Laras Wohnzimmercouch und sah zu, wie sie sich die Nägel lackierte. Sie hatten mit Amelie zu Abend gegessen, Brot mit Butter und Aufschnitt. Danach hatte Bär Amelie ins Bett gebracht und ihr ein Märchen vorgelesen. Nun kamen die Bilder aus den letzten Tagen zurück. Der halb verhungerte Hund. Die im Waschhaus ertrunkene Frau. Und seine Angst um Roberta. »Maik Herres' Freundin stirbt bei einem Gewitter auf dem Campingplatz, nachdem er Streit mit ihr hatte.

Später wird in der unmittelbaren Nähe ein Elektroschocker gefunden. Und das soll Zufall sein?«

Lara trug in geraden Linien Lack auf ihren Daumennagel auf. »Du bist nur eifersüchtig, weil dieser Typ mit Roberta in Rotterdam ist. Aber das ist nicht dein Bier.«

»Und wenn ich mir Sorgen um Roberta mache?« Angerufen hatte er sie seit heute Vormittag nicht mehr, schließlich wollte er sich nicht zum Affen machen. Er hoffte nur noch, dass sie bald heil zurückkam.

»Roberta ist erwachsen. Sie wird es schon rechtzeitig merken, wenn dieser Maik Herres einer von der zwielichtigen Sorte ist.«

»Seine Mutter starb bei der Überschwemmung in ihrem Waschhaus – vermutlich, weil sie verletzt oder bewusstlos war. Aber sie konnte da auch nicht raus. Die Tür war abgeschlossen. Der Schlüssel fehlte, den muss jemand mitgenommen haben. Sag mal, musst du dir die ganze Zeit die Nägel lackieren?«

»Was denkst du denn? Ich habe ein Nagelstudio. Wie sollen mir die Kundinnen vertrauen, wenn meine Nägel nicht in Ordnung sind? Oder gehst du zu einem Zahnarzt, der selbst braune Stumpen im Mund hat?«

Bär schubste ein Kissen vom Sofa. »Morgen ist die Beerdigung von Herres' Freundin. Wenn er nicht der letzte Arsch ist, müsste er bis dahin zurück sein. Und Roberta mit ihm.«

»Siehst du?« Lara schaute für einen Moment von ihren Nägeln auf. »Du musst es nur noch bis morgen aushalten.«

»Stimmt.« Er ging über ihren kleinen Anflug von Zynismus hinweg. »Ich werde ihn mir von der Beerdigung weg zur Vernehmung schnappen.«

»Ach, nun mach aber mal langsam.« Lara stieß den Pinsel in das Nagellackfläschchen. »Du hast doch gar nichts gegen den Mann in der Hand. Vielleicht waren das wirklich nur Unfälle.«

»Zwei Unfälle in seinem direkten Umfeld? So kurz hintereinander?«

»Soll vorkommen.« Lara sah sich das Ergebnis ihrer Malerarbeiten an. »Schau mal. Das ist jetzt ganz modern. Gefällt dir die Farbe?« Sie streckte ihm die gespreizten Finger entgegen.

Ihre Nägel waren mit einem matten Farbton bedeckt, der perfekt zu ihrem beigebraunen Pulli passte. Bär erinnerte die Farbe an Schlamm.

»Wenn du mich fragst, sieht es aus, als hättest du deine Großmutter ausgegraben«, meinte er ehrlich.

»Vorsicht«, murmelte Lara drohend.

»Warum schmückt ihr Frauen euch ständig mit Dingen, die Männer gar nicht mögen? Ich meine, ihr wollt uns doch gefallen, oder?«

»Von Mode verstehst du nichts.« Lara gab ein missbilligendes Schnalzen von sich. »Du bist eben ein Polizist.«

»Ja, aber noch lange kein Idiot. Weißt du, was ich denke? Ihr wollt nur die anderen Frauen beeindrucken. Die Konkurrenz ausstechen.«

»Auf so was kannst nur du kommen. Aber du glaubst ja auch, jemand könnte gleich zwei Morde als Wetterunfall tarnen.«

»Warum nicht, wenn er genug übers Wetter weiß.«

13

Roberta hatte unruhig geschlafen. Als etwas gegen ihre Tür polterte, saß sie sofort aufrecht im Bett. Draußen war es noch dunkel. Sie warf einen raschen Blick auf die Uhr. Gleich vier. Erneutes Trommeln wie von Fäusten an der Tür. Auf nackten Füßen schlich sie durch das Hotelzimmer und öffnete.

Maik stand vor ihr. Sein blondes Haar hing ihm wirr ins Gesicht, und seine Wangen glühten. »Lass mich schnell rein. Du hast einen Balkon, ich nicht.«

»Was?«

»Rasch. Es gibt gleich ein Gewitter. Der Himmel sieht ganz danach aus, und das Regenradar im Internet zeigt es auch an.«

Roberta wich ins Zimmer zurück, ließ ihn ein und sah zu, wie er auf den Balkon hinausstürmte.

»Zieh deine Regenjacke an und rück dir einen Stuhl zurecht«, rief er ihr über die Schulter hinweg zu. »Das Schauspiel beginnt jeden Moment.«

Draußen zog er den kleinen Plastiktisch näher an die Hauswand heran, sodass er unter dem darüberliegenden Balkon im Regenschatten stand. Er nahm dahinter Platz und positionierte seine Nikon darauf. »Die Kamera muss ruhig stehen.«

»Wegen der langen Belichtungszeit?« Roberta hatte sich noch etwas schlaftrunken in ihren Bademantel gehüllt und war ihm auf den Balkon gefolgt. Unschlüssig stand sie neben ihm und sah zu, wie er mit der Kamera hantierte.

»Ja. Am besten sind fünf Sekunden. Dann eine Sekunde Pause und wieder fünf Sekunden. Und das immer wieder.«

»Und irgendwann geht dir ein Blitz in die Falle?«

»So ungefähr.«

»Musst du jedes Mal auf den Auslöser drücken?«

Maik schüttelte den Kopf. »Intervallauslöser.« Er zog ein kleines schwarzes Gerät aus der Tasche und schloss es mit einer dünnen Leitung an der Kamera an. »Was für ein Glücksfall, dass es gleich hell wird. So kriege ich nicht nur den Nachthimmel und Blitze aufs Bild, sondern auch ein bisschen Landschaft. Noch besser wird es, wenn gleich in den Gebäuden die Lichter angehen.«

»Die Frühschichtler.« Roberta zog den zweiten Terrassenstuhl an den Tisch und ließ sich hineinfallen. Gähnend blickte sie über die Stadt. Ein schmaler Streifen milchigen Lichtes breitete sich am Horizont aus, davor erhoben sich moderne Bürohäuser und Hotels, in denen erste Fenster aufleuchteten.

»Ist das nicht toll? Fehlt nur noch das Gewitter. Gleich geht es los.« Maik betrachtete die Kulisse auf dem Display der Kamera. Er lachte. »Wenn ich es bis zur Rente schaffe und dann noch fit bin, wandere ich nach Kifuka aus.«

»Wohin?«, fragte Roberta.

»Das ist ein kleines Dorf im Kongo, da gibt es weltweit die meisten Gewitter. Hundertsechzig Blitzeinschläge pro Quadratkilometer im Jahr, zweihundertzwanzig Tage Gewitter. Kifuka ist von Bergen umgeben, da staut sich die warme Luft, die vom Atlantik her kommt. Außerdem liegt es am Äquator, da gibt es sowieso viele Gewitter.«

»Ist es nicht gefährlich, Blitze zu fotografieren?«

Maik schaute prüfend zu dem Balkon, der über ihnen lag. »Auf freiem Feld wäre es schon gefährlich. Ich vertraue aber darauf, dass das Hotel hier einen guten Blitzableiter hat.«

Nun kam ein kühler Wind auf. Roberta zog ihren Bademantel enger um sich. Ein krachender Donner ließ sie zusammenfahren, den vorangegangenen Blitz hatte sie gar nicht gesehen. Dafür zuckte wenige Sekunden später eine Lightshow über den Himmel; ein Blitzfeuer jagte das nächste.

»*Bam, bam, bam!* Wie geil ist das denn?« Maik freute sich wie ein Kind. »Das ist ideal hier. Das gibt irre Fotos, du wirst sehen.«

In den nächsten Minuten ging das Naturschauspiel weiter, und Maik hatte nur noch Augen für seine Kamera. Im Sucher bestimmte er den Bildausschnitt, dann schaltete er den Intervallauslöser ein und starrte in das Unwetter. Er kniff die Augen zusammen, schob sich eine lästige Haarsträhne aus der Stirn. Lachte gelöst und beugte sich wieder über die Kamera.

Es war, als sei er in einer anderen Welt, frei von Ängsten und Sorgen.

Und heute Nachmittag wurde Jessika begraben.

Für sie war der Tod rasch gekommen, sie hatte nicht leiden müssen. Sie hatte keine unheilbare Krankheit gehabt, war nicht zum Pflegefall geworden, all das war ihr erspart geblieben. Aber sie war noch jung gewesen, zu jung zum Sterben. Was hätte sie noch alles erwartet?

Eine Heirat mit Maik, Kinder. Reisen.

Im Leben derer, die das mit ihr hatten erleben wollen, gab es nun eine große Leere, und das Leid dieser Menschen wog für Roberta fast schwerer als das Schicksal der Verstorbenen.

Du kommst doch mit zur Beerdigung?, hatte Maik sie gefragt. Das war gestern gewesen, in dem indonesischen Restaurant, in das er sie eingeladen hatte, um sie über ihre Höhenangstattacke in der Tiefgarage hinwegzutrösten. Roberta hatte stumm genickt. Obwohl sie sich bei dem Gedanken an Jessikas Beerdigung ein wenig unsicher fühlte. Wie eine Art Fremdkörper. Sie kannte weder Jessikas Familie noch die von Maik. Nicht einmal Jessika hatte sie gekannt.

An Schlaf war diese Nacht nicht mehr zu denken. In wenigen Stunden würden sie nicht nur die lange Strecke nach Frankfurt zurücklegen. Maik musste sich noch dunkle Klamotten kaufen, und sie hatte auch nichts Passendes im Schrank.

Nun brach ein Schauer los. Ein feiner Sprühregen wehte über die Balkonbrüstung und benetzte Robertas nackte Beine.

»Wow! Alles im Kasten.« Maik zog ihren Stuhl zu sich heran, legte den Arm um sie und lachte zufrieden. »Ich schenke dir ein paar Abzüge.«

»Danke! Die hänge ich mir dann in mein Büro im Wetterdienst. Die Kollegen werden staunen. Was machst du eigentlich mit all den Unwetterfotos? Eine Ausstellung?«

»Ich sammle sie«, sagte Maik ernst. »Seit ich siebzehn bin, fotografiere ich Gewitter. Schon als Schüler habe ich Preise damit gewonnen.«

»Tatsächlich? Was für ein seltenes Hobby.«

»Selten und faszinierend.«

Maik schaute in den Regen, und Roberta betrachtete ihn von der Seite. Sie verstand plötzlich, warum er sie gestern auf dem Parkplatz fotografiert hatte, vor den letzten Blitzen des ausklingenden Gewitters.

»In der Woche nach Pfingsten hatte ich mir dieses Jahr freigenommen und bin nach Süddeutschland gefahren«, erzählte er weiter. »Vom Balkon meines Hotelzimmers aus konnte ich fotografieren, wie sich ein Gewitter in den Bergen verfing. Hier, schau selbst.« Er suchte nach einer bestimmten Einstellung und reichte ihr die Kamera.

Roberta nahm den Apparat entgegen. Das Display zeigte eine Landschaft im Hochgebirge, Felsspitzen ragten aus einer dichten Nebelbank und schienen Blitze zu versprühen. Auf dem nächsten Foto standen sechs Tannen so eng nebeneinander, als wollten sie sich gegenseitig wärmen. Hinter ihren Silhouetten zeichneten helle Blitze ein filigranes Muster auf den grauen Himmel. Auf einem dritten Foto schossen über einem Bergkirchlein drei Blitze aus einer schwarzen Wolke.

»Wirklich schön«, sagte Roberta. »So wildromantisch.«

Maik lachte. »Ich kann sie dir auf dein Smartphone schicken. Dann kannst du sie dir immer ansehen.«

»Ach toll, mach das. Die Bilder haben ja sogar ein Datum. Der 20. Juni. Moderne Technik, was?«

»Ordnung muss sein.« Maik nahm die Kamera wieder an sich. »Das wird alles penibel archiviert. Wer weiß, wozu man die Fotos mal braucht.«

Das Unwetter hatte nun aufgehört. Eine Weile saßen sie schweigend da, schauten auf die Stadt hinaus und sahen zu, wie der helle Streifen am Horizont breiter und breiter wurde, bis er die Häuser in klares Tageslicht tauchte.

Maiks Arm lag noch auf Robertas Stuhllehne. Als er ihren Nacken streichelte, lehnte sie sich wohlig zurück. Ihre Hand rutschte zu ihm hinüber und ging auf Erkundung. Er lachte leise. Sie schloss die Augen und spürte seinen Atem ganz nah an ihrem Gesicht.

Etwas in ihr sperrte sich. Das war nicht gut. Das sollte nicht sein.

Ach, komm schon. Es ist doch schön.

Sie beugte sich zu ihm hinüber, und er zog sie auf seinen Schoß. Seine Zunge fuhr über ihren Hals, fand ihr Ohr.

»Mein Gott, Maik …«, flüsterte sie.

»Jessika.«

Roberta stand so schnell auf, dass sie ihn fast umgerissen hätte. »Ach, Scheiße. Das wollte ich nicht.«

»Ich auch nicht. Tut mir leid.«

»Ich glaube, wir lassen das in Zukunft besser.«

»Finde ich auch.«

Sie war froh, dass er ihr nicht mit dem üblichen Schwachsinn kam. Dass sie eine tolle Frau sei, seine Liebe für sie aber nicht ausreiche. Oder dass sie ja gute Freunde sein könnten. Etwas in der Art.

Er war halt noch nicht so weit.

14

Früher Morgen. Vor dem Institut für Rechtsmedizin waren noch ein paar Parkplätze frei. Bär stieg aus dem Zivilfahrzeug, das er sich aus dem Fuhrpark der Polizei ausgesucht hatte, weil sein eigener Wagen in der Werkstatt war. Am Montag würde er ihn zurückbekommen.

Die Luft war kühl und der Himmel ausnahmsweise mal blau. Er lief zu der alten Villa hinüber und schellte, doch nichts tat sich. Drinnen hatte noch niemand die Arbeit aufgenommen.

Wieder im Wagen, döste er ein wenig vor sich hin. Als hinter ihm ein anderes Auto einparkte, schrak er hoch.

Ein weißer Fiat 500. Im Rückspiegel sah er, wie Dr. Zimmer auf der Beifahrerseite ausstieg und mit Elan die Tür ins Schloss warf. Auf der Fahrerseite schwang eine Frau grazil ihre Beine aus dem Kleinwagen. Zimmer kam um das Heck herum und zog sie in seine Arme, um sich von ihr zu verabschieden. Bär konnte sein glückliches Gesicht sehen, sein Lachen. Als Zimmer den Kopf neigte, um die blonde Frau in die Halsbeuge zu küssen, fiel ihm der kurz rasierte Haarkranz des Rechtsmediziners auf. Unwillkürlich fasste er sich ins eigene Haar. Wenn man eine Platte bekam, blieb nur eine mutige Entscheidung. Und zwar die zwischen Toupet und Rasur. Alles andere sah albern aus. Bär war froh, dass diese Wahl für ihn noch nicht so schnell anstand.

Im Rückspiegel sah er wieder nach Dr. Zimmer. Er hatte seine Liebste nun losgelassen, trat einen Schritt zur Seite und gab den Blick auf die Frau frei.

Es war Katja. Katja mit ihrem Babybäuchlein.

Bär atmete geräuschvoll ein. Bei seinen Ermittlungen war er schon oft auf unerwartete Nebenerkenntnisse gestoßen. Doch keine hatte ihn je so kalt erwischt wie diese. Er wusste selbst nicht, warum. Mit Katja hatte er abgeschlossen. Und dennoch löste ihr Anblick ein warmes Gefühl in ihm aus. Es war immer noch nett, sie anzutreffen, mit ihr zu reden. Er wollte, dass es ihr gut ging, dass sie ein schönes Leben hatte. Und er fragte sich, ob sie mit einem verheirateten Rechtsmediziner glücklich werden konnte.

Er sank tiefer in den Sitz, machte sich klein. Wartete, bis Dr. Zimmer das Institut betreten hatte und Katja davongefahren war. Dann stieg auch er aus und schellte erneut an der schweren Holztür der Villa.

»Kommissar Bär, was führt Sie zu mir?« Dr. Zimmer lehnte sich hinter seinem massiven Schreibtisch im Sessel zurück. Sein Büro war bis auf halbe Höhe mit dunklem Holz getäfelt. An den Wänden, auf dem Schreibtisch und sogar auf dem Fensterbrett stapelten sich Fachbücher.

»Ria Raven, die Frau, die im Waschhaus umkam«, begann Bär. »Konnten Sie noch Wasser in ihrer Lunge finden?«

»In dem, was von der Lunge noch vorhanden war«, verbesserte Zimmer. »Nein. Es fanden sich jedoch die gleichen Bakterien wie in dem eingetrockneten Schlick. Es ist also ziemlich sicher, dass sie in dem Abwasser ertrunken ist.«

»Aber ob sie stolperte oder einen Schwindelanfall erlitt …«

»… lässt sich nicht mehr sagen. Beides ist möglich. Wir haben ein MRT von ihrem Schädel gemacht, da ließ sich nichts finden. Das besagt allerdings nicht viel. So ein Schädel ist ziemlich stabil, der muss bei einem Sturz nicht gleich in Mitleidenschaft gezogen werden.«

»Und wenn jemand nachgeholfen hat?«

»Sie glauben, jemand hat Ria Raven ins Waschhaus hineingestoßen, um sie zu töten?«

»Ja, weil die Tür verriegelt war.«

»Ganz ausschließen lässt sich das nicht.«

Bär spürte, wie er unruhig wurde. »Jessika Sommers Leiche haben Sie freigegeben, die Frau wird heute beerdigt. Doch auch bei ihr war das Obduktionsergebnis nicht ganz eindeutig. Auf dem Campingplatz habe ich nicht einen vom Blitz getroffenen Baum gesehen«, sagte er. »Könnte es nicht doch sein, dass …«

Zimmer kratzte sich unter dem Bart. »Nun, ihr Herz … Aber das hatte ich Ihnen ja schon erklärt.«

Bär fühlte sich mit einem Mal müde. Die Atmosphäre in dem dunklen Jugendstilraum lullte ihn ein. Zweige tanzten lautlos vor den hohen Fenstern und warfen Schatten auf den Stuck. Selbst die Regelmäßigkeit des Parkettmusters hatte etwas Einschläferndes. Der Flugzeugkonstrukteur, dem diese herrschaftliche Villa einmal gehörte, hatte hier mit seinen Kindern gespielt. Bald würde Zimmer ein Kind mit Katja haben. Ob das dann auch hier herumlaufen würde? Es war ein seltsames Gefühl, so viel über Zimmers Leben zu wissen, ohne dass dieser es ahnte.

Geheimnisse eines Bullen, dachte Bär.

Durch Frankfurts Einkaufsmeile dröhnten Presslufthämmer, die Zeil war seit Wochen eine Baustelle. Zum Ausgleich wehte ein laues Lüftchen, Roberta schätzte die Temperatur auf freundliche zweiundzwanzig Grad, ein wolkenloser blauer Himmel lag über der Stadt. Sie konnte sich gar nicht erinnern, wann es zuletzt so schön gewesen war. Längst kam es ihr so vor, als habe eine heftige Regenzeit den Sommer in Deutschland verdrängt.

Roberta ging nicht oft shoppen, sie machte sich nicht allzu viel aus Klamotten. Als sie im vorigen Sommer im Fernsehen aufgetreten war, hatte sie sich ein paar modische Sachen zugelegt, die taten es immer noch, wenn es mal offizieller wurde. Nur etwas Schwarzes hatte sie nicht im Schrank, abgesehen von ihrem Cocktailkleid für festliche Anlässe. Für eine Beerdigung war es entschieden zu kurz.

Bei Appelrath und Cüpper erstand sie eine Hose und einen Sommerpulli in Schwarz, bei Douglas einen Lippenstift in einer weniger aufreizenden Farbe, als sie sie für gewöhnlich trug. Mit Einkaufstüten bepackt, hastete sie zu Peek und Cloppenburg hinüber, wo Maik nach einem Anzug suchte.

Vor sechs Stunden hatten sie in Rotterdam aus dem Hotel ausgecheckt. Die Heimfahrt war ermüdend gewesen, dabei hatten sie sich am Steuer abgewechselt. Die Trauerfeier für

Jessika sollte in zwei Stunden in Rödelheim beginnen. Wenn sie sich mit dem Einkauf beeilten, konnten sie pünktlich und korrekt angezogen auf dem Friedhof erscheinen.

In der Herrenabteilung entdeckte sie Maik schon von Weitem. Unter den bestätigenden Blicken eines älteren Verkäufers probierte er einen Anzug an. Allein das Sakko veränderte sein Aussehen immens, er wirkte darin erwachsener und reifer. Wie ein ganz anderer.

»Und, was gefunden?«, begrüßte er sie.

Roberta nickte nur.

»Das ist jetzt der aktuelle Schnitt«, erklärte der Verkäufer freundlich. »Hemden und Krawatten finden Sie unten im Parterre.«

»Danke.« Maik fasste Roberta um die Taille und zog sie zur Rolltreppe. »Der Rest geht jetzt flott. Weißes Hemd, schwarze Krawatte, da gibt es nicht viel auszusuchen.«

So einfach war es tatsächlich. Maik bevorzugte bestimmte Hemden, deren Schnitt bequem saß. Er ließ sich das Modell in Weiß holen, und Roberta schaute schon mal nach der Krawatte. Sie fand eine aus matter Seide und zeigte sie ihm. Vor einem Spiegel hielt er sie sich vor.

»Ja, die sieht schön aus. Damit hätte ich Jessika gefallen.«

Jessika. Es gab ihr einen Stich, wie vertraut er ihren Namen aussprach. Nein, sie war nicht eifersüchtig auf eine Tote. Sie respektierte seine Trauer um seine verstorbene Freundin. Sie litt mit ihm, wenn sie mitkriegte, wie sehr er sie vermisste. Aber seine Gefühle für Jessika faszinierten sie auch. Seit der Gewitternacht wusste sie, wie leidenschaftlich sie waren. Mit so viel Intensität geliebt zu werden musste etwas Besonderes sein.

»Hast du auch alles, was du brauchst?« Er zeigte auf ihre Tragetaschen.

Roberta hielt die Tüten auf, damit er hineinsehen konnte. »Eine dünne Hose und einen klassischen dünnen Pulli. Die Teile kann ich später mit etwas anderem kombinieren.«

Sie trug ungern Schwarz. Zu ihren rostbraunen Haaren passten kräftige Farben viel besser. Türkis oder Grün. Sogar ein leuchtendes Rot. In Schwarz sah sie immer ein wenig exzentrisch aus. Wie eine Künstlerin, die jeden Moment auf eine Bühne gehoben werden wollte.

Maik zahlte, dann verließen sie das Geschäft. Draußen hakte er sie unter. Er wackelte ein wenig mit den Tüten, die er in der anderen Hand hielt. »Es kommt mir noch immer komisch vor, so schicke Sachen einzukaufen. Du kannst dir nicht vorstellen, was für Lumpen ich als Kind getragen habe.«

»Lumpen?« Roberta blieb stehen und sah ihn an. Neben ihnen verlangte ein kleines Kind nach einem Eishörnchen, das seine Mutter in Händen hielt. Der Junge war vielleicht drei Jahre alt, an das Eis reichte er nicht heran.

»Meine Großmutter hat uns alle zum Sparen angehalten, und meine Mutter musste in der Dämmerung die Säcke durchsuchen, die die Nachbarn für die Kleidersammlung vor die Tür gestellt hatten. Du ahnst nicht, was für Scheußlichkeiten da zutage kamen. Das hatten wir dann anzuziehen.«

Das Kind hatte sich auf die Zehenspitzen gestellt, es streckte die Hände nach dem Eishörnchen aus und bettelte leise. Die Mutter hob das Eis höher in die Luft.

Roberta schloss kurz die Augen. »Einen schönen Menschen kann nichts entstellen«, sagte sie zu Maik.

»Von wegen, in der Klasse war ich der letzte Loser. Sogar die Lehrer haben mich abschätzig gemustert. Das tat verdammt weh. Mir ging es erst besser, als ich den Hund bekam, da hatte ich endlich einen Freund, der nur für mich da war. Dabei war ich da schon fünfzehn.«

»Mama!« Das Kind weinte jetzt, die Mutter gab ihm das Eis noch immer nicht. Roberta war danach, zu der Frau hinzugehen und sie auf ihr Benehmen anzusprechen. Aber natürlich hatte sie kein Recht dazu. Fußgänger drängten sich zwischen Mutter und Kind.

»Roberta, hörst du mir noch zu?«

»Tut mir leid«, sagte Roberta. »Aber wenn man dich heute so sieht, kann man sich das gar nicht vorstellen. Von wegen Loser der Klasse.«

»Man kann sich so manches nicht vorstellen. Lass uns rasch

zum Auto zurückgehen. Ich muss dringend unter die Dusche. Außerdem würde ich mich gern noch einen Moment ausruhen.«

»Geht mir genauso.« Die Vorstellung, vor der Beerdigung ein kurzes Nickerchen einschieben zu können, fand Roberta verlockend. Doch da war immer noch das Kind. Nun konnte sie die Mutter wieder sehen. Sie leckte das Eishörnchen ab, vielleicht damit es nicht tropfte, und zwängte sich rückwärts in die dichter werdende Menge.

»Sag mal, versteckt die sich vor ihrem Kind?«

Jetzt hatte Maik die beiden auch gesehen. »Das ist zu verrückt. Lass uns abhauen.« Er riss Roberta am Arm, die Tragetaschen entglitten ihr.

Als sie sie wieder aufgehoben hatte, brauchte Roberta einen Moment, bis sie die Mutter hinter einem Bauzaun entdeckte.

»Mama?« Der kleine Junge drehte sich um die eigene Achse.

Seine Mutter schaute um die Ecke, beobachtete, wie er sie suchte, und wich wieder zurück hinter den Zaun.

»Mami! Wo bist du?« Der Kleine geriet in Panik, von einem Moment auf den nächsten war er völlig aufgelöst.

Roberta wollte zu ihm hinstürzen, da kam die Mutter aus ihrem Versteck hervor. Sie leckte das Hörnchen noch einmal ab, dann hielt sie es dem Kind hin.

»Mama!« Das Kind schluchzte auf, erlöst diesmal, es presste sich an seine Mutter, umklammerte ihre Knie. Die Frau drückte den Jungen mit einer Hand an sich, das Eishörnchen immer noch selbst in der Hand. Dann ging sie vor ihrem Kind in die Hocke, streichelte und küsste den Kleinen und redete beruhigend auf ihn ein.

Roberta wollte die Frau zur Rede stellen, doch Maik hinderte sie daran.

»Lass das! Nicht.« Er hielt sie mit eisernem Griff fest. »Komm hier weg, schnell.« Hastig zog er sie zur Konstablerwache hin, den Blick starr geradeaus gerichtet. Dabei hätten sie in die entgegengesetzte Richtung zum Parkhaus gemusst.

Robertas Puls raste. Die Szene mit dem Kind hatte sie aufgewühlt. Sie schämte sich, dass sie nicht sofort etwas gesagt hatte. Wenn alle so feig waren wie sie und niemand diese Mutter zurechtwies, wer sollte dann das Kind vor ihr schützen?

Maiks Reaktion verwirrte sie zusätzlich. Warum hatte er dem kleinen Jungen nicht helfen wollen?

Und wovor rannte er nun weg?

Im Café Weidenweber war es um diese Zeit ruhig. Roberta mochte die alteingesessene Konditorei. Seit einem Dreivierteljahrhundert wurden hier Bethmännchen, Stutzwecken und Frankfurter Haddekuche verkauft, nur die Einrichtung war mit der Mode der Jahrzehnte gegangen.

An der Theke bat sie um zwei Milchkaffee und bestellte flammende Herzen dazu. Womöglich ging es Maik besser, wenn er etwas im Magen hatte. Seit ihrem Aufbruch in Rotterdam hatten sie nichts mehr gegessen. Maik war beim Betreten des Cafés an der Kuchentheke vorbeigestürmt, er saß bereits in der hinteren Ecke des Gastraums auf einer der roten Bänke. Als sie zu ihm an den Tisch kam, stützte er die Ellbogen auf und vergrub das Gesicht in den Händen.

»Was ist nur mit dir los?«, zischte Roberta ihm zu. »Warum hast du mich von der Frau weggezogen? Ich hätte dieser Mutter zu gern die Meinung gegeigt. Hast du nicht gesehen, was sie gemacht hat? Die hat dem Kind das Eishörnchen absichtlich nicht gegeben. Nur um es zu quälen. Und dann hat sie sich auch noch versteckt. Sie hat zugesehen, wie der Kleine sie verzweifelt suchte.«

»Sei still!« Maik herrschte sie so laut an, dass die Bedienung von der Theke zu ihnen herübersah.

»Maik, bitte …«

»Tut mir leid.« Nun klang er zerknirscht. »Ich kann so was nicht mit ansehen.«

Roberta schlug vor Wut mit der Faust auf den Tisch. »Wie, du auch nicht? Ja, warum haben wir die Alte dann nicht in den Senkel gestellt?«

»Ich kann das nicht. Ich …« Maik weinte.

Erschrocken suchte Roberta in ihrer Handtasche nach

einem Tempo und fand keins. Er wischte sich mit dem Hemdsärmel über die Augen.

Die Bedienung brachte den Milchkaffee und die flammenden Herzen. Maik warf einen kurzen Blick auf das Gebäck und schob den Teller von sich weg. Nach einer Weile nippte er vorsichtig an seinem Kaffee.

»Meine Großmutter hat so was mit uns gemacht, als wir Kinder waren«, begann er stockend. »Weil unsere Mutter sie ›Mutti‹ nannte, sagen wir heute noch ›Oma Mutti‹ zu ihr. Oma Mutti hat uns geweckt, wenn es ein Gewitter gab. Wir mussten uns dann anziehen und an den Küchentisch setzen. Als junge Frau hatte sie erlebt, wie der Blitz ins Nachbarhaus einschlug und alles niederbrannte. Die Bewohner standen in Nachthemden auf der Straße. Das fand sie fürchterlich. Nicht nur, weil die Leute außer ihren Nachthemden nichts mehr hatten. Sondern auch, weil alle sie nun so sahen.« Er lachte gequält. »Wir zogen uns bei jedem Gewitter an, damit wir niemals im Nachthemd vor unserem brennenden Haus stehen müssten.«

Maiks Stimme war eine Nuance heller geworden. Seine Finger umklammerten den Kaffeelöffel, als wollte er sich daran festhalten.

Roberta legte ihre Hand auf seinen Arm.

»An manchen Tagen hat uns Oma Mutti absichtlich ins Gewitter hinausgeschickt. Obwohl sie gewusst hat, wie gefährlich das war. Schließlich hatte sie das Nachbarhaus brennen sehen, in das der Blitz eingeschlagen hat.« Maik brach ein Stück von seinem flammenden Herz ab und schob es auf dem Teller herum.

»Zur Strafe, wenn ihr etwas verbrochen hattet?«, fragte Roberta.

»Nein, einfach so. Ohne Grund. Wenn wir dann am ganzen Körper zitterten und vor Angst winselten, hat sie uns reingerufen. Hat uns umarmt und gestreichelt.«

»Cindy auch?« Roberta schluckte.

»Die vor allem. Und einmal hat sie den Hund …« Er kaute an den Worten. »Er war noch ein Welpe, ich hatte ihn gerade aus dem Zwinger geholt.«

»Was hat sie denn mit ihm angestellt?«

»Ach, egal.« Er winkte müde ab. »Ich weiß nicht mehr, was schlimmer war. Die Geschichte mit dem Hund oder wenn wir mal wieder im Unwetter stehen mussten, Cindy und ich.«

»Ja, habt ihr euch denn nicht gewehrt? Habt ihr nicht gegen die Tür gehämmert oder seid zu den Nachbarn gelaufen?«

Auf Maiks Oberlippe bildeten sich feine Schweißperlen. Er wollte von seinem Kaffee trinken, doch seine Hand zitterte zu sehr, um die Tasse halten zu können. Er stellte sie wieder ab.

»Wir waren Kinder«, stieß er hervor. »Kleine Kinder.«

»Und deine Mutter?«

Maik schüttelte den Kopf. »Die hat getan, was Oma Mutti wollte. Sie hatte vor ihr noch viel mehr Angst als wir.«

15

Christian Bär stand vor der Trauerhalle und wunderte sich. Das Dach des Gebäudes sah nicht nur aus wie eine Ziehharmonika, die Halle war auch noch ganz an den Rand des Friedhofsgeländes gerückt. Dabei hätte es hier genügend Platz gegeben. Eine seltsame Aufteilung, wie Bär fand. Aber womöglich hatte der Architekt den ins Jenseits aufsteigenden Seelen viel Raum lassen wollen.

Unter einem freundlich blauen Himmel mit nur wenigen Wölkchen hatte sich ein kleiner Trupp Trauergäste versammelt. Bär konnte die Personen einigermaßen zuordnen. Die Eltern von Jessika Sommer standen direkt vor dem Portal, immer wieder ging jemand auf sie zu, sprach sie leise an und schüttelte ihre Hände. Die Mutter war eine kleine Person, das kastanienbraune Haar hatte sie hochgesteckt, so als wollte sie ein paar Zentimeter an Körpergröße dazumogeln. Obenherum war sie recht füllig und in einen weiten Pulli gehüllt, doch ihre Beine waren noch schlank, und ihre tiefschwarze Jeans saß perfekt.

Die Generation, die nicht alt werden will, dachte Bär.

Der Vater überragte die Mutter um zwei Köpfe. Die hellen Haare und die hohe Gestalt hatte Jessika Sommer von ihm geerbt. In der Nähe der Eltern standen Personen im gleichen Alter, vermutlich Onkel und Tanten. Die Nachbarn erkannte Bär daran, dass sie nicht so nah bei den Eltern standen und weniger förmlich angezogen waren. Sie trugen Bürokleidung. Gedeckte Farben, aber kein Schwarz. Maik Herres hatte sich in einen modischen Anzug geworfen. Bär musste zugeben, dass er verdammt gut darin aussah. Er balancierte eine schlichte Urne in den Händen, Roberta stand mit ernster Miene neben ihm und hielt eine weiße Rose zwischen den gespreizten Fingern. Vermutlich war sie dornig.

Bär suchte etwas abseits unter einem Baum Schutz. Die Feier mit den Trauerreden war schon vorbei. Nun warteten die Anwesenden auf die Bestattung. Zwei junge Frauen drängten sich neben Bär in den Schatten des Baumes. Klein, drahtig und blond die eine, eher der Typ Mädel von nebenan. Dunkelhaarig und fraulich die andere. Freundinnen von Jessika, nahm Bär an.

»Ich kann nicht lange bleiben«, sagte die Dunkle. »Ich muss nachher noch mit Nelly zum Arzt.«

»Was hat sie denn?«

»Ach, nur Schnupfen. In dem blöden Kindergarten stecken sich die Kids ständig gegenseitig an. Wollte Jessika eigentlich Kinder?«

»Ich glaub schon. Aber Maik war wohl noch nicht so weit.«

»Die Männer sind nie so weit. Das hat damit zu tun, dass sie sich einfach nicht vorstellen können, wie schön es mit einem Kind ist. Wenn sie erst mal Vater sind, sind sie ganz zufrieden.«

Die Blonde zog ein Taschentuch hervor und wischte sich daran die Hände ab. Ob vor Aufregung oder vor Hitze, sie musste feuchte Handflächen haben. »Na ja, ich hab keine Kinder, ich kann das alles nicht beurteilen.«

»Kannst du mir aber glauben. Ist so. Bei denen tickt eben keine biologische Uhr. Oder kennst du einen Typen in unserem Alter, der sich unbedingt Kinder wünscht?«

Die Blonde steckte das Taschentuch weg. »Vage vielleicht. Ich habe einen Kollegen, der sagt immer: später mal.«

Sie kicherten beide. Dann schien ihnen einzufallen, dass sie auf einer Beerdigung waren, und sie wurden wieder ernst. Die Trauergesellschaft stand noch vor der Halle und kam nicht voran. Vermutlich wartete man auf den Priester.

»Muss Maik jetzt eigentlich aus der Wohnung raus?«, fragte die Dunkle.

»Aber holla, die wird doch saniert. Und danach wird sie so teuer, dass sie sie nicht mal zu zweit hätten bezahlen können.«

»Armer Maik. Dann hat er ja kein Dach mehr über dem Kopf. Da muss er halt bei seiner Oma unterkriechen.«

»Bei seiner Mutter, meinst du. Der Oma gehört das Haus doch gar nicht mehr.« Die Blonde winkte ab.

»Wieso?«

»Maiks Oma hat die Hütte schon vor Jahren auf die Mutter überschrieben.«

»Warum das denn?«

»Na, aus Geiz. Sie hat dem Staat die Erbschaftssteuer nicht gegönnt. Und da sie nicht mehr die Jüngste ist, hat sie vorausgeplant.«

»Schade, dass sie es nicht gleich dem Maik vermacht hat. Wo Jessika doch immer meinte, dass sie ihn total vergöttert.«

Die Blonde schüttelte den Kopf. »Der Maik hat Schulden, und da ist sie hinter gekommen.«

»Himmel, was denn für Schulden?«

»Er hat für horrende Summen Kameras und Fotozubehör gekauft. Es musste immer das Neuste und das Teuerste sein. Er hat Jess tausendmal versprochen, dass er das sein lässt, zuletzt hat sie nicht mehr daran geglaubt.«

»Oh Gott. Woher weißt du das alles?«

»Na, von Jess. Das hat sie mir erzählt, als sie mal fast am Ende war. Da hat sie ihn verlassen wollen.«

Der Trauerzug setzte sich nun in Bewegung. Herres ging mit der Urne voran, neben ihm Roberta. Hinter ihnen kam der Priester. Jessikas Mutter drückte sich weinend an ihren Mann. Der hielt sich die Hand vor die Augen, um seine Tränen zu verbergen.

Bär hatte Mitleid mit den beiden. Wenn die Kinder vor einem starben, war das ein Elend, ganz egal, wie die Umstände waren. Ein Kind wollte man immer beschützen, und wenn ihm etwas Schlimmes geschah, glaubte man, versagt zu haben, und suchte die Schuld bei sich. Er mochte sich gar nicht vorstellen, wie grauenhaft er sich fühlen würde, wenn Amelie etwas zustieße.

Die beiden jungen Frauen umarmten sich und flüsterten miteinander, dann verschwand die Dunkle zwischen den Gräbern. Die Blonde schloss sich mit Bär dem Trauerzug an.

Die Familie hatte für Jessika Sommer einen Platz auf dem Friedhain ausgesucht. Auf einer Lichtung zwischen hohen Bäumen würde sie unter einer Grasdecke liegen. Bär gefiel der Ort. Ein leiser Wind rauschte durch das Laub und spielte mit den Sonnenstrahlen. Ließ Licht und Schatten über die Gräser huschen. Doch die Lichtung erinnerte ihn auch an den Campingplatz. An die Stelle, an der Jessika Sommer tot aufgefunden worden war.

Vom Blitz erschlagen oder eben doch ermordet.

Er fragte sich, ob die Familie das Grab bewusst danach ausgesucht hatte. Aber womöglich war Jessika Sommer ein Naturmensch gewesen, und der eine wie der andere Platz passte zu ihr.

Maik Herres stellte die Urne vor der kleinen viereckigen Grube ab, die auf der Wiese ausgehoben worden war. Als er sich aufrichtete und einen Schritt zurücktrat, strauchelte er kaum merklich. Roberta griff rasch nach seinem Arm und hakte sich, wie um die Hilfestellung zu tarnen, bei ihm ein.

Der Priester segnete die Urne und betete das Vaterunser. Die meisten Trauergäste murmelten die Worte mit. Die Blonde senkte kurz den Kopf, dann entfernte sie sich aus der Gruppe und ging ein Stück den Weg hinunter.

Bär folgte ihr.

»Sie kannten Jessika Sommer?«, sprach er sie an.

»Ja, warum? Wer sind Sie?«

Er zeigte ihr seinen Ausweis.

Sie klopfte ihre Taschen ab, fand ihre Zigaretten und zündete sich eine an. Ihre Hände zitterten leicht. »Ich muss einfach mal eine rauchen, ich bin ganz fertig«, sagte sie mit heiserer Stimme. »Die arme Jessika. Vom Blitz erschlagen. Wo gibt's denn so was?«

»Sie waren Kolleginnen?« Das hatte er jetzt geraten.

Sie lächelte wehmütig. »Schulfreundinnen. Aber beinahe wären wir Kolleginnen geworden.«

»Und Sie sind …«

»Heike Kern.«

»Was meinen Sie damit, dass Sie beinahe Kolleginnen geworden wären?«

Sie zog an ihrer Zigarette, die Glut leuchtete rot auf. »Wir waren als Teenies bei der Jugendfeuerwehr und wollten beide

Brandmeisterin werden, einen anderen Beruf konnten wir uns damals gar nicht vorstellen.«

»Und weiter?«

»Jessika konnte die Ausbildung nicht mit mir machen. Sie hatte ein schwaches Herz. Immer wieder sollte sie operiert werden, aber sie hatte große Angst davor, zögerte es ständig hinaus.«

»Hätte sie denn nach einer Operation zur Feuerwehr gehen können?«

Heike Kern zog wieder an der Zigarette. Sie inhalierte tief und ließ den Rauch ganz langsam entweichen. »Nein. In dem Fall hätte sie das mit dem Eingriff vielleicht sogar durchgezogen. Aber sie wusste, dass man sie auch dann nicht aufnehmen würde. Das ist ein Knochenjob. Schon vor der Ausbildung wird man gründlich durchgecheckt. Jessika hat sehr darunter gelitten, dass es bei ihr nicht klappte. Sie hat schließlich Hotelfach gelernt und am Empfang eines Hotels gearbeitet. Die suchten jemanden für nachts.«

»Hat sie nur nachts gearbeitet?«

»Nein, manchmal auch tagsüber, aber halt sehr oft in der Nacht. Sie betreute späte Heimkehrer und Anreisende. Oder kümmerte sich um Leute, die etwas reklamieren wollten. Die laute Klimaanlage, den kaputten Fernseher, die leere Minibar. Das Hotel hatte aber einen Wachdienst. Wenn es hart auf hart gekommen wäre, hätte Jessika Unterstützung gehabt.«

»Danke.« Bär sah sich nach der Trauergemeinde um. Wie lange würde die Beerdigung noch dauern? Maik Herres durfte ihm nicht entwischen. »Ich glaube, ich muss mal zurück.«

Heike Kern trat ihre Zigarette auf dem Weg aus, dann bückte sie sich nach der Kippe und steckte sie in die Schachtel. »Ich geh heim. Für mich war es für heute traurig genug.«

Als Bär wieder zu den Trauernden stieß, hielt Roberta die weiße Rose nicht mehr in der Hand. Vermutlich war sie als letzter Gruß auf Jessikas Urne gelandet. Die ersten Trauergäste wandten sich zum Gehen.

Bär versperrte Maik Herres den Weg. »Mein herzliches

Beileid. Gibt es noch Kaffee und Kuchen? Entschuldigung, aber so kenne ich das auf dem Dorf.«

»Nein«, sagte Herres, »das war's.«

»Dann haben Sie sicherlich eine Minute für mich.«

Roberta stellte sich schützend vor Herres. »Christian, Maik hat eben erst erfahren, dass auch seine Mutter gestorben ist. Könntest du den Polizisten mal kurz stecken lassen?«

Bär fand, dass ihm keine Zeit blieb für Nachsicht und gute Manieren. Er hatte lange genug auf Herres gewartet. »Sein Verlust tut mir sehr leid. Aber meine Ermittlungen musst du schon mir überlassen.«

»Christian …« Roberta hob beschwörend die Hand.

»In Ordnung«, sagte Herres. »Je eher Sie zu fragen anfangen, desto eher habe ich es hinter mir.«

»Ich warte am Ausgang.« Roberta klang schnippisch. Sie strich sich ihren schwarzen Pulli glatt und warf ihr Haar zurück. Bär fing noch einen bösen Blick von ihr auf, dann ließ sie ihn mit Maik Herres stehen.

»Sie wissen also erst seit heute, dass auch Ihre Mutter tot ist«, sagte Bär.

Herres nickte. »Ich habe es kurz vor der Beerdigung erfahren. Von Jessikas Familie. Jessikas Mutter hatte meine Großmutter angerufen, um zu fragen, ob sie zur Beisetzung kommt. Da hat meine Großmutter es ihr erzählt.«

»Schon tragisch, dass Sie nicht eher informiert wurden.« Bär spürte Wut in sich aufsteigen. Er gab sich Mühe, nicht zynisch zu klingen. »Konnte man Sie in Rotterdam nicht erreichen?«

Herres lockerte seine Krawatte. »Werden Sie gern bei der Arbeit gestört? Ich mache mein Handy schon mal aus, um mich konzentrieren zu können.«

»Oder schaffen sich ein neues an, ohne Ihrer Großmutter die Nummer zu geben.« Bär dachte an seinen Besuch bei der alten Frau. Wie Maiks Foto aus ihrem Buch gefallen war. Und wie sehr sie auf ihren Enkel gewartet hatte.

»Ach das.« Herres lächelte. »Ich hatte es nicht besonders eilig damit. Es ist manchmal ganz schön, eine Weile seine Ruhe zu haben.«

»Wie die Nachbarn erzählen, waren Sie nicht oft bei Ihrer Familie zu Besuch.«

Maik Herres verzog den Mund. »Wie oft haben Sie Ihre Eltern in letzter Zeit gesehen?«

»Meine Eltern sind schon viel länger tot als Ihre«, sagte Bär. »Krebs. Beide nacheinander.«

Lara und Amelie waren seine Familie. Bei ihnen konnte er auftanken, wenn es Frust im Job gab. Seine Schwester hörte ihm zu, auch wenn sie sich dabei die Nägel lackierte, und Amelies Lachen fegte trübe Gedanken davon. Es fiel ihm schwer, sich vorzustellen, wie man so wenig mit der Familie zu tun haben konnte, dass man den Tod der eigenen Mutter nicht mitkriegte.

»Ihre Mutter wurde vor drei Tagen tot aufgefunden. Gestorben ist sie bereits am 20. Juni.«

In Herres' Blick las Bär Überraschung, und ein Gefühl der Genugtuung stieg in ihm auf.

Da, erwischt.

Becker hatte ihn bei seiner Ankunft im Präsidium mit dem Bericht des forensischen Biologen erwartet, dessen unermüdlicher Beobachtung der Fliegenpuppen es zu verdanken war, dass sie nun den Todeszeitpunkt kannten, den sie mittels Zeitungsberichten über Überschwemmungen in der Wetterau auf Anhieb hatten bestätigen können.

Ei, Made, Puppe, Fliege. Die kleinen Wesen und ihre Artgenossen taten auch hier auf dem Friedhof ihren Dienst. Machten die Aufräumarbeit, damit alte Materie zerfiel und neue entstand.

»Wo waren Sie am 20. Juni?«

Herres runzelte die Stirn, sein Blick wurde trotzig. »Ich war fotografieren.«

»Wie bitte?«

»Ich fotografiere Gewitter. In der Woche nach Pfingsten war ich in Süddeutschland in den Bergen. Da kann man faszinierende Gewitterbilder machen.«

Bär spürte, wie seine Kiefermuskeln arbeiteten. »Okay. Und wo genau waren Sie da?«

»Im Allgäu, in der Nähe von Kempten. Ich kann Ihnen meine Fotos zeigen.«

»Wann waren Sie zuletzt bei Ihrer Familie in Plittersheim?«

»Als meine Schwester ins Krankenhaus kam. An das Datum erinnere ich mich nicht genau, es muss um den 20. Mai herum gewesen sein. Aber wie ich bereits andeutete: Ich habe mein eigenes Leben. Meine Großmutter meldet sich schon, wenn sie was von mir will.«

»Wenn Sie nicht gerade Ihr Handy ausgestellt haben, schon klar. Wussten Sie, dass der Abfluss vom Waschhaus defekt war?«

Herres lachte kurz auf. »Dass das Rücklaufventil eine Macke hatte, wusste das ganze Dorf. Meine Mutter hat es überall herumerzählt, aber getan hat sie nichts dagegen. So kenne ich sie. Immer nur jammern und die Hasspredigten meiner Großmutter einstecken. Sie war nicht imstande, einen Handwerker herbeizuschaffen.«

»Haben Sie eine Idee, wo der Schlüssel vom Waschhaus geblieben sein könnte?«

»Der Schlüssel? Den hat meine Mutter verschlampt. Seit bestimmt zwei Monaten hat sie das Waschhaus nicht mehr abgeschlossen. Was aber nicht schlimm war. Bei uns im Dorf klaut niemand eine alte Waschmaschine.«

»Na dann.« Bär war mit seinem Latein am Ende. Das Einzige, was dieses Gespräch bisher ergeben hatte, war die Gewissheit, dass Maik Herres sich mit seiner Familie nicht verstanden hatte. Und dass er freiwillig kein Geständnis abliefern würde. Es machte wenig Sinn, wenn er ihm nun auch noch seine Zweifel an den Umständen von Jessikas Tod an den Kopf warf. »Es wäre schön, wenn Sie ein paar Belege für Ihre Reise ins Gebirge hätten«, sagte er stattdessen. »Hotelrechnungen, Quittungen aus Restaurants.«

Herres starrte ihn reglos an. Gleich würde er ihm erklären, er habe im Auto geschlafen und von daheim mitgenommene Stullen gegessen. Hasenbrote. Doch er wandte sich nur wortlos ab.

Bär sah ihm nach, wie er den Weg zum Parkplatz hinunterlief. Am Tor wartete Roberta, die Arme auf das Gitter gelehnt. Als Bär ihr zum Abschied zuwinkte, drehte sie ihm den Rücken zu.

Ihn überkam die Lust, eine Zigarette zu rauchen, wie in jungen Jahren. Wie Heike Kern vorhin. Oder etwas Starkes zu trinken. Am besten beides, egal. Schade, dass er sich die meisten dummen Angewohnheiten längst abgewöhnt hatte.

An Jessika Sommers Grabstelle war ein Gärtner dabei, die kleine Grube zuzuschaufeln. Direkt daneben lag der Gedenkstein, den er später hier einsetzen würde. Darauf stand ihr Vorname. »Jessika«. Und dann noch ein Spruch: »Hoffnung aufzuerstehen in einem Halm. Grabplatte keine. Nicht noch im Tod scheitern am Stein.«

16

»Jau, ein Wetterhäuschen!« Ein Junge erstürmte die Stufen der alten Wetterstation und riss die weiße Lamellentür auf. Roberta atmete tief durch. So turbulent hatte sie sich eine Führung mit Amelies Klasse nicht vorgestellt. Hoffentlich waren die Kinder nicht alle so drauf. Für Roberta war es gefühlt früher Morgen, ihr fehlte die zweite Tasse Kaffee, die sie sonst um diese Zeit trank, und es war schon eine Weile her, dass sie Kindern den Wetterpark und das Besucherzentrum in Offenbach gezeigt hatte.

»Richtig. So sahen früher die Wetterhäuschen aus. Was meint ihr, was darin aufgezeichnet wurde? Ihr könnt ja alle mal reingucken.«

Die Kinder schauten sie unschlüssig an. Jetzt, wo das Reingucken ausdrücklich erlaubt war, hatte niemand mehr Lust dazu.

»In den Wetterstationen werden Temperatur und Luftfeuchtigkeit gemessen, also wie warm und wie kalt es ist und wie viel Wasser die Luft aufgenommen hat. Das hier ist ein altes Modell, heute sieht so etwas wie eine Blechtrommel aus. Ich zeige euch das gleich draußen. Woran erkennt ihr denn, wie das Wetter wird?«

»An den Wolken«, rief ein Mädchen. »Wenn sie so dunkel und schwarz sind, gibt es ein Gewitter.«

»Das stimmt. Nach den Wolken haben auch die ersten Wetterbeobachter geguckt. Die Seefahrer schrieben auf, was sie sahen, und das klang dann etwa so: ›Aufbrausendes Wetter, Wolken schneller als Pferde. Monster und Tiger ziehen vorbei.‹«

Jetzt waren die Kinder still. Roberta suchte in der Menge nach Amelie, da schob sich eine kleine Hand in ihre.

»Hallo, Robby!«

Diesen Kosenamen hatte sie lange nicht mehr gehört. »Du bist groß geworden«, sagte sie.

Amelie ließ ihre Hand sofort los, und Roberta bereute den Alte-Tanten-Spruch. Doch irgendwie stimmte es. Amelie war gewachsen, sie trug die Haare anders und wirkte viel vernünftiger.

»Neben Wolken, Hitze und Kälte interessieren uns aber noch viele andere Dinge. Zum Beispiel, wie schnell der Wind weht und woher er kommt. Das alles messen Wetterstationen, Schiffe, Flugzeuge und Satelliten für uns. Für einen besseren Überblick teilen wir die Weltkugel in lauter Dreiecke ein.« Roberta ging zu einer Schautafel und zeigte den Kindern die Darstellung eines Globus, der von einem Netz aus Dreiecken überzogen war. »Für jedes dieser Dreiecke wissen wir, wie das Wetter da ist. Bei uns hier in Deutschland sind die Dreiecke ganz klein, wir haben also viele Messwerte. Auf den Meeren, oben am Nordpol oder auch in Afrika sind die Dreiecke größer. Von dort bekommen wir nicht so viele Informationen. Mit den Daten werden dann Vorhersagen berechnet, das machen im Wetterdienst riesige Computer.«

»Wie kommt es eigentlich, dass es schneit?«, fragte ein Mädchen.

»Schnee ist gefrorenes Wasser. Ihr müsst euch das so vorstellen …«

In Robertas Rücken hatte der Junge, der schon das Wetterhäuschen erstürmt hatte, den großen wassergefüllten Plastikzylinder entdeckt. Mit Hilfe einer Kurbel konnte man das Wasser darin herumschleudern, bis durch die Fliehkraft die Form eines Tornados entstand. Die Kurbel schepperte, und der Zylinder ratterte wie ein in die Jahre gekommenes Spielplatzkarussell.

»Wir gehen mal raus an die frische Luft«, rief Roberta.

Die Klasse setzte sich in Bewegung, und die beiden Lehrerinnen, die die Kinder begleiteten, schlossen sich an.

Roberta führte die Kinder zu der Station, an der die Gewitterphänomene erklärt wurden. »Schnee und Hagel sind nichts anderes als gefrorenes Wasser. Schneeflocken sind leicht, sie bilden schöne Formen, die wir Kristalle nennen. Hagelkörner sind rund wie Kugeln und ganz schön fest und schwer. Hoch oben in der Luft ist es sehr kalt, da werden Regentropfen zu Eiskörnern. Die kleben dann aneinander und werden dadurch größer. Sie fallen ein Stück herunter, schmelzen ein bisschen an. Dann bläst der Wind sie wieder hoch ins Kalte, und sie gefrieren erneut. Das passiert immer wieder, und jedes Mal legt sich eine neue Schicht Eis um das Hagelkorn. So wird es dicker und dicker.«

»Kann man die Schichten sehen?« Vor Roberta stand der neugierige wilde Junge. Sie musste lächeln.

»Wenn man ein Hagelkorn durchschneidet, kann man die Schichten genau erkennen. Das sieht dann aus wie viele Ringe um einen Kern herum.«

»Wie bei einem Baum? Der hat doch auch so Ringe.«

»Ja, richtig, die Jahresringe bei einem Baumstamm sind ein guter Vergleich.«

»Und wie groß werden so Hagelkörner?«

»Sie können so groß werden wie ein Tennisball. Spätestens dann fallen sie aber herunter, weil selbst der stärkste Wind ihr Gewicht nicht mehr hochpusten kann.«

Staunen und Gemurmel. Nachdenkliches Nicken. Ein paar Kinder rannten schon weiter zu dem Baumstamm, der sich wie eine mächtige Skulptur in den Himmel reckte, ein gerader Spalt verlief von oben bis unten hindurch.

»Ah, guck mal!« Kinderfinger krabbelten in den klaffenden Riss im Holz, tasteten sich vor.

»In den Stamm hat ein Blitz eingeschlagen«, sagte Roberta.

»Echt? Boah.«

»Ja. Es ist der Stamm einer Eiche, die hat hartes Holz. Der Blitz bringt das Wasser im Holz zum Kochen, und oft wird der Baum entlang einer Wasserader gespalten. Eine Fichte hat weiches Holz und viele Wasseradern im Inneren, die wird dann vom Blitz zerfasert wie ein alter Besen.«

»Ein Gewitter ist gefährlich.« Amelie suchte nun wieder Robertas Nähe. »Sicher ist man im Haus oder im Auto. Im Freien geht man in die Hocke und stellt die Füße ganz eng zusammen. Weil der Blitz oft übers nasse Gras kriecht.«

Roberta ahnte, dass sie das von Bär hatte. Bestimmt hatte

er sie vor Gewittern gewarnt. Hatte mit ihr über die verendeten Kühe gesprochen, vielleicht sogar über die Tote auf dem Campingplatz.

Roberta wollte auch den anderen Kindern noch etwas über das richtige Verhalten im Gewitter mitgeben, aber sie sah, dass die ersten schon unruhig wurden.

»Lassen wir sie ein bisschen toben.« Eine der Lehrerinnen kam ihr zu Hilfe. »Ist weiter hinten nicht ein großes Klettergerüst?«

Als sie die Kinder später zum Eingang scheuchten, wartete Bär dort.

»Hallo, Christian. Schön, dass du Amelies Klasse zur Führung angemeldet hast.« In Robertas Erinnerung lag das Telefonat, in dem sie sich darüber unterhalten hatten, ewig zurück. Kaum zu glauben, dass es erst eine Woche her war. »Ich hatte das schon fast vergessen.«

»Roberta, ich muss mit dir reden.«

»Chrissi!« Amelie drängte sich zwischen sie und schaute abwartend von einem zum anderen.

»Geh schon mal ins Auto.« Bär hielt seiner Nichte die Wagenschlüssel hin.

»Musst du wirklich ihren Chauffeur geben? Sie ist doch mit der Klasse da.« Roberta fand es widerlich, wenn Kinder zu sehr verwöhnt wurden. Wenn man den Kindern alles abnahm, wurden sie nur unselbstständig. Sie wollte noch etwas sagen, doch Amelie kam ihr zuvor.

»Schon gut, Chrissi, ich fahre mit den anderen im Bus zurück. Bleib du hier bei Roberta.«

Sie warf ihnen den tadelnden Blick einer Erwachsenen zu, dann verschwand sie in der Menge.

Die beiden Lehrerinnen traten zögernd an Roberta heran. »Wir wollen uns nur rasch verabschieden. Danke für die tolle Führung.«

Roberta gab ihnen die Hand. »Keine Ursache, mir hat's Spaß gemacht. Kommen Sie gut heim.«

»Danke, danke!« Die Kinder lachten und winkten. Roberta

winkte zurück. Sie sah ihnen nach, wie sie zur Straße liefen, vorn und hinten eine Lehrerin, dazwischen eine kleine Prozession schwatzender Zweitklässler. Als sie um die Kurve gebogen waren, wandte sie sich wieder an Bär.

»Und nun zu dir, Christian. Warum bist du wirklich hier? Sag jetzt nicht, du willst mich vor Maik warnen.«

»Wie kommst du denn darauf?«

»Na, du hältst ihn ja wohl für den letzten Verbrecher. Es war furchtbar, wie du ihn gestern auf dem Friedhof in die Mangel genommen hast. Musstest du ihn unbedingt auf der Beerdigung seiner Freundin vernehmen?«

Bär schaute sie ernst an. »Der Mann hat vielleicht seine Mutter ermordet.«

»Das denkst auch nur du. Warum sollte er das tun?«

»Das war mir anfangs auch nicht klar. Aber er erbt wohl jetzt das Haus in Plittersheim.«

»Aber er wohnt doch …«

»Er wohnte mit seiner Freundin in Rödelheim, richtig. Aber aus der Wohnung sollten die beiden raus.«

»Er tötet also seine Mutter, damit er das Haus erbt, in dem er auch einfach so wohnen kann. Und seine Freundin hat er gleich mit umgebracht oder was? Christian, du spinnst doch.«

»Auf dem Campingplatz wurde ein Elektroschocker gefunden, damit kann man eine herzkranke Person wie Jessika Sommer leicht ins Jenseits befördern. Die beiden hatten ständig Auseinandersetzungen, das sagt sein Umfeld, und das gibt Maik Herres selbst zu. Roberta, ich kann dir nicht alles sagen, was ich weiß, einiges muss ich erst noch absichern. Aber bitte nimm dich vor dem Mann in Acht.«

»Beweis deine Theorien erst mal.«

»Das kann ich nicht. Maiks Mutter … Tut mir leid, das sagen zu müssen, aber ihre Leiche war schon zu verwest, um die Todesumstände rekonstruieren zu können. Und im Fall Jessika Sommer meint der Rechtsmediziner zwar, es sei ein Blitz gewesen. Ich habe auf dem Campingplatz aber nirgends Spuren von einem Blitzeinschlag finden können.«

»Nicht mal einen gespaltenen Baum?«, fragte Roberta

schnippisch. »Ein Blitz kann auch aus heiterem Himmel kommen. Er könnte zwanzig bis dreißig Meter von Jessika entfernt eingeschlagen sein. Einfach so auf der nassen Wiese. Das kommt zwar selten vor, aber es ist möglich.« Sie sah wieder die toten Kühe auf der Wiese liegen. Den vom Blitz gespaltenen Baum. Die Kinderhände, die vorhin im Wetterpark den klaffenden Riss im Holz der Eiche erkundet hatten. Sie schüttelte die Bilder ab. »Christian, ich muss zurück in mein Büro.«

Bär packte sie heftig am Arm. »Nun glaub mir doch endlich, der Kerl ist unberechenbar. Wenn du nicht willst, dass er dir wehtut, musst du verdammt gut aufpassen.«

Roberta dachte daran, wie Maik im Café von seiner Kindheit erzählt hatte. Von der Behandlung durch Oma Mutti. Er war so verzweifelt gewesen, dass er geweint hatte.

»Nein, Christian, du irrst dich. Maik ist so normal wie du und ich. Seine Freundin ist vom Blitz erschlagen worden, und seine Mutter ist im Waschhaus unglücklich gestürzt. Das hat Maik mir so erzählt, und ich glaube ihm.«

»Und wo war Maik am 20. Juni? Das war der Freitag nach Pfingsten. Kannst du ihm da ein Alibi geben?«

»In der Woche nach Pfingsten war er auf Foto-Safari in Süddeutschland. Ich kann dir die Aufnahmen zeigen, die er gemacht hat.« Roberta zog ihr Smartphone hervor und rief ein paar Fotos auf. »Hier, die hat er mir geschickt. Blitze in den Bergen, wunderschön.«

Bär warf nur einen flüchtigen Blick darauf. »Ich bitte dich. Solche Fotos kannst du von Flickr runterladen.«

»Ich hab sie auch auf dem Display seiner Kamera gesehen. In Rotterdam. Da stand sogar das Datum drauf.«

»Das Datum lässt sich manipulieren. Kein Gericht würde so etwas als Beweismittel ansehen. Niemals.« Endlich ließ er ihren Arm los. »Als alleiniges Beweismittel zumindest nicht. Wie kommt er überhaupt auf die Idee, Blitze zu fotografieren?«

»Er hat beruflich mit Blitzen zu tun.«

»Wie, beruflich?« Bär stockte irritiert.

»Er arbeitet in Darmstadt bei einer Firma, die Blitze kartografiert.« Roberta konnte sich ein spöttisches Lächeln nicht verkneifen. »Du machst ihn doch nur schlecht, weil du eifersüchtig bist«, sprudelte sie hervor. »Seine Mutter hat die Tür vom Waschhaus aufgemacht, die Überflutung entdeckt und ist vor Schreck gestolpert. Sie hat ihr Gleichgewicht verloren. Maik sagt, sie war nicht besonders sportlich. Jedenfalls hat niemand sie gestoßen, schon gar nicht Maik.«

»Und in welchem Moment dieser Abfolge hat sie den Schlüssel im Schloss umgedreht?« Bärs Stimme klang scharf. »Die Tür war abgeschlossen, Roberta! Und wenn du *mich* fragst, von außen!«

17

»Mensch, Bär!« Becker schaute nur kurz auf, er fühlte sich wohl in seiner Lektüre gestört. Ein Kanu-Magazin. Rasch beugte er sich wieder darüber und blätterte darin herum. Die freie Hand fuhr über den kahlen Kopf, als gäbe es Fliegen zu verscheuchen.

Bär trat näher an den Schreibtisch seines Chefs heran. »Urlaubspläne? Gibt es denn keine neuen Fälle?«

Becker lachte rau. »Meine französische Noch-Ehefrau will unbedingt mit mir paddeln gehen. Auf der Ardèche. Sie meint, sie mietet ein Boot bei einem Kanuverleiher, setzt sich im Bikini rein und paddelt los. Aber so einfach ist das nicht. Die Ardèche-Schlucht ist über dreißig Kilometer lang, da kann man nirgends raus. Man muss sie also an einem Stück befahren. Oder inmitten der Schlucht eine Nacht campen. Und es versteht sich von selbst, dass man in einem Boot nur ein winziges Zelt mitnehmen kann. Geschlafen wird dann auf einer dünnen Isomatte.« Ein leises Stöhnen. »Meine armen Knochen. Ich weiß nicht, ob ich das will.«

»Verstehe.« Bär legte Mitgefühl in seine Stimme, obwohl er sich so einen Urlaub ganz schön vorstellte. Mit Roberta zum Beispiel. »Freunde haben mich mal auf der Sinn im Kanadier mitgenommen«, erzählte er. »Eine Vatertagstour. Ich kann mich aber nur noch verschwommen erinnern.«

»Weil es ein feuchtfröhliches Ende gab? Oder sind Sie etwa baden gegangen?« Becker lachte.

»Wussten Sie, was Maik Herres für einen Beruf hat?« Bär wechselte rasch das Thema.

»Ich denke Computerfachmann, wieso?«

»Er fotografiert nicht nur Blitze, er kartografiert sie auch. Vielmehr seine Firma.«

»Und wozu braucht man das?«

»Zum Schutz von empfindlichen EDV-Anlagen. Wenn man weiß, wo häufiger Blitze einschlagen, wird man sie da gar nicht erst aufstellen. Oder man sorgt für wirkungsvolle Blitzableiter.«

»Aha, wir haben gegoogelt.«

Bär überging die Bemerkung. »In Darmstadt gibt es nur eine Firma, die Blitze kartografiert.«

»Hm.« Becker wandte sich seinem Computermonitor zu, das Kanu-Magazin lag verwaist auf dem Schreibtisch. Bär griff danach und schlug es auf. Neben Reisezielen und Paddeltechniken wurden verschiedene Boote getestet.

»Diese kleinen Dinger sind ganz schön schnittig.«

»Finde ich auch.« Becker nahm den Blick nicht vom Monitor. »Das moderne Kunststoffmaterial lässt extrem geschwungene Linien zu.«

Bär dachte darüber nach. Das Kajak, das bei Margo Schneider am Schuppen lehnte, hatte er viel plumper in Erinnerung. Aber vielleicht irrte er sich auch, schließlich hatte er das Boot, in dem ihr Junge ertrunken war, nur aus einiger Entfernung gesehen. »Seien Sie nur ja vorsichtig, Chef. Nicht dass Sie mir in der Ardèche absaufen. Wasser ist gefährlich, egal, ob es zwischen Felsen durchdonnert oder von oben runterkommt.«

»Oder aus dem Gully«, sagte Becker.

»Okay, das hatte ich mir jetzt absichtlich verkniffen.« Bär lachte. Gelegentlich tat ein makabrer Spruch einfach gut, so manche Ermittlung ließ sich dann leichter ertragen. Er legte das Kanu-Magazin wieder auf Beckers Schreibtisch. »Ich denke, ich schaue mich mal an Maik Herres' Arbeitsplatz um.«

»Herr Herres? Erster Stock, erstes Zimmer rechts.« Die junge Frau am Empfang schien von Bärs Ausweis beeindruckt, sie versuchte gar nicht erst herauszufinden, was er von dem Mitarbeiter ihrer Firma wollte. Bär war es nur recht.

»Danke.« Er nahm die Treppe und stand bald vor einer weißen, nichtssagenden Bürotür. Sie war nur angelehnt. »Herr Herres?«

Niemand antwortete, und Bär schob die Tür weiter auf. Er blickte in ein ganz gewöhnliches Büro. Weiße Wände, ein

Glasfenster zum Nachbarraum. Zwei Monitore auf einem Schreibtisch.

An der Wand hinter dem Schreibtisch hing eine Karte von Deutschland, auf der Tausende von Punkten eingezeichnet waren. Im Norden gab es nur wenige, über Mitteldeutschland und nach Süden hin wurden es mehr und mehr. Bär begriff, dass er vor einer Gewitterkarte stand. Die eingezeichneten Punkte standen für die Häufigkeit von Blitzeinschlägen.

Er schaute durch das Glasfenster ins Nachbarbüro, auch dort war niemand zu sehen. Womöglich lief in der Firma gerade eine größere Besprechung. Er trat an den Schreibtisch und betrachtete die gegenüberliegende Wand.

Dort hing ein großes, im DIN-A3-Format auf Fotopapier gedrucktes Bild. Ein Foto von Roberta. Sie blickte ernst in die Kamera, vom Aufnahmewinkel her musste Herres vor ihr in die Hocke gegangen sein. Denn über ihr sah man den Himmel. Einen dunklen Gewitterhimmel, umrahmt von düsteren Tannenwipfeln, über den ein Bündel gleißender Blitze fuhr. Sie schienen geradewegs aus ihrer roten Mähne zu schießen.

Medusa, dachte Bär. Fotografiert von Maik Herres.

Um das Bild nicht länger ansehen zu müssen, wandte er sich wieder der Karte zu.

»In Deutschland gibt es jedes Jahr mindestens fünfhunderttausend Blitzeinschläge. 2007 waren es sogar doppelt so viele.« Maik Herres stand plötzlich neben ihm. »In den südlichen Bundesländern wie Bayern und Baden-Württemberg sind es besonders viele, in Schleswig-Holstein eher wenige, das hängt von den jeweiligen Temperaturen und der Großwetterlage ab.«

Verdammte Hacke, der Mann hatte vielleicht eine Art, sich anzuschleichen. Bär wich einen Schritt zurück, sah Herres aber fest an. »Scheint interessant zu sein, was Sie hier machen.«

»Ist es auch. Wir registrieren für unsere Kunden Gewitter im Umkreis von bis zu fünfzehn Kilometern und schicken ihnen die Informationen auf ihr Terminal.«

»Damit sie rechtzeitig die Stecker herausziehen können?«, mutmaßte Bär und behielt Herres weiter im Auge. Der sah zu Robertas Konterfei an der Wand. Bär vermied es, seinem

Blick zu folgen. »Ich wollte Sie fragen, ob Sie inzwischen ein paar Belege für Ihre kleine Pfingsttour gefunden haben.«

Maik Herres nickte. »Das habe ich durchaus.« Er zog eine Schreibtischschublade auf, kramte ein paar Zettel hervor und reichte sie ihm. »Im Erzgebirge blitzt es noch viel häufiger, aber ich fand Bayern landschaftlich schöner. Man mag schließlich nichts Hässliches fotografieren.«

Bär überhörte die Anspielung, die sich sicher auf das Foto von Roberta bezog, und sah sich stattdessen an, was er da in der Hand hielt. Die Quittung einer Autobahntankstelle, ein Kassenbon aus einem REWE in München und die handgeschriebene Rechnung einer Pension »Edelweiß« ohne Datum und Ortsangabe. »Sehr aussagekräftig ist das aber nicht.«

»Das ist alles, was ich habe. Ich konnte schließlich nicht ahnen, dass ich Belege für meine Unschuld sammeln muss.« Herres zuckte mit den Schultern. »Wenn Sie mir weiter Stress machen, nehme ich mir einen Anwalt.«

»Tun Sie das. Je eher, desto besser, vermute ich mal.«

Bär wollte schon gehen, als er in der aufgezogenen Schreibtischschublade etwas Dunkles liegen sah. Einen schwarzen Gegenstand, der ihm verdächtig vorkam. »Was haben Sie denn da? Zeigen Sie mal her.«

Lässig, ja fast gelangweilt griff Herres in die Schublade und reichte ihm einen Elektroschocker. Er war tiefschwarz, seine Elektroden glänzten gefährlich. Und er lag gut in der Hand.

»Der war für Jessika«, sagte Herres. »Ich wollte ihn noch hübsch verpacken.«

»Wie bitte?«

»Es sollte ein Geschenk für sie sein. Jessika trug ständig dieses blöde Teil mit sich rum, das wie ein Handy aussah. Ich fand das albern. Es kriegt doch niemand Angst, wenn du ihm mit einem roten Handy kommst. So ein schickes schwarzes Ding ist doch gleich viel abschreckender.«

»Das müssen Sie mir jetzt näher erklären.«

Herres strich sich das blonde Haar zurück, auf seiner Stirn standen feine Schweißperlen. Einen Moment lang schien er um die richtige Antwort zu kämpfen.

»Ich wollte verhindern, dass Jessika ihren Elektroschocker jemals benutzte«, sagte er leise. »Ich fand es besser, wenn sie ihn nur zur Abschreckung dabeihätte. Es sollte ausreichen, ihn einfach nur zu zeigen.«

»Aha. Und wieso brauchte sie so ein Gerät überhaupt? Ich meine, wieso hatte sie es ständig bei sich?«

»Jessika war jemand, der gern auf Nummer sicher ging. Sie hatte eine gute Freundin, Heike Kern, eine Brandmeisterin. Die beiden waren früher zusammen bei der Jugendfeuerwehr, und Heike hat ihr oft von ihren Einsätzen erzählt. In Sachsenhausen zum Beispiel ist kürzlich ein Fahrzeug in Brand geraten. Ein Passant wollte dem Fahrer helfen und hat ihn aus dem Auto gezerrt. Und wie er sich über den Verletzten beugt, überfallen ihn von hinten zwei Mann und rauben ihn aus. Solche Sachen haben Jessika vorsichtig gemacht.«

»Kann ich das mitnehmen?« Bär hatte die Abschreckwaffe noch in der Hand.

»Nur zu. Dass Sie meine Fingerabdrücke darauf finden werden, versteht sich.«

»Ich will mir nur das Modell genauer anschauen.« Bär war selbst noch nicht klar, was er mit dem Elektroschocker anstellen oder wie das Gerät etwas beweisen sollte. Irgendwie musste er diesen Maik Herres an den Eiern kriegen. »Ich melde mich wieder.«

Im Gehen sah er noch einmal auf das Foto von Roberta.

»Schön, nicht wahr?« Herres war sein Blick nicht entgangen. Er klang direkt ein wenig stolz. »So schön wie Uni.«

»Wie wer?«, fragte Bär.

»Uni ist eine etruskische Gottheit, die Schutzpatronin der Familie. Und die einzige Göttin, die Blitze schleudern kann.«

18

»Ich will hier nicht bleiben. Hörst du? Nicht, nicht, nicht!« Cindy hatte sich an Maik festgeklammert. Sie hockte in ihrem Jogginganzug auf dem Boden, Maiks Fuß zwischen ihren Füßen, und hielt sein rechtes Bein mit beiden Armen umschlungen wie den Mast eines sinkenden Schiffes.

»Cindy, bitte«, sagte Maik monoton. Er stand reglos da und barg für Sekunden sein Gesicht in den Händen. »Nun komm erst mal vom Boden hoch. Wir können uns doch vernünftig unterhalten.«

Roberta wollte Maik beistehen, doch sie merkte schnell, dass gut Zureden nichts half. Sie drang nicht bis zu der jungen Frau durch.

»Eben hat es gewittert, und du warst nicht da.« Cindy weinte, man konnte sie kaum verstehen.

»Das war nur ein kurzes Wetterleuchten, kein richtiges Gewitter.« Maik versuchte, sein Bein aus ihrer Umklammerung zu befreien, doch Cindy war kräftiger, als sie aussah, und die Angst machte sie noch stärker.

Roberta wusste nicht, was sie tun sollte. Sie hatte heute Nachmittag vom Job aus mit Maik gechattet. Als er ihr schrieb, er wolle nach dem Dienst nach seiner Schwester sehen, hatte sie angeboten, ihn zu begleiten. Teils aus Mitgefühl mit Cindy, vor allem aber, um ihn zu unterstützen.

Blödsinn, sie war nicht in ihn verliebt. Sie mochte ihn einfach, egal, was daraus wurde. Einen Krankenbesuch bei Cindy hatte sie für eine Gelegenheit gehalten, ein wenig Zeit mit ihm zu verbringen. Mehr war da nicht.

Er trauerte um Jessika, er brauchte Zeit.

Zeit, die sie ihm lassen würde, wenn er denn wollte.

Als sie ins Krankenzimmer gekommen waren, hatte Cindy in gekrümmter Haltung auf dem Bett gelegen. Ein kleines Transistorgerät auf ihrem Nachttisch spielte überlaut Radio FFH, während sie sich krampfhaft beide Ohren zuhielt. Dann hatte sie Maik erkannt, war auf ihn losgestürzt und hatte ihn bedrängt. Seither war noch kein vernünftiges Wort zwischen ihnen gefallen.

»Wenn du keine Memme sein willst, scher dich raus ins Gewitter.« Cindy verstellte ihre Stimme, sie klang wie eine alte Frau.

»Gottverdammt, lass das!« Maik versuchte wegzugehen, er humpelte durchs Zimmer und schleifte die an ihn geklammerte Cindy mit sich über den Boden.

»Nun kommt mal zu euch, ihr beiden.« Roberta fühlte sich überfordert, ihre eigene Stimme kam ihr fremd vor, so rau und zittrig klang sie. Einer plötzlichen Eingebung folgend drückte sie auf den Notruf.

Maik war am Fenster angekommen, Cindy saß eng an ihn gepresst auf dem Boden und schluchzte, ihr Rücken bebte. Er starrte nur abwesend aus dem Fenster, als ginge ihn das alles nichts an.

Die Tür flog auf, und eine ältere Schwester stürmte herein. »Lassen Sie sie los«, forderte sie resolut.

»Ich mache doch gar nichts«, sagte Maik.

Roberta wandte das Gesicht ab. Sie wünschte sich weit, weit weg.

»Geh … du … doch … selbst … raus ins Gewitter.« Cindy stieß die Worte im Stakkato hervor, ihr Zeigefinger schoss rhythmisch auf die Krankenschwester zu. Roberta fand das Bild beklemmend. Sie begriff, dass die junge Frau geistig in eine andere Welt eingetreten war.

»Ist schon gut, ganz ruhig.« Die Schwester streichelte kurz Cindys Rücken. Dann eilte sie wieder hinaus. Aber nur, um einen Pfleger hereinzuschicken. Er war ein paar Jahre jünger als Maik, aber er sah ihm ähnlich. Die Statur passte, außerdem hatte auch er lange Haare und fast die gleiche Frisur. Roberta überkam das Gefühl, in einen Gruselfilm katapultiert worden zu sein.

»Hey, hey …« Der Pfleger beugte sich zu Cindy hinunter, er fuhr ihr mit der Hand übers Haar. »Komm schon, alles wieder gut. Alles gut.«

Eine Zeit lang war es ganz still im Zimmer. Roberta wagte kaum, jemanden anzusehen. Cindys schmerzverzerrtes Gesicht schnitt ihr ins Herz, Maik war ihr in seinem weggetretenen Zustand völlig fremd, und der junge Pfleger jagte ihr Angst ein, weil er Maik so ähnlich sah.

Maik in jung. Maiks Klon.

»Da war ein Blitz«, sagte Cindy endlich. Sie klang fast wieder wie sie selbst. »Es kommt ein Gewitter. Und ich hab hier keine Rollos.« Sie ließ Maiks Bein los, und der Pfleger zog sie vom Boden hoch.

»Wir haben hier nur Vorhänge«, meinte er bedauernd, und Roberta stellte überrascht fest, dass er mit ihr sprach. »Beim letzten Gewitter hat Cindy sich eine geschlagene Stunde auf der Toilette versteckt.« Er lächelte ihr verständnisvoll zu. »Da gibt es nur ein ganz kleines Fenster, nicht wahr?«

Cindy nickte heftig. »Keine Rollos. Nur ein winziges Fenster.« Sie stand nun aufrecht, und der Pfleger führte sie langsam zu ihrem Bett.

»Wenn Sie wohl so nett wären und einen Moment rausgehen würden?« Er sah bittend von Roberta zu Maik.

Roberta wandte sich sofort zur Tür, in ihrem Rücken spürte sie, wie Maik ihr folgte.

»Was war denn das jetzt?« Robertas Stimme zitterte. Die Tür war hinter ihnen zugefallen, sie standen allein im Flur. Ihr Blick irrte den Gang hinunter auf der Suche nach einem Hinweis auf die Toilette mit dem kleinen Fenster, in der Cindy sich verkrochen hatte. Aber da waren nur mit Nummern ausgewiesene Patientenzimmer.

»Das haben wir alles Oma Mutti zu verdanken.« Maik sah blass aus, auf seiner Oberlippe zeichnete sich ein weißer Streifen ab. »Sie hat uns als Kinder dermaßen getriezt mit ihrer Angst vor Gewittern, dass es wehtat. Und unsere Mutter hat sie einfach machen lassen.«

»Du meinst, deine Großmutter hatte selbst Angst?«

»Ja, was denn sonst? Mit etwas, wovor du keine Angst hast, kannst du auch niemand anderem Angst einjagen.«

Roberta sah das anders. Maiks Großmutter schien ihr eher eine despotische Frau zu sein, die ihre Macht über andere missbrauchte. Die alte Hexe hatte ihre Tochter kleingehalten und ihre Enkel das Gruseln gelehrt. Ins Gewitter hatte sie sie geschickt, bis sie vor Angst zitterten. Um dann die gute Fee zu geben, die sie rettete und wieder ins Haus ließ. Das Gefühl, sie am Ende zu trösten, hatte sie vermutlich am meisten ausgekostet.

Roberta dachte an die Frau auf der Zeil. Mit der war es genauso gewesen. Sie hatte sich versteckt und ihr Kind leiden lassen, nur um es schließlich erlösen zu können.

Sie sah Maik an. »Du solltest Cindy vielleicht mal übers Wochenende zu dir nach Hause holen«, sagte sie. »Diese Therapie scheint sehr anstrengend zu sein, womöglich hilft ihr eine kleine Pause in ihrer gewohnten Umgebung.«

Über Maiks Gesicht fiel ein Schatten. »Seit Jessika tot ist, fühle ich mich in meiner Wohnung nicht mehr wohl. Es ist alles so leer ohne sie. Außerdem wären wir da auf die öffentlichen Verkehrsmittel angewiesen. Oma Mutti kommt morgen aus dem Krankenhaus und will ihr Auto wiederhaben.«

»Ihr Auto?«

»Der alte BMW, den ich fahre, gehört ihr, den konnte ich benutzen, solange sie in der Klinik war. Ein eigenes Auto habe ich nicht.«

Eine Schwester kam mit einem Wagen voller Geschirr vorbei, ein intensiver Geruch nach Pfefferminztee umwehte sie. Roberta sah einen Moment zu, wie sie Kannen und Tassen auf die kleinen Tische verteilte, die in regelmäßigen Abständen im Flur standen. Der Nachttrunk.

»Und wenn du für ein paar Tage zu deiner Großmutter ziehst?«, fragte sie. »Dann bist du nicht mehr allein in der Wohnung, die du mit Jessika geteilt hast. Und Cindy ist nicht allein mit Oma Mutti, wenn sie übers Wochenende nach Hause darf.«

»Ja, das wäre nicht verkehrt.«

»Sie tut euch doch heute nichts mehr, die Oma Mutti?«

»Ach was.« Maik schüttelte heftig den Kopf. »Sie hat sich an uns ausgetobt, solange wir Kinder waren. Das hörte schlagartig auf, als wir erwachsen wurden. Heute gibt sie mit mir an und leiht mir ihre Karre.«

»Na also.«

Roberta wartete im Flur, während Maik zuerst mit der Stationsschwester und dann mit dem diensthabenden Oberarzt sprach. Ihr Bauchgefühl sagte ihr, dass es gut war, Cindy eine Verschnaufpause von ihrer Therapie zu gönnen, aber ein Mediziner mochte das anders sehen.

Sie ging ein paar Schritte auf und ab. Betrachtete die hohen Fenster. Die Lichtflecken, die die Sonnenstrahlen auf den Boden und die Wände malten. Auf den Tischlein im Gang waren Kannen und Tassen nun ordentlich aufgestellt. In den Duft von Pfefferminz hatte sich der von Kamille gemischt.

»Sie können jetzt wieder zu ihr rein.« Der Pfleger kam aus Cindys Krankenzimmer und hielt die Tür auf. Im selben Moment kam Maik zurück.

»Alles klar, ich darf sie mitnehmen.«

Roberta betrat als Erste zögernd den Raum. Cindy saß auf ihrem Bett und sah ihr entgegen, sie schien sie inzwischen bewusst wahrzunehmen. Sie wirkte erschöpft, wie jemand, der einen Kampf hinter sich hat, aber auch erlöst. Roberta fragte sich, was der Pfleger mit ihr angestellt hatte. Ob er ihr Medikamente gegeben hatte, eine Spritze vielleicht? Oder war das vorhin so eine Art Anfall gewesen, nach dem Cindy nun müde war, aber entspannt?

»Tut mir echt leid«, sagte Cindy. »Aber ich spüre es am ganzen Körper, wenn ein Gewitter aufzieht. Ich werde unruhig, kann nichts mehr essen. Ich verbarrikadiere mich dann in meinem Zimmer. Auf der Arbeit renne ich in das Klo im Souterrain, das hat gar kein Fenster, nur so eine automatische Lüftung. Da bleibe ich dann drin, bis ich denke, dass es endlich vorbei ist. Bei Oma Mutti lasse ich die Rollläden so dicht runter, dass es keine Schlitze mehr zwischen den Lamellen gibt, um die Blitze nicht sehen zu müssen. Ist blöd, ich weiß. Ich kann nur nicht anders.« Sie machte ein paar schnelle Atemzüge, benetzte hastig die Lippen. »Hier haben sie keine. Keine Rollläden, meine ich. Nur Vorhänge.«

Roberta setzte sich an Cindys Bett. »Du musst dich nicht entschuldigen«, flüsterte sie.

»Ich will ja dagegen angehen«, sagte Cindy. »Deshalb gucke ich schon immer, ob ein Gewitter kommt. Damit ich mich vorbereiten kann.« Sie zeigte auf ihren Nachttisch, wo neben dem kleinen Radio ein Stapel Bücher lag. Roberta legte den Kopf schief, um die Titel besser lesen zu können. »Wolken. Klima. Das Wetter«, »Wie wird das Wetter?«, »Wie das Wetter Geschichte macht«.

»Das alles hat sie schon als Kind interessiert«, sagte Maik in Robertas Rücken. Er klang fast ein wenig stolz. »Immer wieder habe ich ihr erklären müssen, wie Nebel entsteht oder Eis und Schnee. Der Regenbogen. Nur von Gewittern hat sie nie viel wissen wollen.«

»Ja, und hier, lest selbst.« Cindy zog eine zerknitterte Zeitung unter der Bettdecke hervor, die Wettervorhersage war aufgeschlagen: »Heute vereinzelt Gewitter«.

»Woher hast du denn die Zeitung?«, fragte Maik.

»Die hat mir Piet mitgebracht.«

»Der Pfleger? Interessant. Aber das war eben nur ein Wetterleuchten. Das sieht man, wenn ein Gewitter weit fort ist.«

»Das ist doch jetzt egal«, ging Roberta dazwischen. Sie wandte sich wieder an Cindy. »Maik will dir, glaube ich, etwas ganz anderes sagen.«

»Stimmt.« Maik stand nun hinter Roberta. Sie spürte, wie er seine Hände auf ihre Schultern legte, während er mit Cindy sprach. »Ich hole dich übers Wochenende nach Hause.«

»Zu Oma Mutti? Aber du bleibst bei mir.«

»Ja, ich ziehe da erst mal wieder ein. Unsere Rödelheimer Wohnung ist mir zu einsam ohne Jessika.«

»Kann ich verstehen«, sagte Cindy. »Du, ich freu mich ganz schrecklich.«

»Ich mich auch. Wir lassen dich dann jetzt allein. Bis morgen.«

»Komm aber zeitig, ja? Hier geht alles schon ganz früh los.«

»Mache ich. Ich weiß.«

19

Bär hatte diesmal einen Streifenwagen genommen. Direkt vor dem Haus von Agnes Raven stellte er ihn ab. Er hatte Maik Herres in dessen Rödelheimer Wohnung aufsuchen wollen, unter dem Vorwand, ihm das aus der Büroschublade mitgenommene Elektroschockgerät zurückzubringen, doch dort war er nicht anzutreffen. Die Nachbarin hatte Bär verraten, dass er nun bei seiner Oma wohnte, ganz wie es die Mädels auf der Beerdigung vorausgesehen hatten.

Den schwarzen Elektroschocker, den Herres angeblich seiner Freundin hatte schenken wollen, hatte Bär in die Kriminaltechnische Abteilung zur Untersuchung gegeben. Wie zu erwarten gewesen war, wimmelte er vor Fingerabdrücken, die man niemandem zuordnen konnte. Vermutlich stammten sie von zahlreichen Händlern und ebenso vielen Beinahe-Käufern, die alle ausprobiert hatten, wie das Teil in der Hand lag. Auf eine Auswertung hatten die Kollegen aus praktischen Erwägungen verzichtet. Bär wusste selbst, dass es ein untauglicher Versuch gewesen war, aber er hatte nichts Besseres vorzuweisen. Ihm fehlten die Indizien. Er würde ein umfassendes Geständnis brauchen, um überhaupt einen Fall aus der Sache stricken zu können.

Von der Straße aus betrachtete er Agnes Ravens Grundstück. Die hohe Hecke zum Nachbargarten. Am Schuppen der Nachbarin lehnte das rote Kajak. Jetzt, nachdem er in Beckers Kanu-Magazin gestöbert hatte, konnte er erkennen, dass es kein neues Modell war. Dem Boot fehlten die modernen geschwungenen Linien, die neugierig hochgereckte Nase. Es war einfach nicht schnittig.

Er ging auf das Waschhaus zu. Die Unglücksstelle, wie Becker meinte. Der Tatort, davon war er überzeugt. Die Holztür stand halb offen. Drinnen hatte jemand den Grill des Gullys herausgenommen, in der Mitte der Waschküche gähnte nun ein kleiner viereckiger Schacht. Die Wände waren noch immer kniehoch vom Abwasser gezeichnet. Nur die Waschmaschine hatte jemand sauber gemacht, sie stand leuchtend weiß in der Ecke, und ihre Chromteile glänzten.

Bär schob die Tür ganz auf. Ein leises Quietschen. Er trat ein, ging die kleine Treppe hinunter, betrachtete die Stufen. Machte einen Schritt rückwärts. Beinahe wäre er mit einem Fuß im offenen Abwasserabfluss gelandet. Er kniff die Augen zusammen und stellte sich die Szene vor: Ria Raven öffnet die Tür, sieht, wie die Wassermassen aus dem Gully hochschießen, und ... Ja, was?

Sie hat sich erschreckt, dachte Bär. Dabei kann man ins Stolpern geraten.

Aber Ria Raven war achtundfünfzig gewesen, nicht achtundsiebzig wie ihre Mutter. Warum hatte sie sich nicht gefangen, ihr Gleichgewicht ausbalanciert?

Dennoch. Mal angenommen, sie war tatsächlich ausgerutscht und hingefallen. Das Wasser aus dem Gully war mit Sicherheit kalt gewesen. Wenn ein Mensch länger in kälterem Wasser lag, kühlte er aus. Der Kreislauf konzentrierte sich auf die wichtigsten Organe: Herz, Lunge und Hirn. Die Extremitäten wurden nicht mehr durchblutet. Pragmatische Reaktionen, die nur bedingt halfen. Denn wenn die Körpertemperatur unter zwanzig Grad sank, war Schluss.

Dann war das Wasser abgeflossen. Wesentlich langsamer, als es hineingelaufen war, allzu lange konnte es jedoch auch wieder nicht in dem Waschhaus gestanden haben. Ansonsten hätte die Leiche nach einiger Zeit eine seifenartige Substanz ausgebildet, die die Körperform erhielt und die Verwesung verlangsamte.

Aber das war nicht geschehen.

Die Frage war, ob Ria Raven versehentlich gestürzt war, oder ob jemand nachgeholfen hatte. Ein junger Mann, der seine Mutter nicht liebte. Ein Sohn, der mit ihr ums Erbe stritt, sie in das Waschhaus stieß und darin einsperrte. Oder ein Gestörter, der keine Gefühle hatte und alle Frauen, die sich ihm widersetzten, zum Schweigen brachte.

Erst die Mutter. Dann die Freundin.

Bär fuhr hoch, als die Holztür gegen die Mauer schlug. Im Türrahmen stand eine junge Frau.

»Jesses!« Sie ließ bei seinem Anblick erschrocken einen leeren Bottich fallen, das große Gefäß schepperte die Stufen herunter. Bär fing es auf.

»Entschuldigung, tut mir leid. Ich wollte Sie nicht erschrecken. Ich dachte, Sie hätten das Einsatzfahrzeug an der Straße gesehen.«

»Das was?«

»Den Polizeiwagen. Ich bin von der Kriminalpolizei. Ich wollte mir das Waschhaus noch mal ansehen.«

»Ach so.«

»Und ich würde auch gern Maik Herres sprechen.«

»Meinen Bruder?« Sie nahm die kurze Treppe und stellte den Plastikbottich auf die Waschmaschine. »Der ist nicht da. Ich bin Cindy Herres. Vielleicht kann ich Ihnen helfen.«

Bär überlegte. »Wo ist Ihr Bruder denn hin?«

»Er wollte ein bisschen fotografieren.«

»Heute ist schönes Wetter. Fotografiert er nicht nur Gewitter?«

Cindy Herres strich sich über das kurze Haar. »Er sagte was von Abendlicht und Sonnenuntergang.«

»Na, da kann ich ja lange auf ihn warten. Ist denn sonst noch jemand im Haus?«

»Niemand. Meine Großmutter ist gerade mit dem Auto zum Supermarkt. Sie kommt aber bald wieder.«

»Sie ist kaum aus dem Krankenhaus raus und fährt schon wieder Auto«, sagte Bär anerkennend. »Mit …«

»Fast achtzig.« Cindy Herres lachte. »Das tun aber viele Leute. Kennen Sie nicht diesen blöden Spruch? Ich kann kaum noch gehen, ich muss das Auto nehmen.«

»Ja, da ist was dran.« Nun lachte auch Bär. »Okay, ich komme ein andermal wieder. Wenn Ihre Familie beisammen ist.«

Cindy Herres reckte keck ihr Kinn vor. »Wie Sie meinen.«

»Wie geht es dem Hund, den Sie hier draußen gehalten haben?«, fragte Bär. Der Schäferhund, den er Asta getauft hatte, weil Amelie seinen Namen wissen wollte. Er sah das alte Tier wieder vor sich, wie es ihm entgegentaumelte. Ein Knochengerippe, das aus dem Maul blutete.

»Der ist noch beim Tierarzt«, sagte Cindy. »Oma Mutti wollte ihn so schnell nicht wiederhaben.«

»Wer?«

»Meine Großmutter. Sie sagt, wir holen ihn irgendwann mal ab. Wenn wir beide wieder fit sind, sie und ich. Sie war ja gerade erst im Krankenhaus, und ich …« Sie stockte.

»Ja?«

»Ich bin eigentlich auch noch im Krankenhaus, ich habe nur bis morgen Ausgang.« Sie kicherte und hielt sich die Hand vor den Mund.

»Was Ernstes?«, fragte Bär.

»Nein, nicht wirklich.«

»Na denn.« Es war kein guter Moment, sie jetzt nach ihrer Krankheit zu fragen. Was ihr fehlte, würde er schon noch erfahren. Spätestens wenn er ihren Bruder und ihre Großmutter erneut vernahm.

Er nickte ihr zum Abschied freundlich zu. »Gute Besserung.«

Im Auto fragte er sich, warum der Tierarzt den Hund in Pflege behielt. Womöglich kannte er dessen Besitzer besser, als er vorgegeben hatte. Am Ende hatte Maik Herres ihn selbst zu dem Grundstück bestellt. Womöglich hatte er irgendwann Gewissensbisse bekommen, weil er wusste, dass seine Mutter tot im Waschhaus lag und das Futter für den Hund nicht ewig reichen konnte. Einen Menschen im Affekt zu töten war eine Sache, ein Tier bewusst leiden zu lassen etwas anderes. Viele Straftäter, die sich wegen Tötungsdelikten verantworten mussten, gingen liebevoll mit einem Hund um.

Bär gab die Adresse des Tierarztes in sein Navi ein. Durch die Windschutzscheibe blinzelte er in den fahlen Himmel. Heute Morgen hatte er so blau ausgesehen wie in den Sommern seiner Kindheit. Jetzt hatte er sich zugezogen und wurde immer grauer.

Er ließ den Motor an und fuhr los. Bald lag die Landschaft träge vor ihm, schnurgerade schnitt die Straße durch die Felder. Fahrzeuge waren kaum unterwegs. Es ging auf den Nachmittag zu, die Dorfbewohner hatten ihre Einkäufe und Erledigungen gemacht. Nun räumten sie die Gärten auf, die Optimisten unter ihnen heizten den Grill an.

Unter der Überführung, die zur Umgehungsstraße gehörte, stand ein Krankenwagen, das Blaulicht drehte sich stumm auf dem Dach. Zwei Kollegen der Verkehrspolizei hatten die rechte Fahrbahn gesperrt, Gaffer standen herum. Andere kehrten Glasscherben auf.

Bär fragte sich, wo all die Leute herkamen, von Plittersheim bis hierher war es ein kleiner Fußmarsch. Dann entdeckte er Mofas, Fahrräder und abgestellte Autos am Straßenrand.

Hinter dem Krankenwagen musste er anhalten. Warten. Dann wurde er durchgewinkt. Im Vorbeifahren sah er, wie ein zerbeulter Oldtimer-BMW auf der Ladefläche eines Abschleppwagens gesichert wurde. Ein schwarzer. Den Wagen kannte er. Er hatte ihn vor Maik Herres' Wohnung stehen sehen.

Nun hielt auch Bär am Straßenrand an und stieg aus. Er sah den Abschleppwagen an sich vorbeirollen. Die verhangene Sonne warf Lichtflecken auf den dunklen Lack des Unfallwagens und die verbogenen Chromstreifen.

Bär zögerte kurz, dann lief er zurück zur Brücke. Ihr hohes Geländer ragte gleißend blau in den Himmel, auf der Straße darunter versammelten sich immer mehr Menschen.

Er lief schneller.

»Was genau ist passiert?«, fragte er, als er die Umstehenden erreichte.

»Ein Unfall«, sagte ein junges Mädchen. Bär schätzte sie auf vierzehn oder fünfzehn. »So eine Oma hat mit ihrem Wagen einen Pfeiler geknutscht.«

»Ab einem gewissen Alter sollte man den Führerschein freiwillig abgeben, finden Sie nicht?« Eine weißhaarige Frau zog Bär am Ärmel. »Ich habe nie verstanden, wieso man das nicht gesetzlich regelt. Für alles gibt es Vorschriften, nur dafür nicht.«

Das Mädchen machte ein paar Fotos mit ihrem Handy. Ihr weites T-Shirt flatterte um sie herum, ihre engen Shorts hätten keinen Millimeter kürzer sein dürfen. Die schlanken Beine darunter erschienen Bär endlos lang.

»Unsinn«, mischte sich ein älterer Mann ein. »Die war doch noch fit, die Agnes Raven. Die ist nur in den Hagel gekommen. Die Hagelkörner haben ihr die Windschutzscheibe zerschlagen. Da konnte sie halt nichts mehr sehen.«

Bär wandte sich an den Verkehrspolizisten, der gekommen war, um die Gaffer zu verscheuchen, und zog seinen Ausweis aus der rückwärtigen Jeanstasche. »Christian Bär vom K11.«

»Frank Reimer. Polizeistation Friedberg.«

Sie gaben sich die Hand.

»Die Leute sagen, das war Hagelschlag?«

»Ja, das stimmt.«

»Aber doch nicht bei dem Wetter!« Bär wies in den farblosen Himmel.

»Die Scheibe war völlig blind von den Einschlägen der Hagelkörner.« Reimer zuckte mit den Schultern. »Aber wir haben hier erst mal andere Probleme. Wir müssen die Leiche abtransportieren.«

»Wie bitte, die Leiche?«

»Die Fahrerin ist frontal auf den Pfeiler geprallt und mit dem Kopf auf das Lenkrad. In dem Auto waren keine Airbags verbaut, und bei Oldtimern besteht keine Pflicht, sie nachzurüsten.« Er winkte ab. »Ersparen Sie mir den Rest.«

»Und die Fahrerin war sofort tot?«

»Nein, nicht sofort.«

Bär überlegte. Wenn das Unfallopfer Agnes Raven war, fuhr sie den schwarzen BMW vermutlich seit vielen Jahren. Vor Maik Herres' Haustür mochte der Wagen gestanden haben, weil er ihn sich ausgeliehen hatte.

»Sie gehen jetzt bitte alle nach Hause, sonst gibt es Anzeigen wegen Behinderung der Hilfskräfte!« Der Verkehrspolizist wollte die Gaffer loswerden. »Die Frau ist im Krankenwagen gestorben, kaum dass die Sanitäter die Trage reingeschoben hatten«, sagte er zu Bär. »Mein Kollege versucht gerade, den

Fahrer davon zu überzeugen, dass er auf dem Formular eine Krankenfahrt ankreuzt und sie mitnimmt. Sonst müssen wir einen Leichentransport anfordern.« Er seufzte. »Und niemand weiß, wo die Angehörigen stecken. Auf der Festnetznummer konnten wir die Familie bislang nicht erreichen.«

Kein Wunder, dachte Bär. Cindy und er hatten die ganze Zeit im Waschhaus gestanden. Und außer ihnen war niemand da gewesen.

Er beobachtete, wie der zweite Verkehrspolizist auf den Fahrer des Krankenwagens einredete. Endlich setzte sich das Fahrzeug in Bewegung.

Frank Reimer atmete hörbar neben ihm auf.

»Wo wird denn der Unfallwagen hingebracht?«, fragte Bär.

»Zum Schrottplatz in Rosbach«, sagte Reimer. »Dort wird er vorläufig abgestellt. Es gibt sicherlich noch Nachforschungen vonseiten der Versicherung, die sieht sich den Wagen bestimmt genauer an.« Er zog eine kleine Digitalkamera aus der Tasche und hielt sie hoch. »Hier vor Ort haben wir alles umfänglich dokumentiert.«

Bär brauchte nur wenige Minuten bis zum Schrottplatz, den schwarzen BMW sah er schon von der Straße aus. Er stand etwas abseits, und es war tatsächlich das kantige Modell, das vor Maik Herres' Wohnung gestanden hatte. Dreißig, vierzig Jahre alt. Bestimmt konnte man Wartung und Reparaturen noch größtenteils selbst erledigen.

Er parkte an der Straße, betrat den Schrottplatz und sah sich den Unfallwagen näher an. Am Heck war das Schild mit der Oldtimerzulassung unversehrt. Die Vorderseite war durch den Aufprall auf den Brückenpfeiler eingedrückt wie ein Sofakissen nach einem Handkantenschlag, und die vier kleinen Scheinwerfer, zwei auf jeder Seite, schielten sich wie zwei Zwillingspärchen an. Die Chromleisten an den Seiten hatten sich gelöst und standen ab, die Windschutzscheibe war so gut wie blind.

Die Hagelkörner mussten richtig fette Dinger gewesen sein. Wo sie aufgeprallt waren, hatten sie Beschädigungen wie von

Steinschlag hinterlassen. Das Verbundglas hatte Löcher verhindert, aber an einem halben Dutzend Stellen war das Glas in winzige Splitter zerlegt worden. Sie schimmerten weiß, und von jeder Aufprallstelle gingen spinnennetzartig helle Sprünge aus, die einander überlagerten.

Agnes Raven hatte nur noch weiß schimmernde Flecken und Spinnweben gesehen, nachdem sie in den Hagel gekommen war. Dabei musste sie das Lenkrad verrissen haben.

Bär dachte an seine Krankenhausbesuche bei der alten Dame. Sie hatte harsch und emotionslos reagiert, als er ihr den Tod ihrer Tochter Ria mitgeteilt hatte. Das war ihm kaltherzig vorgekommen. Andererseits verhielten sich viele Menschen so. Es mochte eine Abwehrhaltung gewesen sein, um den Schmerz nicht an sich ranzulassen. Vielleicht auch eine Eigenart. Doch geistig war Agnes Raven fit gewesen, Autofahren hätte Bär ihr allemal noch zugetraut.

»Was ist so wichtig, Christian? Warum zerrst du mich von der Arbeit weg?«

Roberta lief mit einer Armlänge Abstand neben Bär her. Er hatte sie im Wetterdienst überrascht und zu einem Spaziergang am Mainufer überredet.

»Du hättest sowieso gleich Schluss gehabt.«

»Ah, der Herr kennt meinen Dienstplan. Sag mal, stalkst du mich jetzt?«

»Wie bitte, was?«

»Ob du mich verfolgst, meinen Stalker spielst?«

»Ich muss mit dir reden.«

»Ich höre.« Sie sah ihn streng an.

Er hatte ihr in letzter Zeit ein paarmal zu oft wegen Maik in den Ohren gelegen. Um sie abzufangen und auf sie einzureden, hatte er sogar Amelie aus dem Wetterpark abgeholt. Auf solche Nummern hatte Roberta keine Lust.

Andererseits wäre sie mit ihrer Arbeit tatsächlich in ein paar Minuten fertig gewesen. Es war Samstag und halbwegs schönes Wetter. Der Main lag so still wie ein Spiegel, vom anderen Ufer blitzten die silbrigen Bankentürme von Frankfurt herüber. Dienstschluss, Abendsonne, ein laues Lüftchen vom Wasser her … Da fehlte ihr nur noch ein Geripptes in der Hand.

Vor ihnen legte wie auf Bestellung ein Boot an. Der Rumpf war graublau bemalt und hatte ein Dekor wie ein Apfelweinkrug.

»Das Bembelboot«, sagte Roberta. Der Kapitän war Apfelweinwirt. Aus dem Schiff heraus servierte er Handkäs mit Musik, Eier mit grüner Soße, Brezel mit Spundekäs und natürlich Apfelwein. »Du, ich geb dir einen Schoppen aus.«

Bär verzog keine Miene. »Ich wollte mit dir reden.«

»Auch gut.« Roberta fand, dass das eine das andere nicht ausschloss, aber wenn Bär das anders sah … Wenn er nur nicht wieder über Maik herzog.

Sie würde die Gewitternacht in Rotterdam nie vergessen. Die Blitze waren nur so über den Himmel gezuckt, doch Maik hatte unbeeindruckt seine Bilder geschossen. Im tosenden Unwetter hatte er sich bewegt, als sei er im Einklang mit den Naturgewalten.

Nun musste Maik seine Mutter begraben. Er musste damit fertigwerden, dass er seine Jessika verloren hatte, in der verwaisten Wohnung hielt er es nicht mehr aus, und Cindy drehte im Krankenhaus durch. Ein Polizist, der ihm einen Mord unterstellte, war das Letzte, was er brauchte. Davor würde Roberta ihn bewahren.

Sie steuerten die Liegestühle an, die der Bembelboot-Kapitän auf der Wiese stehen hatte. Die letzten Sonnenstrahlen des Tages ließen den gelben Stoff aufleuchten und zeichneten lange Schatten auf das verdorrte Gras. Roberta ließ sich in eine Liege fallen, Bär zog sich eine andere heran.

»Dann leg mal los«, meinte sie.

»Maik Herres' Großmutter ist tot«, sagte Bär. »Sie hatte vor wenigen Stunden einen Unfall.«

»Einen Unfall?« Robertas Lider flatterten. »Was für einen Unfall? Doch nicht wieder im Waschhaus?«

»Nein, diesmal ist es ein Autounfall.«

»Nun sag schon, was passiert ist.«

»Sie ist mit ihrem Oldtimer einkaufen gefahren. Aber sie kam nicht sehr weit. Unter der Brücke ist sie gegen einen Pfeiler geprallt.«

»Nein. Unter der So-da-Brücke?«

»Was ist das denn für ein Ausdruck?«

»Ich meine diese Brücke mit dem hohen blauen Geländer. Maik nennt sie so, weil sie lange einfach so dastand. Sie bauen nämlich immer erst die Brücken und dann später die Zufahrten.«

»Das ist mir auch schon aufgefallen«, sagte Bär.

Roberta war zu aufgeregt, um sich über seinen ironischen Unterton zu ärgern. »Oh mein Gott, der arme Maik. Nun auch noch Oma Mutti.«

»Noch ein komischer Name.«

Roberta schüttelte den Kopf. »Maiks Mutter sagte ›Mutti‹ zu ihr, das haben die Kinder ständig gehört, so kam das zustande. Mir gefällt es.«

»Ja, dir.« Bär wischte ihre Einlassung mit einer Handbewegung fort. »Jedenfalls habe ich mir das Unfallauto angesehen. Es hat nicht nur eine eingedellte Front, weil der Wagen gegen den Pfeiler geknallt ist. Die Windschutzscheibe ist vor lauter Sprüngen blind.«

»Dann ist sie bei dem Aufprall zerborsten?«

»So sieht es nicht aus.« Bär beugte sich in seinem Liegestuhl vor. »Es sind lauter kaputte Stellen im Verbundglas der Scheibe, mehr oder weniger rund. So als wäre Oma Mutti in eine Salve Schrot geraten.«

»Ein Jagdunfall, so nah am Dorf?«

»Kaninchen und Hasen schießt man auf freiem Feld mit Schrot«, meinte Bär abwesend.

»Und die Brücke ist von Feldern umgeben«, ergänzte Roberta.

»Stimmt, aber …« Bär sah sie nachdenklich an. »Das Verrückte ist, dass mir der Verkehrspolizist vor Ort sagte, es habe gehagelt.«

»Hagelschlag also. Hat er dir Hagelkörner gezeigt?«

Bär schob sich eine verschwitzte Haarsträhne aus der Stirn.

»Die waren schon geschmolzen.« Er hob die Hände in einer Geste der Ratlosigkeit. »Seltsam ist nur, ich war, als es passierte, gerade mal zwei, drei Kilometer vom Unfallort entfernt.«

»Hast du wieder Maik nachspioniert?« Roberta sprang von ihrem Liegestuhl auf. »Sag, dass das nicht wahr ist.«

Bär griff nach ihrer Hand. »Beruhige dich und setz dich bitte wieder hin. Ich habe mir nur die Waschküche noch mal angesehen. Und dann wollte ich nach dem Hund der Ravens schauen.«

»Maik hat einen Hund?«

»Die Ravens haben einen. Keine Ahnung, ob er deinem Maik gehört oder einer der Frauen.«

»Maik hatte als Kind wohl mal einen Hund, aber dass er momentan einen hat, davon weiß ich nichts.«

Bär seufzte auf. »Vielleicht hat er dir eben doch nicht alles erzählt.«

Roberta wandte sich ab. Bär konnte es einfach nicht lassen, auf Maik herumzuhacken. Am liebsten hätte sie ihm den Liegestuhl unter dem Hintern weggezogen. Gleichzeitig machte sie sich Sorgen um Maik. *Er* war es, bei dem sie nun sein sollte. *Ihm* ging es jetzt elend.

Mit geballten Fäusten schaute sie auf den Main hinaus. Ein Ausflugsschiff tuckerte den Fluss hoch, im Fahrgastraum war die Beleuchtung schon an. Das Licht aus den Fenstern mischte sich mit dem schwindenden Tageslicht.

Bär stieß sanft gegen ihren Liegestuhl. »Was weißt du über Hagel? Kann es sein, dass es irgendwo hagelt und ein, zwei Kilometer weiter entfernt nicht?«

»Hagel kommt oft über einem räumlich eng begrenzten Gebiet herunter.«

»Auch über einem so eng begrenzten Gebiet, dass es nur eine Brücke umfasst?«

»Wieso?«

»Weil ich bei den Ravens im Waschhaus stand, als der Unfall passierte. Und demnach auch der Hagelschlag. Aber der Garten der Ravens blieb trocken. Und die Bundesstraße, die zur Brücke führt, auch.«

»Hast du am Himmel eine dunkle Wolke gesehen?«

»Nicht wirklich, ich hab aber auch nicht danach gesucht. Nur einmal kurz aus dem Auto geguckt. Kannst du dich da mal schlaumachen?«

Roberta nickte, am Ende half sie damit auch Maik.

Die Kollegen im Vorhersagedienst mochte Roberta nicht belästigen, Wettervorhersagen erforderten höchste Konzentration. Sie warf stattdessen einen Blick in die Kantine und hatte Glück. Sascha Hein, ein Mitarbeiter der Pressestelle, saß an der Fensterfront und beugte sich über einen Salatteller.

Sie ging auf ihn zu. »Herr Hein?«

»Hallo, Frau Hennig. Noch nicht daheim?«

»Doch, so gut wie. Aber Sie haben offensichtlich noch zu tun.«

Er pikte ein Salatblatt auf die Gabel und lächelte schief. »Ich muss noch eine Veranstaltung im Wetterpark betreuen.«

»Ach ja, das habe ich gestern auch gemacht. Eine Kinderführung, war nett. Darf ich Sie etwas fragen?«

»Nur zu.«

»Es gibt doch örtlich begrenzten Hagelschlag …«

Sascha Hein nickte, kaute aber in aller Ruhe sein Salatblatt fertig. »Sicher. An warmen Tagen gibt es typische Einzelgewitter. Sie entstehen durch intensive Sonneneinstrahlung. Warme, feuchte Luft steigt auf, und wenn die Umgebungsluft deutlich kühler ist, kann es zur Kondensation und zur Wolkenbildung kommen. Wenn die aufsteigende Luft in große Höhen gelangt, entstehen unter Umständen kilometerhohe Gewittertürme. Das sind dann örtlich begrenzte Ereignisse, manchmal auch mit Hagel und Windböen.«

»Wie eng begrenzt?«

»Na ja, sagen wir mal …«

»Könnte das auch nur über einer einzelnen Brücke passieren?«

»Nur über einer Brücke?« Sascha Hein malte mit seiner Gabel kleine Kreise auf den Teller. Roberta dachte an die runden kaputten Stellen in Oma Muttis Windschutzscheibe, von denen Bär ihr erzählt hatte. Die aussahen wie Schrotkugeleinschläge.

»Ja, nur über einer Brücke«, meinte sie fest.

Sascha Hein lachte. »Nein, das erscheint mir ein bisschen sehr eingegrenzt. Aber nur über einem Dorf oder Stadtteil, das geht schon. Wie kommen Sie darauf?«

»Ein Bekannter von mir, ein Polizist, hat mir von einem Unfall erzählt. Ein Auto ist gegen eine Brücke geprallt, weil Hagelkörner die Windschutzscheibe zerschlagen haben sollen und die Sicht behindert war. Der Polizist stand zu diesem Zeitpunkt nur zwei, drei Kilometer entfernt in einem Garten, und da war es staubtrocken.«

Vor einem Waschhaus, hätte Roberta beinahe gesagt.

Sie sah Sascha Hein abwartend an und spürte, wie sie nervös wurde. Wenn die Zerstörung von Oma Muttis Windschutzscheibe nicht von einem Hagelschlag kommen konnte, würde Bär erneut gegen Maik ermitteln. Ob Maik mal auf die Jagd gegangen war? Besaß er eine Schrotflinte? Sie kannte ihn noch immer nicht wirklich gut.

»Nur drei Kilometer? Da hätte Ihr Bekannter die Gewitterwolke sehen können. Sie ist je nach Sonnenstand sehr dunkel oder auch sehr weiß.«

»Ja, vielen Dank.« Roberta zwang sich zu einem Lächeln. »Ich muss dann mal los. Viel Erfolg noch bei Ihrer Veranstaltung.« Sie schaute auf ihre Uhr, ohne die Ziffern wahrzunehmen.

20

»Das Wort Hagel kommt aus dem Indogermanischen. Vielleicht auch aus dem Griechischen. Es bedeutet ›kleiner Stein‹.« Becker nickte wichtig, zufrieden, dass er mal wieder etwas Besonderes wusste.

»Ja, schön.« Bär mochte die Wissenseinlagen seines Chefs, sie waren oft interessant und immer eine nette Abwechslung. Doch heute war ihm alles zu viel.

Sie saßen in der Kantine des Präsidiums auf der Galerie und machten Mittag. Bär hatte Becker von dem seltsamen Unfall erzählt, bei dem Agnes Raven ums Leben gekommen war. Ein Einzelgewitter mit Hagelschlag. Roberta hatte ihn angerufen und ihm das Phänomen erklärt. Und sie hatte ihm – ein wenig zögernd, so kam es ihm vor – auch gleich ihre Zweifel geschildert.

»Ein Hagelschlag hätte viel mehr Autos treffen müssen, nicht nur das von Agnes Raven«, fasste Bär zusammen. »Es gab zwar wenig Verkehr am Samstag, aber sie wird trotzdem nicht ganz allein auf der Straße unterwegs gewesen sein.«

»Hm, ja.«

»Doch wie viele zerborstene Windschutzscheiben haben wir? Nur diese eine.«

Becker überlegte. »Das wissen wir doch gar nicht. Vielleicht haben sich inzwischen Dutzende Autohalter bei ihren Versicherungen gemeldet.« Er lachte. »Mensch, Bär, nicht dass Sie mir jetzt die Versicherungen durchtelefonieren. Das wäre Ihnen noch zuzutrauen. Sie hängen sich viel zu sehr in diesen Fall rein. Und das alles ohne handfeste Beweise. Es ist doch nicht wegen Roberta Hennig?«

»Natürlich nicht.« Bär schaute von der Galerie hinunter in den Speisesaal. Die roten Stühle dort unten leuchteten wie kleine Flammen.

Er hätte seinem Chef gern eingestanden, dass er um Roberta besorgt war. Die Vorstellung, sie könnte seine feste

Freundin werden, hatte er sich längst abgeschminkt. Aber sie war immer noch eine Freundin. Er würde sich verdammte Vorwürfe machen, wenn er es nicht schaffte, sie vor einem durchgedrehten Typen zu bewahren.

Er zog das Päckchen hervor, das er bei sich hatte, legte es auf den Tisch und öffnete es.

Becker stöhnte leise auf. »Was haben Sie denn da?«

Bär strich fast andächtig über das kastenförmige flache Türschloss und kratzte mit dem Fingernagel ein bisschen Rost ab. »Das habe ich gestern in Vilbel auf dem Flohmarkt gekauft. Ria Raven hatte genauso eins an ihrem Waschhaus.« Er zog den dazugehörigen Schlüssel hervor, der wie ein ganz normaler Zimmerschlüssel aussah, steckte ihn ins Schloss und ließ es auf- und zuschnappen. Dann kramte er einen Inbusschlüssel aus der Jeanstasche und versuchte es damit. Doch der sechskantige Metallhaken, der oben fast wie der Zimmerschlüssel gebogen war, rutschte immer wieder ab. »Der Tierarzt hat es angeblich mit einem Inbusschlüssel aufgekriegt.«

Becker sah ihm mit gefurchter Stirn zu. »Sie verrennen sich da in was.«

Bär schob das Schloss zur Seite und blickte seinen Chef aus schmalen Augen an. »Maik Herres' Freundin stirbt an einem Blitzschlag. Seine Mutter kommt durch eine Überschwemmung bei einem Unwetter um. Seine Großmutter verunglückt im Hagelschauer. Wie würden Sie das nennen?«

Becker zog eine Braue hoch. »Eine Reihe unglücklicher Zufälle?«

»Ich nenne es ein dreifaches Tötungsdelikt«, sagte Bär. »Ein Verrückter, der bei einem Blitzwarndienst arbeitet und Gewitter fotografiert, tarnt es selbstredend als Wetterunfall, wenn er jemanden aus der Welt schafft. Sollen wir warten, bis er sich etwas für seine Schwester ausdenkt?«

Oder für Roberta.

Das Wartezimmer von Dr. Maßen war gut besetzt. Geduldig saßen Frauchen und Herrchen auf den schmalen Stühlen, Katzen, Kaninchen und kleine Vogelkäfige auf dem Schoß.

Beruhigendes Streicheln und Flüstern. Die anwesenden Hunde gehörten verschiedenen Rassen an, beschnüffelten sich gegenseitig, knurrten drohend und wurden an ihren Leinen zurückgerissen.

Bär legte das alte kastenförmige Schloss auf den Tresen. Sein Ausweis kam obendrauf. »Ich würde mal gern den Herrn Doktor sprechen. Dauert nicht lange.«

»Einen Moment.« Die Assistentin sah ihn leicht skeptisch an, ging aber ins Behandlungszimmer, um Maßen Bescheid zu geben. Kurz darauf stand er vor Bär.

»Ach, hallo! Was kann ich für Sie tun?«

»Sie haben doch das Schloss an dem Waschhaus geöffnet, in dem die Frau ertrunken ist. Ria Raven.«

»Ja, sicher. Ich war wegen des Hundes angerufen worden.«

»Der schwarze Schäferhund.«

Dr. Maßens Miene verfinsterte sich. »Der Hund lag halb tot vor diesem Schuppen oder was das war.«

»Eine alte, frei stehende Waschküche, in die man eine moderne Waschmaschine gestellt hatte.« Bär überkam das Bedürfnis, jetzt ganz genau zu sein. Er hatte das Gefühl, dass Dr. Maßen das eine oder andere interessante Detail nachliefern könnte.

»Wie gesagt. Durchs Fenster habe ich gesehen, dass drinnen jemand lag. Ich konnte nicht erkennen, was der Person fehlte. Nur, dass es ein Mensch war. Und ich wollte Erste Hilfe leisten. Ich bin zwar nur Veterinär …«

Bär fasste Maßen leicht an der Schulter. »Früher gingen die Leute auf dem Dorf zum Pferdearzt, wenn sie krank waren. Damit war der Tierarzt gemeint. Sie müssen sich also nicht rechtfertigen. Ich will einfach nur wissen, wie Sie die Tür aufgekriegt haben.« Er hielt ihm das rostige Schloss hin. »Das ist ein baugleiches Modell. Sie sagten, Sie hätten einen Inbusschlüssel genommen. Ich habe es ausprobiert und nicht geschafft. Wie haben Sie es genau gemacht?«

Im Wartezimmer bellte ein Hund, dem Kläffen nach ein kleiner. Pfoten trappelten auf Laminat.

»Mir ist der Inbusschlüssel anfangs auch abgerutscht. Dann

habe ich eine Zange hinzugenommen, ihn damit fest gepackt und im Schloss herumgedreht. Und dann ging es.«

»Da hätte ich ja auch draufkommen können«, meinte Bär. »Sie haben immer Werkzeug bei sich?«

Maßen zog ihn ans Fenster. Mit einer Geste bedeutete er ihm hinauszuschauen. Im Garten standen etwa ein Dutzend Gehege. Käfige für Hunde und Katzen. Volieren für Vögel.

»Ich baue die meisten selbst. Und die kaputten repariere ich. Wenn ich mich nicht um die Tiere kümmere, verbringe ich meine Zeit da draußen oder mit Fahrten zum Baumarkt, immer auf der Suche nach Schrauben, Muttern und Vierkantschlüsseln. Mein Kofferraum ist eine Werkzeugkiste auf Rädern.«

Der Kläffer meldete sich wieder aus dem Wartezimmer, Maßen warf einen unruhigen Blick auf die Uhr.

»Und der Hund?«, fragte Bär. »Haben Sie den noch in Pflege?«

Wieder sah Maßen hinaus zu den Käfigen, prüfend diesmal. »Nein, der ist nicht mehr da. Heute Morgen hat ihn jemand abgeholt. Der Sohn der Ertrunkenen. Wurde auch Zeit.« Über sein Gesicht huschte ein Lächeln. »Seit das Tier wieder bei Kräften war, fing es an, mir die Haare vom Kopf zu fressen.«

Auf den ersten Blick sah das Gebilde aus wie ein Spiegelei. In der Mitte ein runder Kern, darum herum eine unregelmäßige Fläche, die bei näherem Hinsehen aus lauter konzentrischen, unregelmäßigen Ringen bestand. Sie waren mal weißer, mal durchsichtiger.

Der Querschnitt durch ein Hagelkorn.

Roberta starrte auf die Darstellung, die sie im Internet gefunden hatte. In den durchsichtigen Ringen war das Wasser fester gefroren. In den weißen Ringen waren mehr Lufteinschlüsse, das ließ das Eis weiß aussehen. All das wusste Roberta. Doch dieses Wissen gab ihr keinen Aufschluss über Agnes Ravens Tod.

Sie hatte Bär am Samstagabend sofort angerufen und ihm durchgegeben, was Sascha Hein ihr über örtliche Wärmegewitter erzählt hatte. Bär fand, dass das zu dem passte, was er inzwischen herausgefunden hatte: Örtliche Gewitter waren gar nicht so selten. In Bayern etwa war eine Schule von einem eng eingegrenzten, massiven Hagelschlag demoliert worden. Die Hagelkörner hatten alle Dachfenster zerschlagen. Dennoch war der Durchmesser der dortigen Niederschlagsfläche immer noch weitaus größer gewesen als der des Hagelschlags, durch den Maiks Großmutter ihr Leben verloren hatte.

Bär hatte auch den Verkehrspolizisten erneut befragt, der am Unfallort gewesen war. Ein Radfahrer wollte gesehen haben, wie die Hagelkörner auf das Auto runterkamen. Wie eine Eisfontäne habe das ausgesehen. Voll auf die Windschutzscheibe. Ja, seltsam war das schon.

Maik hatte im darauffolgenden Telefonat wortkarg und abweisend geklungen. Über örtlich begrenzte Wärmegewitter hatte er nichts wissen wollen.

»Meine Großmutter ist tot, Roberta, deine Recherchen machen sie nicht wieder lebendig. Ich muss mich jetzt um Cindy kümmern.«

Sie hatte Maiks Stimme noch im Ohr, dennoch wollte sie heute erneut mit ihm darüber reden. Einfach würde es nicht werden. Er stand unter extremem Stress, innerhalb kurzer Zeit hatte er drei Menschen verloren, die ihm nahestanden. Ihm war nur Cindy geblieben, und die musste er vor sich selbst beschützen. Auf eine solche Krise war er nicht vorbereitet gewesen.

Wenn er sich doch nur helfen ließe.

Sie zog ihr Smartphone hervor und öffnete die Fotodatei mit den Bildern von seiner Bergtour. Zuckendes Licht über steilen Gipfeln, Blitze, die den Himmel zerrissen. Und dann wieder eine Alpenblume, die so nass vom Regen war, dass man sie abtrocknen wollte.

Sie wählte seine Nummer. Das Freizeichen summte eine gefühlte Ewigkeit vor sich hin, die Darstellung des halbierten Hagelkorns verschwamm vor ihren Augen. Endlich ging er ran.

»Roberta, wo bist du?«

»Ich bin im Dienst.«

»Aha. Zu mir kommt gleich der Bestatter.«

»Es tut mir alles so leid, Maik.«

»Ja, das sagtest du schon.«

»Soll ich heute Abend vorbeikommen? Nach dem Dienst?«

»Da muss ich mit dem Hund raus.«

»Ihr habt tatsächlich einen Hund? Ich dachte, du hättest als Kind einen gehabt.«

»Hm. Der lebt noch.«

Roberta schloss die Webseite mit dem Hagelkorn. Ihr Bildschirmschoner zeigte ihr einen weißen, weiten Strand unter südlicher Sonne.

Das Leben könnte so schön sein, dachte sie.

Roberta wollte mit Maik an diesem Sandstrand liegen, im Meeresrauschen mit ihm tuscheln und flüstern. Für ihn da sein. Sie hatte gedacht, sie wären Freunde und würden einander vertrauen. Aber seit dem Wochenende war er ihr nur noch fremd.

»Weißt du was? Ich werde einfach mit euch Gassi gehen, dann können wir reden.«

»Worüber denn? Es gibt nichts zu reden.«

»Wie meinst du das?«

»Die beiden letzten Wochen waren die grauenhaftesten meines Lebens.« Er räusperte sich, und seine Stimme wurde tiefer. »Cindy geht es nicht gut. Jessika ist nicht mehr bei mir. Ich vermisse meine Mutter, selbst wenn ich sie eine Memme genannt habe. Oma Mutti lebt nicht mehr. Und wenn du herkommst, passiert dir nur auch noch was.«

»Aber … Das ist doch Unsinn.«

»Eher eine Vorahnung.« Er schwieg, und Roberta konnte seinen Atem hören.

»Maik? Was ist los mit dir?«

»Ach, nichts. Ich bin nur mit den Nerven fertig. Der Hund muss raus.«

»Wie heißt er denn?«

»Bello.«

Sie ließ sich nicht abwimmeln. »Ein typischer Hundename

also. Ich kann mir den Vierbeiner schon richtig vorstellen. Dann bis heute Abend.«

Sie machte den Computer aus. Der Strand auf ihrem Bildschirmschoner versank in dunkler Nacht.

»Hallo, Frau Hennig, was gibt's?« Sascha Hein saß hinter seinem Schreibtisch, sortierte einen Berg Zuschriften und sah über die Briefe hinweg zu ihr hoch.

»Nichts Besonderes, ich wollte nur mal vorbeischauen. Was machen Sie denn Schönes?

»Fanpost lesen.«

»Na klar.«

»Es sind Bewerbungen von zukünftigen Wetterfröschen.«

»Sonst noch was? Vergackeiern kann ich mich selbst.«

»Im Ernst. Die Presseabteilung ist auf die Idee gekommen, im Wetterpark ein Preisausschreiben zu veranstalten.« Sascha Hein schlitzte in aller Seelenruhe ein Kuvert auf. »Der Gewinner darf auf YouTube unser Wetter moderieren.«

Roberta sah zu, wie Hein den Brief überflog und ihn auf den Stapel legte. »Ich hatte Sie doch am Samstag nach den örtlich eingegrenzten Gewittern gefragt ...«, begann sie zögernd.

»Ich wusste, dass Sie was von mir wollen.« Er lachte.

»Wie klein genau kann ein Gewitter oder ein Hagelschlag sein? Räumlich gesehen?«

»Ich warne Sie! Kommen Sie mir nur nicht wieder mit Ihrer Brücke.«

»Es ist wichtig für mich.« Roberta sah ihn bittend an.

»Also gut.« Er zwinkerte ihr zu, als spräche er mit seiner kleinen Schwester. »Wir erstellen inzwischen Vorhersagen für einzelne Landkreise, aber für Straßen? Nein, das ist zu eng begrenzt. Dass es über nur einer einzigen Brücke stark hagelt, habe ich noch nie gehört. Wer hat Ihnen denn davon erzählt?«

»Ein Radfahrer will das beobachtet haben.« Roberta verkürzte Bärs Vernehmungsergebnisse der Einfachheit halber.

»Und wenn der Augenzeuge sich irrt?«

»Wie meinen Sie das?«

»Vielleicht war der Radfahrer vom Hagel so überrascht, dass

er gar nicht realisiert hat, wie groß das Hagelumfeld tatsächlich war.«

»Glauben Sie wirklich?« Roberta wurde unsicher. Bär hatte ihr einmal erzählt, wie wenig zuverlässig Zeugenaussagen waren. Überraschende Ereignisse brachten die Leute durcheinander. Oft gerieten sogar Beobachtungen in ihre Aussagen, die andere berichtet hatten. So entstanden Mythen.

»Was sagt denn das Regenradar?« Sascha Heins Brieföffner fuhr in das nächste Kuvert. »Ich würde mich an das Regenradar halten.«

»Ja, gute Idee, danke, Herr Hein.«

In ihrem Büro rief Roberta auf dem Computermonitor das Regenradar auf. Sicher würde sie gleich eine Bestätigung von Sascha Heins Vermutung auf dem Bildschirm haben. Einen Beleg dafür, dass der Radfahrer den Hagelschauer als viel zu eng begrenzt eingeschätzt hatte, weil seine Aufmerksamkeit auf dem Unfallgeschehen lag.

Doch nein.

Am Samstag hatte es über ganz Deutschland nur gebietsweise blassblaue Wölkchen angezeigt. Und blassblaue Wölkchen bedeuteten: geringer oder kein Niederschlag.

21

Die Bremsen quietschten, als Roberta den Corsa auf Höhe des Waschhauses zum Stehen brachte. Sie stieg aus und sah Bello auf sich zulaufen, gleich dahinter kam Cindy durch den Garten.

»Hi, Roberta.«

»Hallo, Cindy, wie geht es dir? Du bist noch nicht wieder im Krankenhaus?«

»Wir müssen erst Mama und Oma Mutti beerdigen.« Cindy befeuchtete die Lippen mit der Zunge. »Der Bestatter war hier, wir haben die Särge aus einem Katalog ausgesucht.«

Roberta stellte sich das vor. Maik und Cindy nebeneinander auf dem Sofa, ihnen gegenüber der Bestatter. Das Knistern, wenn sie die Seiten umblätterten.

»Wir haben einfache hellbraune genommen.« Cindy hob die Schultern. »Maik sagt, in der Erde vermodern sie eh.«

Roberta berührte sie leicht am Arm. »Hör zu, du kannst mir ein bisschen helfen. Maik ist seit Oma Muttis Tod so seltsam. Er will sich nicht von mir trösten lassen, will nicht einmal mit mir reden. Dabei sind wir doch Freunde.«

»Ja, stimmt. Ich mache mir auch Sorgen um ihn.« Cindy ließ ihr Gummiband gegen das Handgelenk schnellen.

»Und dann diese ungewöhnlichen Umstände ...« Roberta hielt inne, überlegte, wie viel sie Cindy erzählen konnte, ohne sie allzu sehr zu belasten. Dann sagte sie vorsichtig: »Weißt du, Hagelschlag nur über einer Brücke, das gibt es nicht.«

»Nein?«

»Nein. Ich hab mich erkundigt.«

Bello beschnüffelte Robertas nackte Waden und schob seine Nase unter ihren Rocksaum.

»Was war es dann?«, fragte Cindy.

»Ich weiß es nicht. Selbst die Polizei hat keine Ahnung. Aber ich will es herausfinden. Und dann schreibe ich darüber einen Artikel.«

»Du willst darüber in der Zeitung schreiben?« Cindy beugte sich zu dem Hund hinunter und tätschelte seinen Rücken. Blütenstaub und Dreck stiegen aus seinem Fell auf.

»Aber sicher, ich bin Journalistin. Was hat Maik eigentlich von dem Unfall mitbekommen? Du weißt nicht zufällig, wo er am Samstag war?«

»Er war mit dem Rad unterwegs, fotografieren.«

»Samstag? Da war doch schönes Wetter, bis auf die kleine Eintrübung am Nachmittag. Er fotografiert doch sonst nur Gewitter.«

»Am Samstag wollte er einen Sonnenuntergang aufnehmen.« Cindy lächelte. »Mal was Neues.«

»Ach was.«

Der Hund stand nun mit dem Hinterteil zu Roberta, sein haariger Schweif strich kitzelnd an ihren Beinen entlang.

»Maik hat eure Mutter nicht besonders gemocht, nicht wahr?« Roberta lächelte mitfühlend. »Er hielt sie für schwach. Er fand, sie hätte euch vor Oma Mutti schützen müssen.« Ihr Blick wanderte zum Waschhaus hinüber. »Oma Mutti fand er noch viel gemeiner. Sie hat euch ins Gewitter rausgeschickt, als ihr noch klein wart.«

Cindy sagte nichts. Sie sah sie nur ganz ruhig an. In ihren Augen glitzerten Tränen.

Roberta biss sich auf die Lippe. »Verzeihung. Ich weiß, dass du bis heute unter ihrer Behandlung leidest. Deine Angst vor dem Gewitter. Das kommt ja nicht von ungefähr.«

»Vor Gewitter hab ich wirklich eine Scheißangst.« Cindy zitterte jetzt. »Aber Maik ist ein guter Mensch, der tut keiner Fliege was zuleide. Ich könnte es nicht ertragen, wenn in der Zeitung stünde, dass er eine verkommene Familie hat. Weil ihm das nämlich sehr wehtun würde.«

»Sicher«, beruhigte Roberta sie. »Aber um eure Familie geht es ja gar nicht.« Ihr Blick flog erneut zum Waschhaus, dann in die Richtung, in der die So-da-Brücke lag. »Ist Maik überhaupt da?«

»Ja. Komm doch rein.«

Cindy führte Roberta durch den Keller ins Haus, sie wollte

den Hund sauber machen. Direkt hinter der Eingangstür hatte sie einen Eimer mit Wasser stehen. Pfote für Pfote wurde hineingesteckt, gesäubert und mit einem ausgedienten Handtuch abgetrocknet.

»Bello geht immer aufs Sofa und sogar in die Betten«, sagte Cindy. »Da ist es besser, man wäscht ihm die Pfoten ab, sonst kommt man mit dem Putzen nicht hinterher.«

Der Hund sperrte seine Schnauze zu einem Gähnen auf, sein Gebiss schlug hörbar aufeinander, als er das Maul wieder zuschnappen ließ. Roberta sah sich in dem niedrigen Keller um. Ein paar Gartenmöbel waren hier abgestellt, von den Wänden blätterte die weiße Farbe. Unter der Treppe entdeckte sie eine Tiefkühltruhe. Sie schlenderte durch den Raum und strich mit der Hand darüber. Es fühlte sich kühl an. Die Hundepfoten plätscherten im Wassereimer. Cindy war beschäftigt. Robertas Finger umklammerten den Griff und zogen daran.

»Abgeschlossen«, kam es von Cindy.

Ertappt. Roberta zuckte zusammen. »Da drin hortet ihr wohl eure Delikatessen?«

»Da haben wir die Beute drin, die unser Wilddieb nachts erlegt. Davon braucht niemand was zu wissen, sonst wird es noch dem Förster zugetragen, bei dem Dorftratsch hier.«

»Maik geht auf die Jagd?«, fragte Roberta dumpf. Bärs Bemerkung, die Windschutzscheibe habe ausgesehen wie nach einem Schuss aus einer Schrotflinte, kam ihr in den Sinn. »Dann hat er bestimmt ein Gewehr. Eine Schrotflinte?«

Aber was besagte das schon. Selbst wenn er eine besaß, wäre es absurd, anzunehmen, dass er damit auf den Wagen seiner Großmutter geschossen hatte. Anders als Hagelkörner konnten Schrotkugeln sich nicht in Luft auflösen. So klein, wie sie waren, würde man sie nur mit Mühe auf der Straße finden. Aber ein paar wären im Verbundglas stecken geblieben oder in die Abwasserrinne vor der Windschutzscheibe gekullert. Robertas Hand löste sich von dem Griff. Es sei denn … Ja, es sei denn, in der Flinte wäre gar kein Schrot gewesen, sondern Eis. Kleine, hart gefrorene, künstlich hergestellte Hagelkörner. Wie lange konnte man mit einem gut gekühlten Gewehr durch die Gegend laufen, bis sie schmolzen? Sie musste schlucken.

»Bello ist hier der Wilddieb.« Cindy lachte. »Er fängt im Garten Kaninchen. Meistens erwischt er nur die Kleinen, die gehen aber für Ragout.«

»Das schmeckt bestimmt lecker.«

»Allerdings.« Cindy hängte das Hundehandtuch über die Tiefkühltruhe. »Ich bin hier gleich fertig. Du kannst schon zu Maik hochgehen.«

»Ja, danke.«

Auf der Treppe zog Roberta ihr Smartphone aus der Handtasche und schaltete es ein. So konnte sie Bär schneller erreichen. Falls sie ihn brauchte.

In Agnes und Ria Ravens Wohnzimmer schien jedes Ding seinen festen Platz zu haben. Eine kleine Hanfpalme stand in der Mitte der Fensterbank, die beiden Sessel gegenüber dem Sofa waren akkurat ausgerichtet. Stoffbezogene Hochlehner, früher hatte man so was Ohrensessel genannt. Die Anrichte und der Couchtisch aus heller Eiche rochen nach Möbelpolitur. Bücher oder einen Fernseher gab es nicht. Auf dem Tisch waren ein paar Illustrierte Kante auf Kante aufeinandergestapelt, und auf der Anrichte stand ein altmodisches Radio.

Roberta nahm auf dem Sofa Platz, Maik saß ihr gegenüber, den Kopf gesenkt, das Kinn in eine Hand gestützt. In seinen dunklen Bluejeans und seinem blauen Polohemd wirkte er müde und blass.

»Sorry, dass ich so in den Seilen hänge.« Seine Stimme klang schleppend. »Ich bin nur noch fertig. Direkt zum Wegwerfen. In letzter Zeit ist zu viel Grauenhaftes passiert.«

»Ja, furchtbar.« Es tat Roberta weh, ihn leiden zu sehen.

»Möchtest du etwas trinken?«, fragte Maik. »Ich bin so ein verdammt schlechter Gastgeber. Einen Tee vielleicht?« Er war schon halb aufgestanden.

»Nein danke, lass mal.«

»Nicht mal ein Glas Wasser?« Er sah sie mit leerem Blick

an und glitt wieder in den Sessel zurück. »Warum bist du hergekommen? Worüber wolltest du mit mir reden?«

»Über Oma Muttis Unfall. Da stimmt was nicht.«

»Wieso?«

»Es gibt keinen Hagelschlag, der nur auf ein paar Quadratmetern stattfindet.«

»Fängst du wieder damit an? Mit deinen örtlich begrenzten Wärmegewittern?«

»Ja, genau.« Er hatte ihr am Telefon also doch zugehört. »Die gibt es zwar, aber nicht auf so eng gefasstem Terrain.«

Er schüttelte den Kopf. »Wer sagt denn eigentlich, dass das so war?«

»Ein Radfahrer, der den Unfall beobachtet hat, sprach von einer Eisfontäne, die auf das Auto deiner Großmutter niederging. Ich habe mir im Wetterdienst das Regenradar von Samstag angesehen. In ganz Deutschland gab es kaum Niederschlag. Und erst recht keinen Hagel.«

»Ja, und?«

»Es muss etwas anderes gewesen sein.« Sie sah ihn aufmerksam an. »Gefrorene Schrotkugeln vielleicht.«

»Roberta, du spinnst doch!«

»Die Kühltruhe unten in eurem Keller … Was habt ihr da drin? Ein Jagdgewehr?«

Bis eben war es nur eine diffuse Vorstellung gewesen. Ein Einfall, von dem sie immer noch hoffte, dass er nur ihrer Verwirrung entsprungen war und dass Maik ihn gleich widerlegen würde.

»Sag mal, geht's noch?« Maik richtete sich im Sessel auf. Für eine Sekunde starrte er sie mit offenem Mund an. Dann schlug seine Faust auf die Armlehne ein. »Was wir in unserer Truhe haben, geht dich einen Dreck an.«

»Wir finden es heraus.« Sie hielt seinem wütenden Blick stand. »Wenn in der Truhe nichts Schlimmes ist, kannst du es mir zeigen. Sonst sehe ich eben allein nach.«

»Untersteh dich.«

Roberta sprang auf und rannte zur Kellertreppe. Sie hörte, wie Maik seinen Sessel zurückstieß, die Holzfüße ratschten über den Dielenboden. Die Kellertür quietschte. Seine Schritte hallten hinter ihr auf der Treppe.

Sie nahm die Stufen schneller. Verfehlte eine, schlitterte.

Dann stand sie vor der Tiefkühltruhe. Sie rüttelte am Deckel, tastete nach dem Vorhängeschloss.

Wo war der Schlüssel?

Wenn sie Glück hatte, hing er in Reichweite an einem Schlüsselbrett. Viele Leute machten das so. Ein Schlüssel unter vielen war ein gutes Versteck.

Sie sah sich um.

Sie hätte sich bei Cindy einschmeicheln sollen, sie umgarnen, bis sie verriet, wo der Schlüssel der Truhe war. Das wäre viel einfacher gewesen. Wo steckte Cindy überhaupt? Eben war sie doch noch da gewesen.

In ihrem Nacken spürte sie Maiks Atem.

»Lass es einfach sein.« Seine Stimme kam ihr dunkler vor als sonst. Aber vielleicht war das nur der Hall hier unten im Keller. »Du machst uns alle unglücklich mit deiner Neugier.«

Sie drehte sich um und sah ihn an. »Du hast das Gewehr in die Truhe gesteckt. Ein bisschen gefrorenes Gemüse darüber, und weg ist die Tatwaffe. Hat es dir nicht leidgetan, dass das schöne Auto bei Oma Muttis ›Unfall‹ mit draufging? Ich dachte immer, du hättest es gemocht. Oder hat es dich zu sehr an sie erinnert, an die Hexe, die dich dein Leben lang gequält hat?«

Er legte seine Hände auf ihre Schultern. Sein Blick umfing sie für einen Moment liebevoll, gleichzeitig las sie Verzweiflung darin.

Er tut keiner Fliege was zuleide, hatte Cindy vorhin gesagt.

»Wo ist Cindy?«, flüsterte sie.

»Ich denke mal, sie ist mit dem Hund raus.«

Die Hände auf ihren Schultern wurden schwer wie Blei.

22

Margo stand in ihrem Garten und lauschte zu den Nachbarn hinüber. Sie hatte sich in den toten Winkel neben dem Haus zurückgezogen. Von hier aus konnte sie bis zur Straße blicken, ohne sofort bemerkt zu werden. Falls doch, wirkte es nicht so, als habe sie sich absichtlich versteckt. Sie war nur eine Gartenliebhaberin, die nach ihren Pflanzen sah.

Auf der anderen Seite der Blütenhecke war es leiser geworden. Zwei Menschen weniger machten schon etwas aus. Obwohl jetzt der Sohn da war. Nur ohne die Freundin.

Das junge Mädchen tat ihr leid. Cindy. Sie konnte nichts für das, was geschehen war, aber sie litt am meisten. So war das eben. Das Leben war ungerecht. Die Alte war eine Hexe gewesen. Und Ria hatte genauso gemein sein können, solange sie Oberwasser hatte.

Sonst hatte sie gekuscht.

Margo stemmte die Hände in die Hüften, dehnte ihr Kreuz. Sie sog die Sommerluft ein. Der Garteneibisch in der Hecke blühte und verströmte seinen zarten Duft. Der Himmel trübte sich schon wieder ein. Schade, bis vorhin war es sommerlich schön gewesen, solche Vormittage waren nach all den Unwetterwochen wie ein Geschenk.

Ein Wagen kam die Straße entlang und hielt auf der Höhe des Waschhauses. Der Fahrer stieg aus, entdeckte das rote Auto, das ein Stück weit vor seinem parkte, und lief darum herum. Er schaute zu den Ravens hinüber und zu dem Nachbarn auf der anderen Seite. Dann nahm er Kurs auf Margos Schuppen. Sie war nicht wirklich überrascht, als sie in dem Mann den Polizisten erkannte, der schon einmal hier gewesen war.

Jetzt also. Es sollte so sein.

Sie hatte immer gewusst, dass die Paddelfahrt auf der Lahn sie irgendwann einholen würde. Dass sich all der Schmerz, den sie in sich angereichert hatte, eines Tages Bahn brechen und sie etwas Schreckliches tun würde. Und dass sie dafür würde bezahlen müssen.

Der Polizist hatte den Schuppen erreicht und besah sich das Kajak. Er ließ seine Hände darübergleiten wie über eine Statue.

Margo empfand das als zu intim.

Als der Polizist das Kajak behutsam auf den Boden legte, begann sie zu zittern. Tief in ihrem Inneren gab etwas nach und brach ein.

Jetzt streifte er einen Handschuh über. Dann fuhr seine Hand in die Luke.

Sie wusste, was er finden würde.

Bär tastete in dem Kajak herum. Sein Blick ging zur Straße hoch, dorthin, wo Robertas roter Corsa stand. Sie musste bei ihm sein, dieser Gewitterfotograf schien sie einfach nicht loszulassen.

Dabei hatte er sie eindringlich vor ihm gewarnt.

Am liebsten hätte er sie festgenommen, um sie vor Maik Herres zu schützen. So konnte er nur zusehen, dass er diese verdammten Wettermorde schnell aufklärte. Je eher er die Fälle entwirrte, desto eher war klar, was davon auf Herres' Kappe ging. Dann würde auch Roberta endlich verstehen.

Er konzentrierte sich auf das Boot. In einem Kanuladen in Harheim hatte er sich verschiedene Bootstypen zeigen lassen. Die modernen Boote bestanden aus Plastik, sie machten im Wildwasser alles mit. Fuhren über Steine, ratschten an Felsvorsprüngen vorbei. Sie bekamen Schrammen, aber sie gingen nicht kaputt. Dieses Boot hier bestand nicht aus Plastik, das war GFK. Ein Kunststoff, der schnell brach, wenn man damit über steinigen Untergrund schrappte oder gegen einen Felsen prallte. Zum Ausgleich konnte man diese Boote selbst reparieren. Man klebte mehrere Kunststoffbahnen darüber, ließ sie trocknen, schliff sie glatt und strich alles wieder an.

Na ja, das klappte nur bis zu einem gewissen Grad, bei großen Rissen und Brüchen war Schluss. Daher fuhr diese GFK-Boote heute kaum noch jemand. Die jungen Leute standen auf die robusten Dinger. Damit konnten sie herumtoben und Spaß haben, ohne jeden größeren Stein im Wasser weiträumig zu umfahren.

Bär ließ seine Finger über einen Sprung im Lack gleiten. Er tastete über den Sitz, den die Sonne leicht angewärmt hatte. Schob seine Hand darunter. Endlich fühlte er die längliche Form des Metalls. Den längeren Griff und den kleinen, knubbeligen Bart. Er zog den Schlüssel heraus.

Ein Schatten fiel auf das Boot, und als er sich umdrehte, stand Margo Schneider hinter ihm. Er hielt ihr den Schlüssel entgegen. »Das Boot hat nicht ihrem Sohn gehört«, stellte er fest.

»Nein«, erwiderte sie leise.

»Die heutigen Kanus sind aus einem anderen Material gefertigt. Und Sie hatten sich sehr kurzfristig zu einer längeren Reise entschlossen. Obwohl Sie sonst nur mal für ein Wochenende wegfahren. Weil Sie sich hier ja so wohlfühlen.«

Sie nickte. »Es hat mich ganz plötzlich überkommen. Ich musste …«

»Sie mussten ein schlimmes Ereignis verarbeiten.«

»Wie kommst du darauf, bei uns herumzuspionieren?« Maik presste Roberta gegen die Tiefkühltruhe, der Griff drückte sich schmerzhaft in ihren Oberschenkel. Durch den niedrigen Keller zog ein leicht modriger Geruch, irgendwo musste ein Fenster offen sein.

Oben im Haus war es ganz still.

»Maik, ich …«

Sein Gesicht kam näher, er stemmte seine Hände auf die Truhe und hielt sie zwischen seinen ausgestreckten Armen gefangen.

»Was glaubst du denn, wer du bist?« Er hörte sich atemlos an, sprach abgehackt auf sie ein. »Cindy und ich, wir haben es schwer genug. Wenn du uns helfen willst, dann lass uns in Ruhe und spionier woanders rum.«

Sie wusste, dass sie ihn beruhigen musste, irgendwie ablenken. Aber die richtigen Worte fielen ihr so schnell nicht ein.

Sie blinzelte die Tränen weg, die ihr in die Augen stiegen. So liebevoll er sie vorhin auch angesehen hatte, jetzt war er wütend.

Und auf einmal war sie da, die Angst.

»Maik, lass mich los, ja? Ich … Ich muss noch einkaufen. In meinem Kühlschrank herrscht gähnende Leere.« Sie unterdrückte ein hysterisches Lachen, versuchte sachlich zu klingen. »Habt ihr hier einen Supermarkt in der Nähe?« Eine alltägliche Frage.

»Gleich am Ortausgang.« Seine Antwort kam mechanisch. Falls sie ihn verblüfft hatte, zeigte er es nicht.

»Gut, danke.« Mit einer flinken Bewegung tauchte sie unter seinem Arm hinweg. Ging ohne Hast zur Kellertür und riss sie auf. Dann war sie im Freien.

Als Roberta in ihren Wagen stieg, sah sie Cindy im Rückspiegel. Sie stand am Tor und winkte ihr zum Abschied zu.

Roberta ließ den Motor an und fuhr los. Ihre Hände zitterten. Immer noch hoffte sie, dass sie falschlag mit ihrem Verdacht. Dennoch musste sie Bär bitten, Maiks Haus zu durchsuchen. Ihr war, als hätte sie seinen blauen C-Max eben ein Stück die Straße runter stehen sehen. Aber vermutlich war sie nur durcheinander. Sie wollte Bär anrufen, tastete nach ihrem Handy, doch es rutschte ihr in den Fußraum.

Sie fluchte.

Der Supermarkt tauchte am Ortseingang auf, und sie bog auf den Parkplatz ein. Die Behauptung vorhin, noch einkaufen zu müssen, war keine Ausrede gewesen. Ihr Kühlschrank war leer. Und das Gefühl der Sättigung nach einer guten Mahlzeit war das Einzige, was sie in einer chaotischen Lage beruhigte. Mit steifen Beinen stieg sie aus dem Wagen, fischte das Handy aus dem Fußraum vor dem Beifahrersitz. Sie wollte Bärs Nummer eingeben, dann überlegte sie es sich jedoch anders.

Bär würde kurzen Prozess mit Maik machen. Sie musste sich ganz genau überlegen, was sie ihm sagte.

Später, dachte sie. Ich rufe ihn später an.

Der Supermarkt war ein langer, fensterloser Schlauch.

Neonröhren verströmten kaltes Licht. Direkt am Eingang war eine der Röhren defekt, sie blinkte nervös und gab in unregelmäßigen Abständen ein helles »Pling« von sich.

Als sie den Bereich mit der Tiefkühlware erreichte, wurde Roberta schwindlig. In Gedanken öffnete sie Maiks Tiefkühltruhe und sah seine Flinte darin liegen. Die Tatwaffe, fest eingewickelt in schützende Folie. Ein verschnürtes Paket, überzogen mit Eiskristallen.

Einen Moment lang hielt sie sich an der Truhe fest, vor der sie stand, sog die kühle Luft ein, atmete durch.

Komm schon, du siehst Gespenster.

Sie griff nach ein paar Fertiggerichten, trug sie zur Kasse. Die Kälte, die von den Lebensmittelpackungen ausging, brannte in ihren Händen.

An der Kasse sah die Verkäuferin sie mitleidig an. »Möchten Sie vielleicht eine Isoliertasche?«

»Wie bitte?«

»Eine Tüte, in der Ihr Tiefgefrorenes nicht so schnell auftaut?«

Roberta nickte nur.

23

Wie an magischen Fäden hatte es Margo zu dem Polizisten gezogen, es ließ sich ja doch nichts mehr ändern. Nun stand sie bei ihm und sah auf den Schlüssel in seiner Hand.

Ein stummer Zeuge.

»Ria hatte den Schlüssel verloren«, sagte Margo. »Ihrer Mutter hat sie lange nichts davon gesagt, aus Angst vor ihrem Zorn. Ich sah ihn im Garten der Ravens im Gras neben der Wäschespinne liegen. Er glitzerte in der Sonne.«

»Das Boot ist alt«, sagte Bär. »Solche Boote hatte man früher.«

Sie nickte. »Es gehörte meinem Freund Sven.«

Nie mehr war sie jemandem so nah gewesen. Sie sahen dieselben Dinge, den Vogel, der sich putzte, die Katze, die auf ihn lauerte, eine Pfote starr in der Luft. Svens Humor war herb gewesen, seine Freunde hatten nicht immer damit umgehen können. Doch Margo brachte er stets zum Lachen. Sven war für sie genau richtig gewesen.

Der Polizist sah sie verständnislos an. »Ich dachte, Ihr Sohn hieß Sven.«

»Meinen Sohn habe ich nach ihm benannt. Obwohl er einen anderen Vater hatte.«

Das war naiv gewesen. Verstanden hatte es niemand, der ihre Geschichte kannte. Aber sie hatte sich zu gern vorgestellt, das Kind, das in ihr heranwuchs, sei Svens. Und so hatte es Sven geheißen, noch bevor es auf die Welt kam.

»Und wurde Ihr Sohn wie Sven?«

Der Polizist stellte die richtigen Fragen, Margo war ihm dafür dankbar.

»Ein bisschen schon. Vielleicht, weil ich ihn so erzogen habe.« Sie hob hilflos die Schultern. »Ich habe ihm all meine Liebe gegeben. Die, die ich für ihn empfand, und die, die ich für Sven gehabt hätte.« Die Gefühle und Bilder hatten sich überlagert. »Doch dann hat ihn mir das Wasser genommen.«

»Ein Kehlkopfkrampf, beim Paddeln auf der Lahn.«

Margo sah erstaunt auf. Der Polizist erinnerte sich an das, was sie ihm das letzte Mal erzählt hatte, aber es klang irgendwie falsch. So medizinisch und technisch.

»Der Fluss«, flüsterte sie, »der Fluss hat ihn dahingerafft.«

»Aber Ihr Sohn ist nicht in diesem Boot gestorben.« Die Hand des Polizisten strich wieder über das rote Boot.

»Nein, das hier ist das Boot meines Freundes. Ich konnte mich all die Jahre nicht davon trennen.«

»Was genau ist geschehen?«

Auf dem Heimweg nahm Roberta die Landstraße. Am Himmel ballten sich dunkle Wolken zusammen. Dieser Sommer war eine Katastrophe, nicht auszudenken, wenn das die nächsten Jahre so weiterging. Konnte denn niemand diesem elenden Klimawandel ein Ende bereiten? Ihr Wunsch, einen imaginären Vorhang vor dem Himmel wegzuziehen, nach einem Lichtschalter zu tasten, der doch irgendwo sein musste, wurde immer größer.

Von Weitem leuchtete ihr das knatschblaue Geländer der So-da-Brücke entgegen, vor dem trüben Himmel sah das fröhlich aus. Dort hatte sie Maik nach ihrem ersten gemeinsamen Besuch bei Cindy abgesetzt. Er hatte so verwundbar gewirkt nach Jessikas Tod, damals hätte sie ihn am liebsten in den Arm genommen und nie mehr losgelassen.

Im Auto stand noch die Hitze des Tages, Schweißperlen hatten sich in Robertas Nacken gebildet. Sie sah zum Armaturenbrett, drehte die Lüftung auf. Ein warmer Luftstrom pustete in ihr Gesicht. Sie blinzelte. Die Brücke hatte sie nun fast erreicht. Ihr Schatten verschmolz mit denen der Wolken.

Etwas prasselte auf die Windschutzscheibe. Mehrere Schläge nacheinander, gleichzeitig, ein Trommelfeuer. Glas, weiß wie Schnee.

Und dann nichts mehr.

»Auch mein Freund ist auf dem Wasser geblieben.« Margo berührte leicht das rote Kanu.

Der Polizist schaute sie mitleidig an, aber da lag noch etwas in seinem Blick. Er wollte wissen, wie ihre Geschichte ausging.

»Wir waren alle noch jung, gerade mal um die zwanzig. Es gab ein Unwetter. Ich wollte aussteigen, an Land gehen. Kein vernünftiger Mensch bleibt bei einem Gewitter auf dem Fluss. Aber Ria«, sie machte eine Geste zum Nachbarhaus hin, »Ria wollte unbedingt pünktlich am Treffpunkt sein. Weil sie furchtbare Angst vor den Launen ihrer Mutter hatte. Die wartete nämlich auf uns. Ria ist einfach weitergepaddelt. Und Sven hinterher. Das war doch klar. Er hätte mich nie allein gelassen.«

Sie sah wieder das strömende Wasser vor sich, spürte die kabbeligen Wellen unter dem Bootsboden. Die Bäume am Ufer, die immer schwärzer werden. Sie strecken ihre Äste nach ihr aus. Und Ria hinter ihr im Boot schreit sie an, aus Angst vor ihrer Mutter. Der Wind zerreißt ihr Rufen, treibt den bunten Ball vom Ufer weg und vor dem Boot her. Und dann das andere Bild. Svens Boot, das kopfüber auf dem Wasser treibt, gefangen zwischen toten Ästen.

»Ria war schuld«, sagte Margo fest. »Es war alles allein ihre Schuld. Sie hat mich angetrieben. Wären wir Sven nicht davongefahren, würden wir *alle* noch leben.«

So war Sven gestorben, und ein Teil von ihr mit ihm. Fast stumpfsinnig hatte sie weitergelebt, war sogar kurz in Therapie gewesen. So depressiv und teilnahmslos war sie geworden.

»Jahre später hatte ich ein kurzes Verhältnis mit einem anderen Mann und wurde schwanger. Mein Sohn hat mich Ria für eine Weile vergessen lassen.«

»Doch als Ihr Sohn beim Paddeln starb, ist die ganze Geschichte wieder hochgekommen.«

Der Polizist wählte schon wieder die falschen Worte. Diesmal klangen sie zu banal.

»Nein, was passiert ist, war immer da. Und ist es noch. Sven und sein sinnloser Tod im Gewitter …« Sie stockte. »Doch unser Sohn, dass ich den auch noch verlieren musste, das war zu viel.«

Mein Sohn, verbesserte sie in Gedanken. *Unseren* Sohn wollte ich in ihm sehen. Das war falsch. Aber es hat mich getröstet.

»Und dann sind Sie hierhergezogen …«

»Ich fand heraus, wo Ria wohnte. Immer noch bei ihrer Mutter, der Hexe. Und immer noch gehorsam kuschend. Ich lauerte ihr auf, sah sie in ihrem Garten hantieren. Und dann wurde dieses Haus hier frei.« Margo blickte sich um. »Das war kein Zufall. Das war ein Fingerzeig.«

»Was hat Ria Raven denn gesagt, als Sie neben ihr einzogen?«

»Paddel, los, paddel!« Margo musste lachen. »Nein, das hat sie natürlich nicht gesagt. ›Oh, wie schön, jetzt sind wir Nachbarinnen‹, hat sie gesagt. ›Komm doch mal rüber zum Tee.‹«

»Und? Haben Sie Tee miteinander getrunken?«

»Sicher.«

»Und dann hat Ria Raven Ihnen erzählt, dass der Abfluss in ihrem Waschhaus kaputt war.«

»Nicht so schnell.«

Das Ganze hatte sich langsam entwickelt.

Erst später hatte Ria ihr von dem defekten Abfluss erzählt. Als sie zum ersten Mal davon anfing, war es sogar an Margo vorbeigerauscht.

Sie hatte Ria auch nicht gleich ins Wasser schicken wollen. Mehr so beobachten. Ihre Gefühle an ihr abarbeiten, indem sie sie ansah und sich sagte, was für ein Stück Mist sie doch war. Irgendwann, davon war sie ausgegangen, musste das langweilig werden. Wie wenn man auf ein Kind wütend war, es schlagen, ja, schütteln und würgen wollte. Nach einer Weile kühlten sich die Gefühle ab, die Seele geriet in ruhigere Bahnen, und das Kind fing an, einem leidzutun. Man wollte es in den Arm nehmen, so wie man selbst gern in den Arm genommen werden würde.

Und alles wurde wieder gut.

Aber so war es mit Ria nicht gewesen. Je öfter sie mitbekommen hatte, wie Ria vor ihrer Mutter kuschte, ins Haus rannte, wenn die Alte rief, jedes Mal wenn sie gebückt den Wäschekorb aus dem Waschhaus trug, diese devote Haltung selbst beim Aufhängen der Wäsche … Jedes Mal waren ihre schwarzen Gedanken stärker geworden. Und auch ihre Selbstvorwürfe. Dass sie sich Ria nicht widersetzt hatte, dass sie nicht darauf bestanden hatte, an Land zu gehen, dass *sie* devot gewesen war wie Ria sonst gegenüber ihrer Mutter. Und all diese Gedanken und Gefühle hatten sich aufeinandergeladen und waren zu einer dunklen Flut angeschwollen.

Dann hatte sie den Schlüssel gefunden. Sie war durch die Hecke geschlüpft und hatte ihn aufgehoben. Das war wie ein Reflex gewesen. Sie hatte den Schlüssel in ihre Hosentasche gesteckt. Hatte sich ausgemalt, wie sie Ria in ihrem Waschhaus einsperren und dort verhungern lassen würde. Ihre Phantasien waren immer kühner geworden, und der Schlüssel in ihrer Hosentasche hatte sich immer wärmer angefühlt.

»Okay, dass der Abfluss kaputt war, war ja wohl im ganzen Dorf bekannt.« Der Polizist rückte sein Holster zurecht. Eine kleine, unauffällige Bewegung. Er dachte wohl, dass sie das nicht sah. »Aber woher wussten Sie so genau, wann es ein schweres Unwetter geben würde? Ist die Vorhersage vom Wetterdienst so exakt?«

»Ich habe mir den Himmel angesehen«, sagte Margo. »Sven hat mir beigebracht, die Wolken zu lesen. In der Woche zuvor war schon einmal Wasser aus dem Gully hochgekommen, nur nicht so viel. Es war ganz einfach.«

»Und als das Unwetter tatsächlich einsetzte, haben Sie Ria Raven in die Waschküche gestoßen«, sagte der Polizist.

»Aber nein!« Margo lachte laut auf. »So billig doch nicht. Ich habe ihr befohlen, in die Waschküche zu gehen. Mit der scharfen Stimme ihrer Mutter habe ich sie hineingeschickt. Und in ihrer Überraschung wollte Ria blind gehorchen. Schließlich war sie gewöhnt zu kuschen.«

»Dann ist sie da drin an Unterkühlung gestorben? In dem kalten Abwasser? Sie hätte sich doch auf die Waschmaschine retten können.«

Margo schüttelte den Kopf.

Ria war auf den Stufen stehen geblieben und hatte sie böse angefunkelt. »Ich weiß, was du vorhast«, wisperte sie. »Du willst mich hier einsperren und absaufen lassen. Aber sei vorsichtig. Dein Sven wäre es nicht wert. Nicht nach all den Jahren. Und auch so nicht. Er hat seine Freiheit mehr geliebt als dich.«

»Was sagst du da?« Sie war wie gelähmt gewesen. Konnte das sein? Vage Erinnerungen stiegen in ihr hoch. Die lockeren Zeiten. Die Sprüche damals.

Wer zweimal mit derselben pennt.

»Ich hatte ihn auch.« Ein herausfordernder Blick. »Den Sonntag zuvor, als du bei deinen Eltern warst. Das Flussufer roch nach frischer Wiese, das Gebüsch, in dem wir lagen, war wie ein Zelt.«

Bilder hatten sich vor Margos Lider geschoben. Feuchtes Gras, Tauperlen auf den Halmen. Sie hatte sie mit Sven gezählt.

»Und wenn schon, dann hat es ihm nichts bedeutet«, hatte sie geschrien. »Es hat ihm nichts bedeutet mit dir.«

»Wenn du meinst.« Ein gurrendes Lachen. »Jedenfalls bin ich damals nur so schnell gepaddelt, weil ... Ich wollte ihm halt imponieren.«

Da hatte Margo nach dem Paddel gegriffen. Sie hatte es zuvor an die Außenwand der Waschküche gelehnt. Nur zur Sicherheit. Für den Fall, dass Notwehr erforderlich werden würde.

»An Ria wollte ich mir die Hände nicht schmutzig machen«, sagte Margo. »Svens Paddel hat sie in ihre Waschküche gestoßen.«

Roberta kam aus einer tiefen Dunkelheit zu sich. Ihr Kopf dröhnte, Blut lief ihr in die Augen. Ihr Handgelenk schmerzte. Mit ihrem rechten Fuß stimmte etwas nicht. Er war taub, wie abgeklemmt. Sie blinzelte, schaute nach ihrem Fuß. Wischte sich das Blut mit dem Handrücken von der Stirn und aus den Augen. Es roch süßlich nach Eisen. Ein Würgen kroch ihre Kehle hoch. Sie kämpfte es hinunter. Hinter ihren Augen ein

Stechen. Ihre Hand tastete nach der Fahrertür, erwischte den Griff. Die Tür klemmte. Sie ruckelte daran. Nichts. Noch mal. Sie schmiss sich dagegen und fiel aus dem Wagen.

Die nächste Schmerzwelle. Diesmal die Schulter.

Mühsam rappelte sie sich hoch. Humpelte ein paar Schritte vom Corsa weg. Den rechten Fuß konnte sie vergessen, jeder Schritt brannte, als würde sie in aufgestellte Messer treten.

Sie fluchte.

Dann schleppte sie sich zurück zum Wagen. Der Corsa war gegen einen Pfeiler gekracht, die vordere Stoßstange in der Mitte eingeknickt, die Motorhaube sah aus wie ein aufgesperrtes Maul. Die Windschutzscheibe war weiß. Mit den Fingern fuhr sie tastend über das Glas. Es war mit kaputten Stellen übersät und von hellen Sprüngen durchzogen. Sie fühlten sich kalt an. Und nass.

Roberta keuchte. Da war Eis in der Rinne vor der Windschutzscheibe.

Hagelkörner. Sie begannen bereits zu schmelzen.

Das Handy des Polizisten summte. Margo sah, wie seine Hand zur Jeanstasche fuhr, dann hielt er in der Bewegung inne. Das Gespräch mit ihr war ihm wohl wichtiger als jeder Anruf. Wie gut das tat.

»Hat Ria Raven denn nicht um Hilfe gerufen, als Sie mit dem Paddel auf sie losgegangen sind?«, fragte er.

»Nein, das konnte sie nicht mehr.« Sie war die Stufen hinuntergestolpert und mit einem dumpfen Platschen auf dem Betonboden aufgeschlagen. Das Wasser war aufgespritzt, knöcheltief hatte es schon in der Waschküche gestanden, wie ein Geysir schoss es noch immer aus dem Abfluss hoch und verschaffte sich in rasantem Tempo Platz. Ria hatte sich nicht mehr bewegt. »Und wenn schon«, setzte Margo hinzu. »Die Häuser liegen weit auseinander. Der Nachbar auf der anderen Seite steht zwar ständig hinter der Gardine, aber er hört nicht mehr gut. Rias Mutter war im Krankenhaus und Cindy ebenfalls.«

Wieder ein Summen. Diesmal zog der Polizist sein Handy

hervor. Er wischte darauf herum, las eine Nachricht. Runzelte besorgt die Stirn.

»Und Ihre ausgedehnte Busreise, hatten Sie die zu diesem Zeitpunkt schon geplant?« Er wirkte nun angespannt, redete schneller.

»Nicht doch.« Margo schnalzte mit der Zunge. »Ich bin erst einmal ins Blaue hinein weggefahren. Die Idee mit der Busreise ist mir erst unterwegs gekommen.«

Es hatte sie selbst erschreckt, dass sie Ria in das Waschhaus gestoßen hatte. So real hatte es gar nicht werden sollen. Es war aufregend gewesen, sich auszumalen, wie Ria da drinnen leiden würde, nass und kalt und eingesperrt. Seit Margo den Schlüssel gefunden hatte und von dem defekten Abfluss wusste, hatte sie die Szene in Gedanken weiter ausgefeilt. Bei jedem Blick in den regenverhangenen Himmel waren ihr neue Details eingefallen.

Als es dann endlich so weit gewesen war, hatte sie nicht so sehr an den Tod gedacht. Nur daran, dass sie Ria jetzt mal so richtig piesacken könnte. Doch ihre Phantasien und die Realität waren näher und näher aneinandergerückt. Und dann, ja dann hatte Ria ihr von sich und Sven erzählt. Und die Trennscheibe zwischen den genüsslichen Phantasien und der Wirklichkeit war zerbrochen.

Eine Weile hatte sie noch im Sturzregen vor dem Waschhaus gestanden. Hatte ihr Ohr immer mal wieder an die Tür gelegt, um herauszufinden, was sich drinnen tat.

Stöhnte Ria? Weinte oder klagte sie?

Margo hatte nur Wasserrauschen gehört. Den Regen, der aus den Wolken herunterprasselte. Und das Abwasser, das aus dem Gully hochgurgelte. Das Letzte, was sie vor Augen gehabt hatte, durch das Fenster ins Innere des Waschhauses blickend, war Rias dürrer Körper, der reglos in den Fluten lag. Ihr Rock mit dem hässlichen Kittelschürzenmuster war aufgebläht wie ein Segel.

Jetzt stirbt Ria im Wasser, hatte sie gedacht und nichts dabei gefühlt.

Sie war sich vorgekommen wie in einem Kinofilm, den sie

schon kannte. Sie wusste, was in dieser Sequenz der Handlung geschah, aber sie war nur eine Zuschauerin, der das Drehbuch gefiel. Bis ihr klar geworden war, dass es *ihr* Drehbuch war und dass sie die Macht hätte, es jederzeit umzuschreiben. Aber da hatte sie die Tür nicht mehr aufmachen wollen.

Sie war ins Haus gegangen, hatte ihre Zahnbürste in ihre Reisetasche geworfen, etwas Wäsche, das Nachthemd, das sie nur einmal angehabt hatte. In ihrer Handtasche waren ihr Ausweis, ihre Kreditkarten und ein wenig Geld.

Sie war zu Fuß zum Bahnhof gelaufen und hatte die S-Bahn nach Frankfurt genommen. Die Anzeigetafel im Hauptbahnhof zeigte ratternd einen Zug nach Freiburg an. Freiburg, da hatte sie mit Sven hingewollt. Nach dem Sommersemester, in dem er gestorben war. Es hatte nicht sein sollen. Freiburg, eine Studentenstadt, damals und immer noch. Sie hätten es dort schön haben können.

Sie war in den Zug gestiegen und hatte die ganze Fahrt über geweint.

In Freiburg war sie in einem preiswerten Hotel in der Nähe des Bahnhofs abgestiegen. Dort hatte sie die meiste Zeit im Bett verbracht. Einmal hatte sie sich auf den Markt und ins Münster getraut, einmal in eine Kneipe und ein andermal in ein Café. Bis sie auf die Idee gekommen war, diese Busreise anzutreten. Den Flyer dazu hatte sie in dem Café gefunden.

Lust zum Reisen hatte sie nicht verspürt. Und sie hatte sogar schon überlegt, wieder nach Hause zu fahren. Aber ihr war klar gewesen, dass es zu früh dafür war. Sie hatte erst abwarten müssen, bis Gras über die Sache gewachsen war.

»Nur der Hund tat mir leid«, sagte sie leise. »An den hatte ich einfach nicht mehr gedacht.«

24

»So eine Scheiße.« Roberta presste den Stoff fester gegen ihre blutende Stirn, mit der freien Hand suchte sie an der offenen Fahrertür Halt.

»Lass sehen. Was ist das überhaupt für ein Lappen? Ist der steril?« Bär zog ihre Hand von der Wunde weg.

»Mein Ersatz-T-Shirt«, sagte Roberta. »Lag im Wagen. Frisch gewaschen.«

»Na, immerhin.« Bär besah sich die Wunde mit fachmännischem Blick. »Ein kleiner Riss unter der Braue. Das blutet wie Sau, der Klassiker beim Boxkampf. Sieht aber schlimmer aus, als es ist. Und sonst?«

»Mein Fuß tut weh. Und mein Handgelenk auch.«

»Das ist doch eine erträgliche Bilanz. Was genau ist passiert?«

»Vom Himmel kam wieder Hagel herunter.« Sie versuchte ein Grinsen. »Genau gesehen hab ich es nicht. Ich kann mich nur noch an das blaue Geländer erinnern. Es sah so schön aus.«

»Kleine Träumerin.«

»Diesmal haben wir aber Indizien.« Sie humpelte zur Heckklappe und öffnete sie.

Bär sah in den Kofferraum. »Warum fliegen hier Tiefkühlpizzen herum?«, fragte er. »Das Zeug wird dir doch schlecht.«

»Ich brauchte die Isoliertasche für was anderes.« Sie zog die Tüte vom Supermarkt hervor und ließ Bär hineinschauen. »Das habe ich aus dem Wasserablauf der Windschutzscheibe gefischt. Kleine Murmeln aus Eis.«

»Hagelkörner?«

»Die fielen nicht vom Himmel«, sagte Roberta. »Hagelschlag auf einem so begrenzten Raum gibt es nicht.«

»Wir kriegen raus, was das war«, meinte Bär.

»Der Notarzt muss auch gleich hier sein. In meinem ersten Schrecken habe ich die 110 gewählt.«

»Und ich dachte schon, du hast zuerst an mich gedacht.« Er lachte.

Roberta lächelte schwach zurück.

Er nahm ihr das T-Shirt ab und betupfte ihre Wunde. »Sieht schon besser aus. Schaffst du es auf die Brücke?«

»Keine Ahnung.« Ihr Fuß tat so weh. Und die Brücke war hoch. Sie wollte nicht noch einmal über ein Geländer hinweg in die Tiefe starren und gegen ihre Höhenangst ankämpfen müssen. Das unterirdische Wasserreservoir in Rotterdam hatte ihr gereicht.

»Willst du es versuchen?«

»Ja, vielleicht.«

Bär fasste sie unter und half ihr über die Straße. Gemeinsam kletterten sie die Anhöhe zu der Umgehungsstraße hoch, die über die Brücke führte. Mal zog Bär sie, mal stützte er sie.

Oben angekommen, atmete Roberta auf. Es war nicht so schlimm, wie sie befürchtet hatte. Die Brücke wirkte viel stabiler als der Steg über dem Wasserbecken in Rotterdam. Und sie konnte den Blick in die Ferne richten. Statt in einen Abgrund sah sie über eine weite Ebene hinweg. Die Landstraße schnitt durch Wiesen und Felder, weiter weg lag Plittersheim.

Vor den Regenwolken, die nun wie schwarzer Rauch über den Himmel glitten, hob sich das blaue Geländer leuchtend ab. Es war nicht nur sehr hoch, es reichte auch tief auf die Brücke hinunter, zwischen Straßenbelag und unterster Strebe war nur eine Handbreit Platz. Vermutlich diente das der Sicherheit, genauso wie die eng beieinanderstehenden Stäbe.

»Wenn hier oben jemand steht, kann man ihn von der Straße aus kaum sehen«, sagte Bär.

Roberta nickte. »Schon gar nicht, wenn er etwas Blaues trägt.«

Bär ging in die Hocke und betrachtete den Belag genauer. In der Mitte der Brücke gab es eine kleine feuchte Fläche. Sie ähnelte einer fast vollständig getrockneten Pfütze. »Hier kann vor Kurzem etwas Nasses gelegen haben.«

»Na ja«, meinte Roberta. »Vielleicht hat da auch nur ein

Jogger seine Wasserflasche ausgeleert, weil ihm der Inhalt zu warm geworden ist.«

Bär zog sein Handy hervor und machte ein paar Fotos, dann war er wieder bei ihr.

Roberta blinzelte auf die Straße hinab. Unter der Brücke hielt ein Dienstfahrzeug der Verkehrspolizei vor ihrem Corsa. Als der Fahrer ausstieg, stieß Bär sie sanft in die Seite.

»Das ist der Kollege, der auch den Unfall von Agnes Raven aufgenommen hatte. Frank Reimer.«

Sie gingen zurück zum Wagen. Roberta wollte den Hang allein hinunterlaufen, aber ihr Fuß streikte. Wieder musste sie sich von Bär helfen lassen. Sie atmete gegen die Schmerzen an.

»Unfassbar, was?«, begrüßte Reimer sie auf der Straße. »Hier ist doch gerade erst die Agnes verunglückt.« Sein Blick pendelte zwischen dem Autowrack und der Brücke hin und her.

»Ja. Irgendwas ist hier mächtig faul«, meinte Bär.

»Der Abschleppdienst ist unterwegs«, sagte Reimer. Es klang fast tröstend.

Ein Martinshorn näherte sich. Roberta fragte sich, seit wann Abschleppdienste Sirenen benutzten. Dann sah sie, wie ein Krankenwagen an der Straße hielt. Zwei Sanis sprangen heraus, zogen eine Trage aus der Heckklappe und eilten damit auf sie zu.

Roberta hob abwehrend die Hände. »Mit mir ist alles in Ordnung.«

»Falscher Alarm?« Die Sanis sahen sich suchend um.

»Nein«, sagte Roberta. »Ich hatte einen Unfall, und ich habe Sie auch gerufen. Gott sei Dank ist es aber nicht so schlimm, wie ich dachte. Sie könnten allerdings zu einer Mordermittlung beitragen.«

Sie humpelte zu ihrem Corsa, zog die Isoliertüte mit den Hagelkörnern hervor. Ein einzelnes Hagelkorn fischte sie heraus und wickelte es in ein Tempotaschentuch. Dann winkte sie die Sanis heran und übergab ihnen die Tüte. »Bringen Sie das hier so schnell wie möglich …«

»Ins Polizeipräsidium.« Bär hatte die Aktion mit Interesse

verfolgt und stand nun neben ihr. »Zu Heinz Becker vom K11. Er soll in der KTU eine Untersuchung veranlassen.«

»Ja, kennt ihr euch überhaupt mit Hagel aus?«, fragte Roberta.

Bär sah sie kopfschüttelnd an, dann wandte er sich wieder an die Sanis. »Ins K11. Und ja, meinetwegen … Wenn die KTU nicht weiterkommt, sollen sie den Wetterdienst um Amtshilfe bitten.«

In Bärs Wagen drehte Roberta den Rückspiegel zu sich und inspizierte ihre Wunde. »Es blutet kaum noch. Wir sollten jetzt zu Maik fahren.«

Bär sah sie erstaunt an. »Wie kommst du jetzt auf Maik Herres?«

Roberta faltete das Tempo auseinander. Es war nass vom Schmelzwasser des Hagelkorns, das aber immer noch die Größe einer Haselnuss hatte. Mit zwei Fingern hielt Roberta es gegen das Tageslicht. »Das hab ich eben als Souvenir abgezweigt. Siehst du die Struktur? Fast durchsichtig, kaum Lufteinschlüsse, keine Ringe. Das ist gefrorenes Leitungswasser. Fahr los, was du sonst noch wissen musst, erzähle ich dir unterwegs.«

»Moment. Ich schicke schon mal Verstärkung vor Herres' Haus.«

Ein kurzes Telefonat. Dann das Klicken der Anschnallgurte, ein Aufjaulen des Motors.

»Jemand könnte von der Brücke herab einen Kübel Eiswürfel auf meinen Wagen geschüttet haben«, begann Roberta.

»Über das Geländer kann man schlecht etwas kippen«, gab Bär zu bedenken, »dafür ist es zu hoch. Und darunter ist nicht viel Platz. Aber man könnte Eis auf den Boden vor das Geländer schütten und es dann mit Schwung darunter weg auf die Straße fegen.«

»So ähnlich stelle ich es mir auch vor.«

»Aber wie kommst du nun auf Maik Herres? Du warst doch vorhin noch bei ihm. Ich habe deinen Wagen an der Straße stehen sehen, als ich die Nachbarin befragte.«

»Ich war dort, um ihm zu sagen, dass seine Großmutter nicht von einem natürlichen Hagelschlag getötet worden sein kann. Aber er reagierte ganz sonderbar. Cindy sagte etwas von wegen Jagdbeute in der Tiefkühltruhe. Ich glaubte, dass Maik auf die Jagd ginge, und schloss daraus … Er hat mir neulich erzählt, dass seine Großmutter ihn und seine Schwester früher gequält hat.«

»Maik Herres wurde von seiner Großmutter gequält?«

»Als Kind und als Jugendlicher. Er leidet heute noch darunter. Wenn er ein Kind sieht, dem ein Unrecht geschieht, kommt alles wieder hoch. Es muss furchtbar gewesen sein. Ich dachte zuallererst, er habe sich mit einer Ladung Schrot dafür gerächt. Aber es war wohl eher ein Kübel Eis.«

Bär schwieg und starrte auf die Landstraße.

Ein Radfahrer war ihnen im Weg. So, wie er in die Pedale trat, trainierte er für das Radrennen »Rund um den Finanzplatz Eschborn-Frankfurt«. Bär schaltete einen Gang runter und überholte den Sportler.

»Das passt«, sagte er. »Oben auf der Brücke war diese feuchte Stelle. Da könnte es passiert sein. Denkst du, er ist zu Hause?«

»Zumindest habe ich ihn da zurückgelassen.«

»Ja, wie jetzt? Wenn er noch im Haus war, als du weggingst, kann er doch nicht auf der Brücke gestanden haben, als du drunter durchfuhrst. Dazu fehlte ihm dann wohl die Zeit.«

»Ich habe noch eingekauft«, sagte Roberta. »Er hatte Zeit genug.«

»Aber woher konnte er das wissen?«

»Ich habe ihn nach dem Weg zum Supermarkt gefragt. Aber es gibt einen anderen Fehler in der Rechnung. Maik hat kein Auto, er hat immer nur das von seiner Großmutter benutzt.«

»Vielleicht konnte er den Weg zu Fuß machen. Es könnte eine Abkürzung geben, über die Felder.«

Roberta beugte sich über ihr Smartphone. Eine Weile wischte und tippte sie darauf herum, kämpfte gegen aufsteigenden Schwindel an. Endlich fand sie die passende Karte.

»Stimmt. Die Straße macht einen großen Bogen. Über einen Feldweg wäre er zu Fuß rasch da gewesen. Er hätte das Eis auch mit dem Fahrrad transportieren können.«

Ein Mann mit kinnlangen blonden Haaren, der unter einem regengrauen Himmel auf einem Fahrrad unterwegs ist, rechts und links Isoliertüten vom Supermarkt am Lenker.

Niemand hätte auf ihn geachtet.

»Die Tiefkühltruhe steht im Keller von Agnes Raven«, sagte Roberta. »Sie ist abgeschlossen. Ich bin sicher, dass du darin passende Eiswürfel findest.«

Vor dem Haus der Ravens blieb Roberta im Wagen sitzen. Sie sah Bär durch den Garten auf das Haus zugehen, wenig später fuhren seine Kollegen vor und nahmen denselben Weg.

Roberta wartete.

Als die Polizisten wiederkamen, hatten sie Maik in ihre Mitte genommen. Sie führten ihn zum Auto, nahmen ihm die kleine Tasche ab, die er umklammerte, und stellten sie in den Kofferraum. Sie drückten seinen Kopf herunter, als er einstieg. Maik ließ es geschehen.

Bär klopfte an Robertas Scheibe und hielt den Griff einer Hundeleine hoch. Er hatte Bello bei sich, Maiks schwarzen Schäferhund. Bär öffnete den hinteren Schlag. »Los, rein mit dir.« Der Hund stieg widerstandslos auf den Rücksitz und legte sich ab. Autofahren schien er zu kennen, vermutlich hatte Maik ihn auch des Öfteren im Wagen mitgenommen. Oder Oma Mutti. Bär umkreiste den C-Max und ließ sich auf den Fahrersitz fallen. »Der arme Hund hat jetzt niemanden, ich gebe ihm ein paar Wochen Asyl.«

»Was ist denn mit Cindy?«

»Die war nicht da. Herres sagt, sie ist wieder im Krankenhaus.«

»Wie ist sie denn da hingekommen?«

»Mit einer Krankenfahrt.«

»Wo bringt ihr Maik hin?«

»Erst mal zur Untersuchungshaft nach Preungesheim.«

»Was?«

Bello hechelte auf dem Rücksitz und verströmte seinen Hundeatem.

»Keine Angst, Maik geht es dort gut. Da hat er einen Fitnessraum und ein Basketballfeld. Und Cindy, na, die ist im Krankenhaus vorerst auch gut aufgehoben. Jedenfalls viel besser als zu Hause. Herres wird sich nicht so schnell wieder um sie kümmern können. Mord an seiner Großmutter, Mordversuch an dir. Man wird sehen.«

Roberta rutschte tiefer in den Sitz.

Maiks eigenartiges Verhalten, als die Mutter auf der Zeil ihr Kind gequält hatte. Seine Lethargie und sein Schweigen in der letzten Zeit. Das alles hatte sie verstört, und bei seinem Wutausbruch vor der Tiefkühltruhe war Angst in ihr aufgestiegen. Dabei hatte sie sonst nur gute Erinnerungen an Maik. Seine unbekümmerte Art, Gewitter zu fotografieren. Seine Selbstverständlichkeit im Umgang mit technischen Dingen. Sein Wissensdurst. Was er allein über die Schwimmtanks im Rotterdamer Hafen erzählen konnte.

Oder über das Wetter.

25

»Mensch, Chrissi, du hast ja einen Hund.« Amelie stand im Hausflur und schien nicht zu wissen, wen sie zuerst begrüßen sollte.

Bär lachte. Seine Nichte wollte bei ihm übernachten, und als er ihr öffnete, war der Hund vor ihm an der Wohnungstür gewesen.

»Wo ist denn Lara?«, fragte er.

»Schon wieder weitergefahren. Sie hat mich nur schnell auf der Straße rausgelassen. Ist das etwa Asta?«

»Asta, ja.« Bär machte eine einladende Geste in Richtung seines Wohnzimmers, doch Amelie blieb vor dem Hund stehen.

»Ist er gern hier bei dir?«

»Ich denke schon.«

Dem Köter schien es in Bärs Apartment zu gefallen. Er hatte die alte Decke, die er ihm hingelegt hatte, sofort als Ruheplatz akzeptiert. Auch was das Fressen anging, schien er unkompliziert zu sein. Das Trockenfutter, das Bär in der Tierhandlung besorgt hatte, hatte er vorhin umstandslos angenommen.

»Der beißt doch nicht, oder?«, fragte Amelie.

»Ich glaube nicht.«

»Was ist das überhaupt für eine Rasse? Ein Schäferhund?«

Bär nickte. »Hund im Wolfspelz, so in der Art.«

»Mensch, Chrissi, den behalten wir aber.« Amelie kniete sich auf den Boden und schlang die Arme um den Hundehals. Astas Sabber tropfte auf ihr rosa T-Shirt.

»Wir?« Bär zog eine Braue hoch. »Ich weiß nicht, Amelie, ich wollte ihn nur eine Weile in Pflege nehmen, weil seine Besitzer sich nicht um ihn kümmern können.«

»Um Asta? Warum denn nicht?«

»Frauchen ist krank«, improvisierte Bär. »Und Herrchen sitzt im Knast.« Das war ihm so rausgerutscht.

»Im Gefängnis? Was hat er den angestellt?« Amelie schnellte vom Boden hoch, sie straffte ihren Körper und schaute ihn alarmiert an.

»Nichts Schlimmes«, log Bär. »Er ist auch nur in Untersuchungshaft, nicht im richtigen Gefängnis.«

»Ach so. Wollen wir mit Asta spazieren gehen?« Amelie schubste ihren Rucksack in eine Ecke des Flurs. Der Hund schien sie verstanden zu haben, er sprang an der Wohnungstür hoch und fiepte.

»Geht klar.« Bär griff nach der Hundeleine, die an seiner neuen Garderobe hing. Endlich hatte er mal in ein Flurmöbel investiert. Ein auf alt getrimmtes Stück im Shabby-Style, das etwas mehr Gemütlichkeit in sein gradliniges, modernes Apartment bringen sollte. Er hatte die Schuhschachtel von einer Eigentumswohnung vor gut zwei Jahren gekauft, als die Bausparverträge, die seine Großmutter für ihn und Lara angespart hatte, fällig geworden waren. So kam er um die Miete herum.

Ihre Schritte hallten über die Steinfliesen, als sie durchs Treppenhaus liefen, die hellen Geräusche der Hundekrallen mischten sich rhythmisch darunter.

Auf der Straße kam ihnen Roberta entgegen. Ein dickes Pflaster klebte über ihrer Braue, und sie zog kaum merklich den rechten Fuß nach. Amelie stürzte gleich zu ihr hin. Bär nahm Asta an die Leine und wartete ab.

Dann stand sie vor ihm. »Hallo, Christian.«

»Na, wolltest du uns besuchen?«

Sie biss sich auf die Unterlippe, sah ihn unschlüssig an. »Weißt du, mir geht es nicht so gut.« Sie schob die Hände in die Taschen ihrer Jeans.

»Wir wollten gerade einen Spaziergang machen«, sagte Bär. »Du kannst uns ja ein Stück begleiten.«

Roberta nickte. »Sicher, wir können auch unterwegs reden.«

»Hm. Reden.« Er übergab Astas Leine an Amelie, und die beiden liefen los. Es war schwer auszumachen, wer wen mit sich zog.

Bär fasste Roberta unter. »Also?«

»Ich kann immer noch nicht glauben, dass Maik jemandem das Leben genommen hat«, sagte Roberta. »Er wirkt gar nicht wie ein …«

»Mörder?«

»Ja, genau. Es tut mir leid, dass ich dir nicht geglaubt habe, du hattest anscheinend von Anfang an recht. Ich kann mir das alles nur mit seinen frühkindlichen Traumata erklären. Seine Großmutter hat ihn gequält, und seine Mutter hat ihn nicht vor ihr beschützt.«

Bär verlangsamte seine Schritte. Er ließ Robertas Arm los. »Zumindest hat er seine Freundin nicht auf dem Gewissen. Mit der hatte Maik Herres sich oft gestritten. Dazu gibt es Zeugenaussagen. Aber er hat sie nicht umgebracht.«

»Seid ihr sicher?«

»Ich hatte die KTU gebeten, sich den Elektroschocker, der vom Platzwart in den Sanitäranlagen gefunden wurde, noch mal vorzunehmen. Es stellte sich heraus, dass er defekt war. Eine Elektrode hatte eine Macke und bekam nicht mehr den vollen Saft. Keine Ahnung, wie viel Jessika Sommer von Technik verstand und ob ihr das klar war. Maik Herres hatte schon einen neuen Elektroschocker besorgt, den er ihr angeblich schenken wollte, weil er den roten, der aussah wie ein Handy, so albern fand. In den waren aber noch nie Batterien hineingeschoben worden. Es gab keine Schleifspuren im dazu vorgesehenen Fach.«

»Das heißt …«

»Sie hat das Teil selbst in die Sanitäranlagen mitgenommen. Und vermutlich niemals benutzt. Dr. Zimmer lag von Anfang an richtig. Jessika Sommer starb durch einen Blitz.«

Roberta blieb abrupt stehen. »Ein Blitz aus heiterem Himmel, der weiter weg auf der nassen Wiese einschlug. Warum weiß ich das alles noch nicht?«

Bär hob die Schultern. »Weil ich das Ergebnis selbst erst vorhin bekommen habe.« Kurz bevor Amelie bei ihm geklingelt hatte, war die Mail von der KTU eingegangen.

»Aber du hast doch immer gesagt …«

»Ja, das habe ich.« Den Obduktionsbericht von Dr. Zimmer hatte er die ganze Zeit angezweifelt.

»Weil du Maik auf dem Kieker hattest.«

»Nein, weil die Sache mit dem Elektroschocker Ungereimtheiten aufwarf. Aber Herres ist dennoch ein Kotzbrocken. Er streitet sich mit seiner Freundin – vornehmlich über Geld, das ihm fehlt, weil er sich für sein Hobby in Schulden gestürzt hat. Überlässt sie im Gewitter sich selbst, während er sich ins sichere Auto rettet. Er geht neues Kamerazubehör shoppen, da ist ihre Leiche noch nicht kalt. Und in der Vernehmung ist er dann maulfaul und arrogant. Spätestens als ich den zweiten Elektroschocker in seiner Schublade entdeckte …« Und dann das Foto von dir im Gewitter, dachte Bär. In seinem Büro an der Wand. »Da hab ich ihm alles zugetraut.«

»Aber Maik hat seine Mutter auf dem Gewissen?«

Bär sah die Straße hinunter. Amelie hatte Asta losgemacht, sie hielt die Leine, so hoch sie konnte, und ließ den Hund danach schnappen und springen. Für kurze Augenblicke zappelte das Tier in der Luft.

»Nein, auch nicht. Ich wollte es dir längst sagen, aber dann …« Die Ereignisse hatten sich überschlagen. Robertas Unfall, Maiks Festnahme, der Hund. Es war ihm peinlich, dass sie ihm nun alles aus der Nase ziehen musste. Dadurch sah es so aus, als hätte er ihr die teilweise Unschuld ihres Gewitterfotografen vorenthalten wollen. »Maiks Mutter wurde von der Nachbarin in ihrem Waschhaus eingeschlossen. Ich habe den Schlüssel bei ihr gefunden.«

»Die Nachbarin? Deshalb hat dein Auto an der Straße gestanden.«

»Ja. Margo Schneider kannte Ria Raven aus ihrer Jugend und hatte noch eine alte Rechnung mit ihr offen. Fast ein Jahr lang hat sie neben ihr gewohnt, nur um sie zu belauern. Schon schräg.«

»Das ist wirklich … schräg.« Roberta zog das Wort in die Länge. »Aber dass Maik seine Großmutter umgebracht hat, ist sicher?«

»Er hat ein Geständnis abgelegt. Wir haben außerdem jede

Menge Partyeiswürfel in seiner Tiefkühltruhe im Keller gefunden. Murmeln aus Eis, samt passenden Gefrierformen, um sie herzustellen. Und jede Menge Bücher über Wetterphänomene oben im Haus.«

Roberta verzog den Mund.

»Was ist?«, fragte Bär.

»Die Bücher gehören Cindy. Sie hatte ein paar davon im Krankenhaus dabei.«

»Unsinn. Maik Herres' Name steht in den Büchern. Vermutlich hat er seiner Schwester das eine oder andere Buch ausgeliehen, damit sie sich im Krankenhaus nicht langweilt.«

26

In der Klinik hatte sich eine träge Mittagsruhe breitgemacht. Die schweren Fenster hielten die Hitze draußen, nur das gleißende Tageslicht flirrte durch den menschenleeren Flur. Es roch nach Rouladen. Roberta stellte sie sich weich gekocht vor. Dazu gedünstete Kartoffeln und Soße, alles auf einem runden Teller, verteilt auf drei große Fächer.

»Cindy?« Sie schob die Tür zum Krankenzimmer auf und steckte den Kopf hinein.

»Du?« Cindy saß im Schneidersitz auf dem Bett, ein Buch im Schoß.

»Ja, ich wollte wissen, wie es dir geht.« Das stimmte. Und auch wieder nicht. Cindys Genesung stand für Roberta nur an zweiter Stelle. Bärs Hinweis auf die Wetterbücher hatte sie hergetrieben. Seit er ihr gestern davon erzählt hatte, gingen sie ihr nicht mehr aus dem Sinn.

»Bist du es wirklich?« Cindy rutschte im Bett zurück. »Geh weg, ja? Geh weg.«

»Warum, was ist denn?« Robertas Stimme klang rau.

»Du bist schuld«, flüsterte Cindy. »Du wolltest über unsere Familie in der Zeitung schreiben. Und über Maik. Das durftest du nicht, ich musste das verhindern. Und nun haben sie Maik mitgenommen.«

»Schsch.« Roberta trat an Cindys Bett heran. Sie nahm ihr das Buch aus dem Schoß und las den Titel. »Wetterkunde: Das Standardwerk«. »Du weißt schon, wie ein Hagelkorn aussieht?«, fragte sie leise. »Unter dem Mikroskop, meine ich.«

»Ja, natürlich.« Über Cindys Gesicht huschte ein Lächeln.

»Und Partyeis aus der Gefrierform sieht ganz anders aus. Gar nicht wie Hagelkörner. Stimmt's?«

»Ja, aber sie schmelzen sehr rasch. Vor allem im Sommer.«

»Nicht immer. Ich habe ein paar von denen, die du auf mein Auto geworfen hast, aufheben können.«

»Was?« Cindy begann zu lachen. »Wie hast du das denn gemacht?«

Roberta ging nicht darauf ein. »Wie hast *du* es gemacht? Hast du mit den Formen über Monate hinweg kleine runde Eiskugeln produziert und in der Tiefkühltruhe gesammelt? Es lagen noch genug darin, als ich die Truhe aufmachen wollte, nicht wahr? Ausreichend viele, um auch mir welche aufs Auto zu werfen. Und dann, während ich noch mit Maik sprach, bist du über den Feldweg zur Brücke gerannt. Wie hast du das Eis transportiert?«

Cindy schwieg.

»Nun komm schon, wir kriegen es eh raus.«

Sie schwiegen beide.

Endlich füllten sich Cindys Augen mit Tränen, und Roberta war sich sicher, dass ihr Widerstand gerade brach.

»In einem Bottich, das war mühsam. Ich brauchte beide Hände dafür. Und ich musste ihn unterwegs oft absetzen, weil er so schwer war.«

»Maik ist für dich ins Gefängnis gegangen. Er hat deine Schuld auf sich genommen. Habe ich recht?«

Cindy nickte kaum merklich. »Als ich von der Brücke zurückkam, stand er vor der Tiefkühltruhe und verlangte den Schlüssel von mir. Da habe ich ihm alles erzählt.« Sie zog an ihrem Gummiband, dass es schmerzen musste, und ließ wieder los. »Nicht erst in meiner Therapie habe ich begriffen, dass Oma Mutti uns all die Angst eingejagt hat. Wir haben beide dagegen angekämpft, jeder auf seine Weise. Maik hat es mit seiner Fotografie mit dem Gewitter aufgenommen. Das hat ihn stark gemacht. Aber ich … ich hatte immer nur Angst. Daran war sie schuld. Und Mama, sie hat sich nie für uns eingesetzt, uns nie beschützt. Ich hab's nicht mehr ausgehalten. Und dann kamst du und wolltest alles herausfinden und darüber in der Zeitung schreiben. Was sollten denn die Leute von uns denken? Wir wären doch die Letzten gewesen. Davor wollte ich Maik beschützen.«

»Eine gewisse Logik hat das immerhin.« Robertas Finger spielten auf der Bettdecke mit dem Wetterbuch. Vor Anspannung hatte sie ein Eselsohr in eine Seite gefaltet. Sie bog es gerade, doch ein hässlicher Knick blieb zurück.

»Maik hat gesagt, ich müsste sofort wieder ins Krankenhaus, und hat mir ein Taxi bestellt. Ich soll erst mal runterkommen und gesund werden, hat er gesagt. Er würde das schon machen. Und er würde sowieso nicht lange im Gefängnis sein.«

»Puh.« Roberta schlug das Wetterbuch zu. Und wieder auf. Auf dem Deckblatt hatte Maik seinen Namen eingetragen. In Schönschrift und mit Tinte. »Dann wollen wir mal dafür sorgen, dass Maik recht hat und ganz schnell wieder aus dem Knast rauskommt.«

Noch auf dem Parkplatz rief Roberta Bär im Dienst an.

»Maik ist unschuldig, Christian. Es war Cindy, sie hat mir gerade alles gestanden.«

»Roberta? Was sagst du da?«

Es gab eine Gesprächspause, die sich anhörte wie die Stille in einem Krater. Es klang grässlicher als das beinahe lautlose Rauschen in dem schwarzen Bassin in Rotterdam.

»Bär?«

»Ja.«

»Was ist denn bei dir los?« Im Hintergrund hörte sie jetzt Beckers Stimme, Bello knurrte. »Hast du etwa den Hund bei dir im Präsidium?«

»Das ist nur für heute. Er kennt meine Wohnung noch nicht gut genug, um ihn allein zu lassen«, sagte Bär abwesend. »Und er verhält sich artig. Becker hat schon vorgeschlagen, ihn zum Polizeihund auszubilden.«

»Den alten Knaben?« Robertas Nacken begann zu kribbeln. Bär erzählte ihr dummes Zeug. Und seine Stimme klang falsch. »Nun sag schon, was los ist.«

»Maik ist tot, Roberta. Er hat sich in seiner Zelle umgebracht. Irgendwie hat er es geschafft, sich die Pulsader der Länge nach aufzureißen. Mit so einem kleinen Schraubenzieher, den er für seine Kamera benutzte. Er hatte ihn in seiner elektrischen Zahnbürste versteckt.«

»In seiner Zahnbürste?«

»Ja. Im Batteriefach. Die Batterien hatte er vorher rausgenommen. Das muss er gemacht haben, bevor wir ihn festnahmen und ihm erlaubten, ein paar Sachen und Waschzeug einzupacken. Sonst hätten wir es bemerkt, er war ja keinen Moment allein.«

Das hatte er gemeint, als er Cindy sagte, er würde nicht lange im Gefängnis bleiben.

Roberta war, als prallte ihr Wagen noch einmal gegen den Pfeiler. Eis und Hagel stürzten auf sie herab, es regnete Glassplitter. Die Tiefe des Regenreservoirs weitete sich schwarz unter ihr, bereit, sie zu verschlucken. Gleißendes Licht zerriss den Himmel.

Bleib so, hörte sie Maik sagen, *nicht bewegen*.

Sie schmetterte ihr Smartphone mit solcher Wucht an die Wand, dass es zerbarst.

27

Bär hatte seinen Wagen auf der Feuerwehrstraße abgestellt. Jetzt stand er vor dem großen Gatter, das den Hof absperrte. Rundum Gebäude. Garagen und Büros. Im Hof Löschfahrzeuge, die kleineren mitten im Hof, die großen ließen sich hinter den halb offenen Toren der Garagen erahnen.

Und alle waren sie blutrot.

Seitlich des Gatters gab es eine gläserne Tür. Bär sah auf die Uhr, er war ein paar Minuten zu früh.

Vor einer Woche hatte Maik Herres sich das Leben genommen. Bär kam nicht darüber weg. Er hatte den Falschen verdächtigt, den Falschen eingesperrt. Der Gefängnispfarrer hatte ihm gesagt, Maik Herres habe vermutlich schon länger depressive Schübe gehabt, und die Gefahr, dass er sich auch ohne Bärs Zutun früher oder später etwas angetan hätte, sei wahrscheinlich groß gewesen. Aber das konnte ihn nicht trösten.

Eine schmale Gestalt trat aus einem der Gebäude in den Hof, wenig später schwang die kleine seitliche Glastür im Haupttor der Feuer- und Rettungswache I auf, und Heike Kern winkte ihm zu. »Nur herein. Ich bin allerdings im Dienst. Wenn ich einen Ruf bekomme, lasse ich Sie stehen und flitze zu meinem Einsatzfahrzeug.«

»Ja, ist in Ordnung.« Sie betraten den Hof. Bär deutete auf die großen Einsatzfahrzeuge in den Garagen. »Fahren Sie die etwa auch?« So klein und drahtig, wie sie vor ihm stand, konnte er sich kaum vorstellen, dass sie diese riesigen Löschzüge durch die Gegend fuhr, Verletzte auf Bahren hievte oder Menschen aus brennenden Dachstühlen befreite.

»Selbstverständlich, was denken Sie denn? Wenn ich es mit einem zu schweren Patienten zu tun kriege, scheuche ich halt die Kollegen herum. Aber Sie sind bestimmt nicht hergekommen, um mich dazu zu befragen.«

»Nein.« Bär lächelte. »Ich bin hier, weil ich noch einmal mit Ihnen über Jessika Sommer reden wollte.«

Sie nickte abwartend.

»Soweit ich weiß, hatte sie oft Streit mit Maik Herres.«

»Ja, das stimmt. Jessika wollte, dass Maik sich von der Familie löste und eine Therapie machte.«

»Maik? Ich dachte, Cindy …«

»Bei Cindy waren die Auswirkungen deutlicher zu sehen, deshalb bekam sie ja auch irgendwann Hilfe. Maik ließ sich nicht so schnell in die Karten schauen. Er fraß immer alles in sich hinein. Nach außen hin wirkte er stark, doch sein einziges Ventil war seine Fotografie. Jessika wollte, dass er sich von seiner Familie befreite.«

»Aber er hatte doch schon Abstand gewonnen und war zu Hause ausgezogen …«

»Das war bereits Jessika zu verdanken. Sie hatte darauf gedrängt, hat die gemeinsame Wohnung gesucht.«

Ein Sonnenstrahl fiel in den Hof, der rote Lack der Löschzüge schien aufzuglühen. Bei einer der großen Garagen wurde das Tor hochgezogen, Männer in dunklen Uniformen versammelten sich vor einem Einsatzplan, der an einer Wand hing. Andere öffneten die Türen des Löschzugs. Hakten Listen ab, riefen sich etwas zu.

»Sie überprüfen das Einsatzfahrzeug.« Heike Kern war seinem Blick gefolgt. »Nach jedem Einsatz muss so ein Löschzug durchgecheckt werden. Wenn man das nächste Mal rausmuss, darf nichts fehlen oder defekt sein.«

Bär nickte. Das Prinzip war ihm bekannt. So viel anders war das bei der Polizei ja auch nicht.

»Maik Herres' Tod geht Ihnen nach, nicht wahr?« Heike Kern sah ihn ruhig an.

»Ja, schon. Womöglich hätte ich seinen Selbstmord verhindern können.«

Ich habe ihn zu sehr gejagt, dachte er.

Wegen Roberta. Aus Angst um sie. Und aus Eifersucht.

»Maik tat immer sehr cool, aber er war ziemlich kaputt.« Heike Kern blinzelte ihn zwischen blonden Haarsträhnen hindurch an, der Wind blies sie ihr ins Gesicht. »Es war nicht Ihre Verhaftung, die ihn aus der Bahn geworfen hat, sondern

Jessikas Tod. Er brauchte sie, sie war seine Stütze. Sie sollten sich keine Vorwürfe machen.«

»Meinen Sie das ehrlich?«

»Sie hatten doch Ihre Gründe, ihn in U-Haft zu nehmen.«

»Ja, sicher. Zu dem Zeitpunkt dachte ich, er hätte seine Großmutter auf dem Gewissen und eine weitere Person zu töten versucht.«

»Sehen Sie? Sie haben ihn nicht eingesperrt, damit er Suizid begeht.«

»Natürlich nicht, aber …« Bär fragte sich, wie viel Absolution er verdient hatte. Hätte er nicht viel umsichtiger sein müssen? Einen Psychologen hinzuziehen? Er hatte sich ablenken lassen, weil Roberta so versessen auf den Kerl gewesen war. »Und Cindys Krankheit?«

Heike Kern hob die Schultern. »Cindys Zustand kam für Maik erschwerend hinzu. Er wollte ihr helfen, dazu hätte er aber zuerst sich selbst helfen müssen.«

»Klingt vernünftig.«

»Schon, aber nur in der Theorie. In der Praxis wusste er nicht, wie er es hinkriegen sollte. Mit jedem Besuch bei Cindy geriet er wieder in die Fänge der Großmutter. Ich kann fast verstehen, dass Cindy sie getötet hat. Für mich war es eine Art Notwehr. Diese miese alte Hexe.«

»Haben Sie die Großmutter denn persönlich kennengelernt?«

»Nur flüchtig. Jessika hat mich mal zu den Ravens mitgenommen, als Maik noch da wohnte. Vermutlich wollte sie meine Meinung zu der Familie hören.«

»Und?«

Ein klackendes Geräusch. Die Männer in der Garage hatten die Fahrertür des Löschzugs zugeworfen. Heike Kern schaute zu ihnen hinüber. Die Überprüfung der Ausrüstung schien abgeschlossen zu sein.

»Ist das Ihr Team?«

»Ja, aber noch gibt es keinen Ruf. Eine letzte Frage haben Sie noch frei.« Sie lachte ein wenig.

Bär überlegte. »Was macht Sie so sicher, dass die Großmutter Maik Herres bis zur Wesensveränderung gequält hat?«

»Wissen Sie, was sie mit Maiks Hund gemacht hat?«

»Nein, was?«

»Sie hat ihn bei einem Schneesturm aus seiner Hütte gezerrt und vor Maiks Fenster an einem Baum angebunden. Maik hatte sie vorher in sein Zimmer eingeschlossen, damit er nicht vor seinen Hausaufgaben davonlaufen konnte, das tat sie öfter. Sie selbst ist angeblich einkaufen gefahren. Aber dann hat Maik gesehen, wie sie auf der Straße in ihrem Auto saß und ihn beobachtete.«

»Was, Asta? Woher wissen Sie das? Wie alt war Maik denn da?« Bär wusste nicht, was er zuerst fragen sollte.

»Jessika hat mir das alles weitererzählt. Bello war damals noch ein Welpe, ein Wunder, dass er das überlebt hat. Maik war da schon fünfzehn, ein gebrochener Teenager, der in der Schule gemobbt wurde, weil Mutter und Großmutter ihn wie den letzten Penner rumlaufen ließen.« Heike Kern blies sich energisch eine Haarsträhne aus dem Gesicht.

Bär stellte sich den kleinen, klitschnassen Hund unter dem Baum vor, ein Häufchen Elend, das wie Espenlaub zitterte. Und den Jungen, der seine Stirn auf die Scheibe presste, gegen die der Schneesturm peitschte.

»Und Maik …« Bär musste sich räuspern, seine Stimme war belegt. »Hat Maik nicht versucht, aus dem Fenster zu klettern?«

»Er hätte es sicher versucht, wenn der Fensterrahmen nicht von außen verschraubt gewesen wäre. Frühere Fluchtversuche hatten seine Großmutter auf die Idee gebracht, sein Zimmer ausbruchssicher zu machen. Das Unglaubliche war, dass Maiks Großmutter irgendwann in sein Zimmer gestürzt kam und den Hund mit ihm gemeinsam retten wollte. Sie behauptete, *Maik* hätte das Tier unter dem Baum angebunden und dort vergessen.«

»Ja wie denn, retten?«

»Egal, ob Kind oder Tier, Rettungsaktionen waren für sie das Höchste.« Heike Kerns Pager gab einen summenden Laut von sich, sie zog ihn hervor und schaute kurz darauf. »Sorry, wir haben einen Einsatz. Ich muss los.«

»Alles Gute. Und vielen Dank für das Gespräch.« Er wollte ihr zum Abschied die Hand geben, aber sie hatte sich schon abgewandt. Er sah ihr nach, wie sie mit schnellen Schritten über den Hof lief, hinüber zu den Männern in der Garage.

Dann schob sich ihr Einsatzwagen in den Hof. Gleich daneben ging ein zweites Tor hoch, und ein weiterer Löschzug kam heraus. Fast zeitgleich ertönten ihre Martinshörner, nacheinander passierten die Ungetüme das Gatter und rollten auf die Straße.

Blaue Lichtreflexe zuckten über ihre roten Dächer.

Epilog

Der Käfig war gerade groß genug, um ein Hamsterrad darin unterzubringen. Die Frau, die ihnen mit aneinandergepressten Knien gegenübersaß, balancierte ihn auf ihrem Schoß, während ihr Hamster in dem Rad seine Kilometer abriss.

Amelie konnte die Augen nicht von der Szene lassen. Vor zwei Monaten war sie sieben geworden, ihren Geburtstag hatten sie groß gefeiert. Seiher trug sie die Haare zu einem Pferdeschwanz hochgebunden, obwohl sie kaum lang genug dafür waren. Wie ein kecker Pinsel saß das Büschel auf ihrem Kopf. Die engen Jeans und das schwarze Top mit Ballettausschnitt machten dennoch eine kleine Lady aus ihr.

»Frau Hennig? Sie sind die Nächsten.« Thomas Maßen schaute um die Ecke. Amelie, Roberta und Bär erhoben sich und marschierten auf ihn zu, Asta zockelte langsam hinter ihnen her.

»Was ist los mit Bello?«, fragte Maßen freundlich.

»Er wird alt«, sagte Bär.

»Er sieht nicht mehr gut«, meinte Amelie. »Immerzu läuft er irgendwo gegen.«

Dr. Maßen bückte sich und streichelte dem schwarzen Schäferhund das leicht ergraute Fell. »Haben Sie den Eindruck, dass er leidet?«

Amelie und Roberta schüttelten die Köpfe. »Nein, das nicht. Aber die Augen …«

»Wann war das noch, dass er uns beinahe verhungert ist? Vor einem Jahr?«

»Vor etwa einem Jahr«, meinte Bär.

»Ja, letzten Sommer«, sagte Roberta.

»Dann kommt mal mit.« Maaßen führte sie in sein Behandlungszimmer.

»Hallo.« Hinter der Behandlungsliege stand Cindy. »Mensch, Bello«, rief sie, kam um die Liege herum, kniete sich nieder und streichelte den Hund. »Du siehst ja prima aus!«

»Bär pflegt ihn ja auch liebevoll«, meinte Roberta.

»Und wenn sein Dienstplan das nicht zulässt, sind wir dran«, setzte Amelie hinzu.

»Da bin ich aber froh. Schön, euch alle dazuhaben.«

Roberta sah Cindy lange an. Ihr Gesicht wirkte rosig, ihr Blick war klar. Und ihre Haut unter dem kurzärmeligen Kittel hatte keine frischen Narben.

»Ich bin jetzt schon seit einem Monat einmal in der Woche bei Dr. Maßen in der Praxis«, erzählte sie von sich aus. »Die Arbeit mit den Tieren tut mir gut, sie hat was Beruhigendes. Wenn ich irgendwann aus der Psychiatrie entlassen werde, will ich aber wieder in meinen alten Job zurück. Ich möchte mir dann eine kleine Wohnung in Friedberg nehmen.«

»Ich wünsche dir, dass das alles klappt«, sagte Roberta.

Maaßen hob den Hund auf die Liege. Er tastete ihn ab, zog seine Lefzen hoch und betrachtete eingehend sein Gebiss. Der Hund ließ alles geschehen. Dann hielt Maaßen seinen Kopf fest und leuchtete ihm in die Augen.

»An Bellos Sehkraft können wir nicht viel machen. Wenn es sonst nichts ist, gönnen Sie ihm einfach noch eine schöne Zeit.«

»Was ist eigentlich mit eurem Haus, Cindy?« Robertas Neugier war mal wieder stärker als sie.

»Ich verkaufe es«, sagte Cindy. »Mal sehen, welche Rächerin diesmal in Plittersheim einzieht.« Sie lachte etwas verlegen.

Sie waren schon fast aus der Tür, da rief Cindy Roberta noch einmal zurück. »Ich habe ja auf dem Terminkalender gesehen, dass ihr kommt.« Sie reichte ihr ein großes braunes Kuvert. »Es ist aus Maiks Nachlass. Ich will, dass du es kriegst.«

»Danke.« Roberta nahm den Umschlag entgegen. Sie hatte so eine Ahnung, was es war.

Als sie die Praxis mit Asta verließen, strahlte ihnen ein blauer Himmel entgegen. Kein Wölkchen, nirgends. Sie liefen mit dem Hund zu Bärs Auto, Roberta nahm auf dem Beifahrersitz Platz, Amelie auf dem Rücksitz. Der Hund schaffte es so gerade, neben sie auf die Sitzbank zu klettern.

»Demnächst brauchen wir ein Brett für ihn, damit er darauf hochlaufen kann«, meinte Bär mit einem Blick in den Rückspiegel.

»Da war ein Hamster in der Praxis, der lief in seinem Käfig im Rad herum.« Amelie war noch immer begeistert.

»Asta braucht kein Rad mehr, nur ein Brett.«

Sie lachten.

Roberta sah durch die Seitenscheibe in den klaren Himmel. »Wie dieser Sommer wohl wird?«

»Wer weiß das schon«, meinte Bär. »Hitze. Trockenheit, dann wieder Regen und Gewitter. Denk an den Klimawandel. Am besten, wir genießen jeden guten Tag.«

Er ließ den Motor an, und Roberta spielte einen Moment mit dem braunen Umschlag auf ihrem Schoß. Dann öffnete sie ihn und zog das Foto heraus.

Sie erkannte sich selbst, in einer schwarzen Nacht, die von Blitzen zerrissen wurde, hinter ihrem Kopf die Wipfel dunkler Tannen. Ihre Augen waren weit aufgerissen. *Was geschieht mit mir?,* schienen sie zu fragen. *Wohin führt uns das alles?*

Bär warf im Fahren einen Blick auf das Foto.

»Die Göttin Uni«, murmelte er.

Dank

Allen voran danke ich Gerhard Lux, Diplom-Meteorologe und Pressesprecher beim Deutschen Wetterdienst in Offenbach, der nicht müde wurde, mir Wetterphänomene zu erklären. Ohne seine Ideen und seine Hilfe wäre dieser Roman nicht entstanden.

Professor Dr. Ludger Wöste vom Institut für Experimentalphysik an der Freien Universität Berlin nahm sich alle Zeit, mir seine Experimente zur Blitzabwehr mit Hilfe von Lasern zu erläutern.

Dr. Jens Amendt und Victoria Bernhardt führten mir in der Abteilung für Forensische Biologie am Institut für Rechtsmedizin in Frankfurt am Main geduldig Maden, Puppen und Fliegen vor.

Andy Weinheimer und seine Kollegen von der Feuer- und Rettungswache 1 der Feuerwehr Frankfurt Main erläuterten mir ihre beeindruckende Arbeit.

Der Landschaftsfotograf Kenny Scholz aus Weinböhla erklärte mir, wie man ein Gewitter fotografiert.

Ihnen allen gilt mein herzlicher Dank. Sollte ich etwas falsch aufgefasst oder wiedergegeben haben, so liegt der Fehler bei mir. Generell gilt, dass dies ein Roman ist, der zwar auf Fakten basiert, hin und wieder aber mit einer Portion dichterischer Freiheit spielt.

Die Zitate stammen aus dem Gedicht »Auch eine Hoffnung« von Reiner Kunze sowie aus dem Lied »Heute hier, morgen dort« von Hannes Wader.

ULI AECHTNER
Todesrauscher
KRIMINALROMAN
emons: